重讀 紅樓夢

詹丹 著

第一版前言

　　這是我近年來，在大學中文系開設的《紅樓夢與中國古代小說》選修課所用的部分講稿，其中有些章節經過語言的書面化處理後，曾發表於相關學術刊物。而若干尚未發表的篇章，則在不同程度上仍保留著講稿的特點，往好處說，這可算是曉暢與親切，而要說欠缺，那往往是不簡潔、不嚴密、不莊重等等。

　　對於學術論著的表述方式，我一直心儀於講稿或者根據聽課記錄下來的樣式，並以為，像黑格爾的《哲學史講演錄》、丹納的《藝術哲學》、佛洛伊德的《精神分析引論》、索緒爾的《普通語言學教程》、涂爾幹的《法國教育思想的演進》，包括魯迅先生的《中國小說的歷史的變遷》等，不但在學術上開拓了嶄新的領域，而且在表述的親切與流暢上，也沒有嚇退我們這些非專業的普通讀者。我的著述方式雖然以此為取法的目標，但很快我就明白，他們講課時的揮灑自如，讀他們講稿或者聽課筆記時獲得的一種親切感受，恰恰是以他們的學問為根基的，那種一覽眾山小的感覺，也只有學術大師才能擁有。所以，我的著述，在學問有限的前提下，其表述也很無奈地弄成一種書面語與口語兼而有之的非驢非馬的樣子。

　　論著的上編主要集中於《紅樓夢》的文本研究。《紅樓夢》作為古代小說的集大成之作，其特具的思想藝術魅力不但激起了讀者持久的閱讀熱情，也吸引了一大批學者耗時耗力加以深入研究，並且導致了數量驚人的論文論著被排成鉛字。對於這種現狀，卻引發了一些學者的不安與憂慮。他們以「古代小說研究嚴重失衡」的口號來大聲疾呼，希望扭轉學術界對名著研究的過於集中的狀況。如果

說，這種疾呼是針對了大量的並無創見的重複勞動，那麼，理應引起學術界同仁的深深共鳴。但如果情況並不完全是這樣，而僅僅是對於博大精深、含義豐富的作品見仁見智的論點的湧現，我們似乎也不應該純粹以論文數字在同一領域中分佈的比例，來判斷研究狀況是否失衡。因為在一個研究數字的背後，是以讀者的閱讀量來作支撐的，我們在把有關名著的大量論文數與非名著的少得可憐的論文數進行比較的同時，也應該注意到，非名著閱讀群之更加少得可憐。普通讀者數往往構成我們研究者的一個正函數。時間是公正的，也是無情的，當我們在塵封故紙堆中找出許多已被歷史淘汰出局的小說作品時，我們除了發現屈指可數的幾部尚可一讀外，更多的則是確證了時間老人的睿智。

對於二三流的乃至不入流的作品當然並非不可研究，但我始終認為，研究失敗的作品不需要投入太多的人力和精力，而且，也不應該全是從文學角度切入的研究，這需要一種更為宏觀的文化學、社會學的目光，就失敗作品而言，這種目光也許比純文學的目光更有效也更銳利，其得出的結論也會更令人信服。

就我而言，我既缺乏積累去對小家小作品作深入的挖掘和梳理，也缺乏一種文化學、社會學方面的修養而對一些失敗之作提出鞭辟入裏的見解，所以最終只能到已經很擁擠的紅學世界裏去湊一份熱鬧。從 1990 年發表的第一篇紅學論文〈曹雪芹審度人生的三個視點〉起，到現在已近十四個年頭，期間雖因工作需要而參與到其他領域的研究中去，但對《紅樓夢》的興趣卻歷久彌新，始終未改，在陸陸續續寫下一些紅學論文（包括講稿）的同時，也希望在《紅樓夢》以外的天地有所拓展，所以才有了下編的從文體角度的進一步延伸，其與《紅樓夢》的關係有的貼近、有的疏離，但《紅樓夢》的集大成性，使我們也總能找到它與其他作品乃至別類文體的千絲

萬縷的聯繫。至於結論是否有創意、是否予人以啟發，只能有待於
讀者的檢驗了。

　　需要說明的是，我的寫作始終得到了我讀博士生時的導師孫遜
先生的指導和幫助，他不但和我合寫了本論著的若干章節，也和我
合開了好幾輪選修課，還有許多老師、朋友對我的寫作都曾貢獻過
寶貴的意見，這裏難以一一注明，我明白，如果說這部論著中多少
還有些一得之見的話，那也是他們鼓勵和啟發的結果。

2003 年 3 月

新版前言

　　由於教學和研究的需要，《紅樓夢》成了案頭常讀的書。在閱讀和學生的討論中，又產生了一些新的想法，遂陸續寫成文章在相關刊物上發表。《紅樓夢與中國古代小說研究》作為講稿在 2003 年付印時，當年即已售罄，第二年加印了一次，至今在坊間也已較難尋覓。有朋友建議將舊稿加以重出，並對原書中一些與紅樓夢關係較遠的文章予以刪汰，而把新寫的有關紅樓夢的研究文字增補進去。這樣，全書的內容倒是統一了，就是舊稿與新稿夾雜在一起，頗有半新不舊的味道。雖然我不妨自我安慰說，林黛玉初進賈府時，看到賈府的靠墊一類的東西，大多半新半舊，正是貴族世家的派頭，而不是暴發戶式的一律簇簇新。但，這樣的一種跳躍式聯想，畢竟只是一種心理的自我安慰。對讀者來說，尤其是對那些已經購買了我的舊作的讀者來說，肯定不會買賬。學術研究應該不斷推陳出新，不能老是停留在炒冷飯的階段，更何況時過境遷，那些冷飯或許已經變味變餿，不值得甚至不可以拿來招待客人。所幸的是，這次重檢舊稿，發現十幾年前提出的觀點，雖有言之不夠周全的地方，但也並沒有達到需要推倒重來的地步。所以，在原有的基礎上加以補充完善，也是舊稿不能盡廢的理由？但所謂不需要推倒云云，也不排除一種可能，即：十幾年來，除了歲數的癡長，學問卻並無相應的長進，所以無法使自己具備「覺今是而昨非」的眼光。這樣一想，不免有些沮喪。

　　書稿易名為「重讀紅樓夢」，是因為我不僅重讀了《紅樓夢》，也意在表明《紅樓夢》是需要而且值得不斷重讀的。如果說我在重

讀《紅樓夢》中也重讀了自己的舊稿，不是因為敝帚自珍，也不是自戀，而更多是一種自省，即便不能拓寬自己的知識面，也起碼在自我反省中得到提高。如果讀者也願意在重讀《紅樓夢》之餘，一時心血來潮，讀讀我的舊稿，那對我來說真是一種意外的欣喜，也是一種期望，至於這樣的期望是否會變成一種可笑的奢望，只有讀者可以證明。

2008 年 1 月

目錄

第一章　曹雪芹審度人生的三個視點

一、三種開頭的特殊意義

　　古今中外的偉大小說家，往往是通過他筆下的主要人物形象來體現他對於人生的基本態度的。比如俄國的托爾斯泰，他所創作的的最為著名的長篇小說中，像《戰爭與和平》的彼埃爾，《安娜卡列尼娜》的列文、《復活》的聶赫留道夫，每一部小說，都有一個固定的主要人物來表現作者的思想，體現他對人生的探索。又如中國的《三國演義》、《水滸傳》、《西遊記》等作品，作者也是通過了劉備、諸葛亮、宋江、孫悟空等主要人物形象，表現了他們各自的政治理想和人生看法。同樣，毫不例外，《紅樓夢》作為一部具有自傳色彩的長篇小說，主人公賈寶玉（還可加上他的知己林黛玉）當然最經常地代表著作者的思想觀點，體現著作者的人生態度。但是《紅樓夢》與一般小說不同的是，它還有另外的觀照人生的視點。來往於仙界和塵世的一僧一道，以及出入於賈府的劉姥姥，就是除了賈寶玉之外另兩個代表作者審視人生的視點，他們從不同的側面，對人生作出了各自的審視和觀照，這兩個視點與賈寶玉的和合在一起，構成為作者曹雪芹的一個多元的矛盾思想體。

　　如果說榮寧兩府的衰亡史在作品中形成為一種網狀結構，而賈寶玉是以網中人的視角來看待這個世界、看待人生的，那麼一僧一道與劉姥姥則主要是從網外的視點來對發生的種種事件、對世態人生進行觀照、審視與把握的。其中，一僧一道的視點是形而上的、抽象的，是立足於宗教哲學的，劉姥姥的視點則是形而下的，直觀

的，來自現實生活中的。上述的三種視點或隱或顯，或分散或集中，或互較短長，或並駕齊驅，但情節發展至最後，矛盾並沒有得到和解，三種視點並沒有為一種視點所統攝，從而使作者對《紅樓夢》重要人物的安排，暗示了不同的出路。

當然，就《紅樓夢》而論，作者的思想觀點較之所標舉出來的三種視點更為廣泛，比如秦可卿托夢、賈雨村論「氣」，妙玉說「文是《莊子》的好」，乃至焦大醉罵、寶釵論詩，我們都無妨看作是作者議論的自然延伸，但人物的諸如此類的議論，對作者來說只能算是臨時代表，它們並不貫穿全書，並且也沒有構成作者對人生的基本看法，其中有些部分則已經被上述的三種視點中的某一種所包涵和吸收，因此我們對此可以忽略不計。

指出這一點也許不是沒有意義的，即我們讀《紅樓夢》，常常感到有幾個不同的開頭：可以認為小說是從第一回寫一僧一道開始的，自此開始了那塊石頭的背景交代，它的傳奇式的經歷；又可以認為小說是從第三回黛玉進賈府開始的，至此主要人物寶玉、黛玉等一一登場，以豐滿生動的形象出現在我們面前；也可以認為小說是從第六回開始的，前五回都是在交代小說旨意、創作的緣起和人物的關係及他們的結局等，整個前五回似乎只是小說的綱領，作為一個網狀結構的賈府衰亡史，其細目似乎到第六回，才從一個芥荳之微的小小人家開始編織。何以會產生這樣的感覺呢？這當然和《紅樓夢》的獨特結構有著密切的關係，但其中和筆者提出的作者有觀照人生的三個視點也緊密相連。正因為一僧一道、寶黛和劉姥姥分別代表了作者審視人生的三個觀照點，因此和他們有關的最先描寫，便成為從不同層面觀照人生的小說的開始。

我們還不妨借用《紅樓夢》中提及的概念，來對這三種不同的視點作一簡單的概括。過去一度盛行過對《紅樓夢》色空觀念的批

判，批評者和被批評者都認為《紅樓夢》與宗教的色空觀念有關。其實這裏有些問題尚待進一步澄清。佛教固然有著色即是空，空即是色的教義，如《般若心經》云：「色不異空，空不異色，色即是空，空即是色」。又《摩訶般若波羅蜜經序品》云：「幻不異色，色不異幻，色即是幻，幻即是色。」但《紅樓夢》在「色」與「空」之間引進了「情」的觀念，所謂空空道人「因空見色，由色生情，傳情入色，自色悟空」，把「情」作為連結「色」與「空」的中介。這樣，在《紅樓夢》裏，實際上就存在「色」、「情」、「空」三個概念。而一僧一道、寶黛和劉姥姥這三個視點正和小說中的這三個觀念相對應。即：一僧一道是立足於「空」來觀照人生，寶黛是立足於「情」來把握世界，而劉姥姥則是著眼於「色」來看待周圍一切的。更由於在情節的具體展開中，這三種視點並沒有為其中的「空」觀所一統，而是交相映射，因而使作品的思想內涵呈現出異常豐富複雜以致相互矛盾的情形，這也是《紅樓夢》之所以會產生見仁見智的根本原因。本文將通過對《紅樓夢》觀照人生三個視點的剖析，希冀對作者思想觀念中蘊含的矛盾有一個接近全面的認識。

二、情的觀照與關懷

如前所述，賈寶玉是從「情」的角度來觀照人生、把握世界的。對賈寶玉這「情」的觀念，紅學界曾有許多論者加以闡述，這裏，我們想結合前人的研究，從空空道人「因色生情，傳情入色」這一角度，來對賈寶玉的「情」的觀念作出分析。所謂「因色生情」，是指客體對主體所產生的一種情的感染、感發作用，而「傳情入色」則是指主體將自己的情感灌注於客體之中，使之分享主體的情感體驗。概而言之，「因色生情，傳情入色」，是藉助於情，將作為主體

的人，與作為客體的「色」構建了一種新型的親情關係，一種共情體驗。雖然，這裏的人，我們是舉賈寶玉為代表，但在很多場合，賈寶玉對情的觀念是涵蓋、包含著林黛玉的思想意識的，有時，則是與她的思想意識互為補充的。在脂批透露給我們的「情榜」中，賈寶玉是「情不情」，林黛玉是「情情」，他倆相合，正把世上所有的無情之物和有情之物都囊括無遺。當然，從一方面看，賈寶玉的「情不情」更為廣博，理當將黛玉的「情情」包括在內；但從另一方面看，寶玉的愛博，難免會有所分心，所以，他的情感有時竟不如黛玉那樣專一。比較而言，賈寶玉更體現出一種情感的廣度，一種愛的泛溢；而林黛玉則更體現出一種情感的深度，她的情之獨鍾。

（一）賈寶玉與自然的關係

《紅樓夢》對「情」的張揚，首先在於將作品的主人公與自然萬物──那種沒有情性的草木石頭也以一種親情來加以維繫。通常認為「《紅樓夢》中所談的情，從總體上看，不外是『世情』與『愛情』」[1]則未免顯得狹視。以賈寶玉之博大情懷，當然不會將自然萬物排斥在外。人與自然的分離，使得人們常常努力去探索一條重建人與自然和諧的途徑。早在先秦，孔子就留下「仁者樂山，知者樂水」的說法，而莊子的栩栩然化蝶之趣，真叫人相信他是由衷地想跟自然打成一片。但細究起來，莊子是在厭惡了社會的醜惡才萌發投身自然的願望，其途徑則是棄絕情智，做到「形如槁木，心如死灰」，而孔子之徒也是在社會上四處碰壁，不得已才想到去跟大自然親昵，內心深處對自然物仍存有芥蒂，所謂「鳥獸不可與同群，吾

---

[1] 見汪道倫，〈中國傳統文化中的情學與《紅樓夢》〉，載《紅樓夢學刊》，1990年第 1 輯。

非斯人之徒與而誰與？」大致來看，後人對自然萬物的態度，不歸於莊，則歸於孔，很少有人是把自然與社會連成一體來看待的。再不然就像詩人騷客，把自然萬物僅僅看作是人與社會的暗喻。這與賈寶玉的觀點顯然是大相徑庭的。

　　賈寶玉從「人化的自然」眼光出發，給自然萬物以人的地位，認為自然萬物受環境影響而作出的反應，一如人與人之間的情感交流，用他的話來說：「不但草木、凡天下之物，皆是有情理的，也和人一樣，得了知己，便極有靈驗的。」[2]由於自然萬物對環境的反應更直接、賈寶玉就對這種「靈驗」大加讚歎，要以自己的真心去換取自然的真情，於是「看見燕子，就和燕子說話，河裏看見了魚，就和魚說話，見了星星月亮，不是長吁短歎，就是咕咕噥噥的」[3]。在第二十三回，賈寶玉攜《會真記》在桃花樹下細讀，「正看到『落紅成陣』，只見一陣風過，把樹頭上桃花吹下一大半來，恐怕腳步踐踏了，只得兜了那花瓣，來至池邊，抖在池內」。如果說，在這裏，賈寶玉對花的愛惜還可能是受了《會真記》中人情的感染，那麼在第五十八回，寫賈寶玉病後初愈對杏花的一片癡情，顯然不可簡單地視作是被他人情感所感發：

　　（賈寶玉）從沁芳橋一帶堤上走來。只見柳垂金線，桃吐丹霞，山石之後，一株大杏樹，花已全落，葉稠陰翠，上面已結了豆子大小的許多小杏。寶玉因想道：「能病了幾天，竟把杏花辜負了！不覺倒『綠葉成蔭子滿枝』了！」因此仰望杏子不捨。又想起邢岫煙已擇了夫婿一事，雖說是男女大事，不可不行，但未免又少了一個好女兒。不過兩年，便也要『綠

---

[2]　見《紅樓夢》第七十七回，人民文學出版社，1983 年版（除特別注明外，以下《紅樓夢》的引文均採用此版本，不再一一注明）。

[3]　見《紅樓夢》第三十五回。

　　葉成蔭子滿枝』了。再過幾日，這杏樹子落枝空，再幾年，
　　岫煙未免烏髮如銀，紅顏似槁了，因此不免傷心，只管對杏
　　流淚歎息。

我們細讀這段文字，發現這裏有一種嚴格的平行對稱關係：兩次對
杜牧詩句的引用，兩次敘述時間的流逝，以及兩次揣想於人、於物
將來必然會有的結果。正是在這種平行、對稱的表達方式中，體現
了賈寶玉對物與對人一樣的深情，並且人也可能對自然懷有歉意之
心，所謂「竟把杏花辜負了」。他對自然與對人的同樣深情，使他無
須在遠離社會生活的前提下表現他對自然的親昵，於是他閱讀《會
真記》時，不妨暫時地停頓下來，為落花尋一個好的安身處，然後
繼續他的閱讀，他對人情的關注。

　　不幸的是，賈寶玉想藉助於情來和自然建立一種和諧、親切的
關係並不能如願以償，他對花的癡情，希望花能常開，但花卻難以
常駐枝頭。用我們今天的眼光來看，我們希望和自然建立一種和諧
的關係，一方面固然需要充分尊重自然，與其進行「情感交流」，使
之人情化，但也要通過實踐，通過物質改造來創造出「第二自然」，
這當然是處於當時社會的上層地位、不參加任何勞作的賈寶玉不會
辦到也無從想到的，所以他最終也只能同林黛玉一起在自然萬物面
前歎息落淚而已。

（二）賈寶玉與社會的關係

　　賈寶玉雖曾把自然萬物當作人來看待，對之一往情深，但作為
社會中的人，社會生活畢竟構成他人生的主要內容，也只有在與人
的交往中，他的真情才得到了淋漓盡致的發揮。在他看來，社會生
活的快樂就在於人與人的情感交流，就是愛人與被人愛。貴族、主

子式的傲慢對他來說不知為何物，因為這種傲慢架子妨礙了人與人之間情感的真切交流，難怪他做人「連一點剛性也沒有」已成為公眾輿論[4]。他無意於鑽研仕途的學問，因為在這條道上走出來的人都是些缺乏真性情的「沽名之輩」。學問只有跟體驗情感、抒發情感有關時才能引起他的興趣。他是那麼地珍視眼淚，因為眼淚是真性情的流露，所以他認為能夠死在一群姑娘的眼淚中，也就「死得其時了」。

　　他區分人的標準也是一個「情」字，沒有什麼善人與惡人，有的只是有情人與無情人。如果是有情人，他就關心他們，幫助他們，即使他們闖了禍，他也願意為他們擔待，例如第五十八回，他為藕官掩飾在大觀園內燒紙祭友的事。如果是無情人，虛偽的人，他就躲之唯恐不及。像他這樣一個重感情的人，偏偏不願意見到他的生身父親，就因為其父是個「假正經」，根本不懂得父子情感的彌足珍貴，或者說，即便他有對寶玉的愛，也根本不知道把這種愛心，以寶玉能夠理解的方式表現出來。賈寶玉有一段議論是常被人引用的，他說「女兒是水作的骨肉，男人是泥作的骨肉。我見了女兒，便覺清爽；見了男人，便覺濁臭逼人。」[5]這話是什麼意思呢？這裏的水顯然不是「落花有意，流水無情」的「水」，而是「柔情似水」的「水」。我們只要想到他和林黛玉的情感交流是水來水去，只要看到他對待雖屬男性但卻富有情感的秦鐘、柳湘蓮、蔣玉菡之輩一片眷戀，看到他對待雖屬女性卻冷酷無情的周瑞家的連聲責罵，就知道，他之眷戀女性厭惡男性並非絕對，關鍵仍要看他們是否有情，是否能讓人感受到一種情感的雙向交流。

---

[4]　見《紅樓夢》第三十五回。
[5]　見《紅樓夢》第三回。

　　賈寶玉是以情來認識世界、區別善惡，也是以情來處理周圍事件的。情充溢在他的心中，散發到他生活的世界，他不知疲倦地愛人、尋求愛。他既杜絕了走經濟之道，他就把愛人、尋求愛、與周圍的人建立一種親情關係作為實現自我價值的方式。探春、惜春笑他：「二哥哥，你成日家忙些什麼？吃飯吃茶也是這麼忙忙碌碌的。」[6]寶釵嘲諷他，稱他為「富貴閒人」、「無事忙」。他們怎麼能理解他呢？當賈璉夫婦欺凌了平兒，他能為在平兒面前盡一份愛心，能為她梳妝打扮而喜不自禁；當想到平兒所受的痛苦，又不免悲從中來，他忽喜忽悲，所為皆一個「情」字。別人說他癡，說他呆，佛家也有言：「情，性之塞也，……心迷則理變而為情」[7]。但賈寶玉卻並不因為陷於情而迷了性，忘了理。相反，他入情至深，故能顯示出一種心細如髮的智慧，他對人的關懷備至，體貼入微，連辦事一向細緻的平兒也要贊他「色色想得周到」。由於他處事從情出發，體現出一種對他人的關懷之情，故他在處理玫瑰露偷竊事件時，能使當事人及旁人嘆服[8]。有人以為此事的處理「於理不當」、「於情則妥」，殊不知，情與理其實並不矛盾，因為他從情出發，處理事件的最終目的是避免傷害人，所以合情也就必然合理。否則，一味地秉公而辦，查個水落石出，分清誰是誰非，反而顯得教條而寡情。

　　他以情來審度人生，而在人生的各種情感中，他最為珍視的，當然是他與林黛玉的戀愛之情。他和林黛玉之間的戀情，超越於世俗的門第、功名、富貴等觀念之上，是最為純潔的。他們是在情的領域中互求知己，互求精神寄託。對賈寶玉來說，生活之所以是幸福的，是因為他不僅被愛，而且他有所愛，有他值得愛的人。但這

---

[6]　見《紅樓夢》第二十八回。

[7]　見明釋真可，《法語》。

[8]　見《紅樓夢》第六十一回。

種至純至潔的愛，在傳統社會中當然是難以存活下去的，所以還在愛的嫩芽剛剛萌發時，傳統勢力的鐵蹄就無情地把它踐踏了。作者的可貴之處，在於一方面，他寫出了寶黛戀愛的純潔、愛的理想性，另一方面又提示了它在傳統社會之難以倖存（如同賈寶玉精心構建的整個情的世界之難以倖存），從而對現實社會作出了有力的批判，使人對情的世界之失落心猶未甘，使人「意難平」。

（三）賈寶玉和「自我」的關係

一方面，賈寶玉是那麼地執著於構建一種他與自然、與社會的親情關係，另方面，他也試圖在他的自身，在他的內心深處，形成一種情的和諧。當青埂峰下的頑石幻化為通靈寶玉而開始他的人間生活時，他一身而兼玉與石的兩種特性[9]，作為玉，是富貴、是地位的象徵，作為石，是自然，是情感的源泉（就像「木石前盟」所提醒我們的）。不幸的是，在現實生活中，人們只認定他玉的特性，而忽視了他石的品質，雖然他的名字清楚無誤地告訴我們，他只是一塊「假寶玉」，但世人總是習慣於執假為真，從而使「木石前盟」變成了如夢如幻的遙遠的記憶。如同《西遊記》的石猴出世後，有一個約束他從心所欲的緊箍一樣，賈寶玉看到林黛玉沒有佩玉而要狠命地摔掉它時，實際上也可以理解為他是對玉的特質的捨棄而對石的品性的找尋，也就是要求得內心深處的情的和諧。因為只有找回他自身那石的品性，才能使他與黛玉的「木石前盟」變為事實。但是最終，賈寶玉並沒有摔掉他的佩玉，由於他的生活不得不依賴於金錢、地位，於是，那塊佩玉成了他自身的軟弱、他的思想局限、他難以在內心形成情的和諧的象徵。所以，作者也只能讓他徒然地

9　參見王蒙，〈蘑菇、甄寶玉與「我」的探求〉，載《讀書》，1989 年第 11 期。

在夢中，在暫時離開了現實生活時，喊出：「和尚道士的話如何信得？什麼是金玉姻緣，我偏說是木石姻緣！」對賈寶玉來說，他不但難以找回那塊飽含情感的石頭，他與現實生活中的側影——甄寶玉，最後也是以分裂而告終的。

　　還在第二回，作者就借賈雨村之口，點出了甄寶玉與賈寶玉同重兒女之情的特點。在第五十六回，當甄家的幾位眷屬在賈寶玉面前提及甄寶玉時，以致他夢到了甄家，而且把鏡中自己的影子當作了甄寶玉，而要急切地抓住他，把握他，實際上，也就是要把握「自我」，跟自己可能有的幻身建立一種和諧的親情關係。然而，這種和諧在第一一五回中遭到了徹底的破壞，當甄寶玉果真來到了賈寶面前時，他居然大談起「文章經濟」、「為忠為孝」，使賈寶玉與他的幻身、側影產生了明顯的差距，令他感到一種難以言狀的痛苦。其實，甄寶玉失去兒女真情轉而大談文章經濟，無非是賈寶玉心頭業已存在的陰影的聚焦。這種陰影，從小說一開始，傳統勢力就給他蒙上了，當賈寶玉在第五回神遊太虛幻境時，警幻仙子一面將其妹許配於他，一面又囑他從此要「留意於孔孟之間，委身於經濟之道」。這種他不想有、他所厭惡的意識在他心頭積澱之深，終於導致了他的思想的分裂，從而使他的側影甄寶玉與他分道揚鑣。

　　於是，賈寶玉試圖以情來建構人與自然、與社會的新型關係，開創一個溫暖、親切、和諧的情的世界，在傳統社會裏不但沒能奏效，最後，也造成了他自己的思想意識的分裂、精神的分裂。在《紅樓夢》中，再沒有像第一一九回中一段文字能反映出他因此而產生的深沉的痛苦：「賈寶玉仰面大笑道：『走了，走了！不用胡鬧，完了事了！』」賈寶玉的無盡痛苦正來自於他的用情之深，如果他能像一僧一道那樣以「空」的觀念對人生加以把握，那麼，他的痛苦也

許會有所減輕。這樣，作者從作品的整體構思出發，安排下一僧一道這兩個宗教哲理化的人物形象。

三、一僧一道的入世說法

一般認為，一僧一道在《紅樓夢》中是起著點化主要人物，幫助他們由塵世走向佛門的作用。這當然是顯而易見的事實。但更重要的，是作者通過一僧一道這兩個形象，展現了一種人生的基本態度，一種「空」的觀念。對世人來說，這種態度主要是指對物質生活的超然與對情感生活的冷漠。那麼，在作品中，這種「空觀」是怎樣得到具體展開的呢？

首先，是讓一僧一道的形體來現身說「空」、說「幻」。一僧一道每進入塵世，其相貌總顯得有損造物主的尊嚴：一個是癩頭、一個是跛足。可是我們不會忘記，當一僧一道在青埂峰下說笑、邀遊時，他們分明長得「骨格不凡、豐神迥異」，與入世時的形體大為不合。細細一想，無論是道家還是佛家，對於人之外貌形體都表示了相當的藐視，在《莊子・德充符》中，道德完美、識得真諦者，都是些奇形怪狀的殘廢者，在佛教徒口中，人的形體常用「臭皮囊」來指稱。一僧一道以醜相入世，無非是想以直觀的形式，使世人領悟到肉體的不足道，乃至由此而延伸到根除對世俗生活的依戀之情。

其次，借一僧一道、警幻仙子等洞悉未來的眼光，將人們的歷時經驗滲透到共時的、即時的體會中去，從而淡化、虛化人物的每時每刻的情的感發。概括地說，就是要人們從聚中悟到散，在生活中品味死，在花開時體會到花落，在歡笑中感受到眼淚。正因為好花不常開，歡樂難持久，於是也就不應當全身心地投入。沒有太多的歡喜，也就沒有太多的痛苦，在情感的生活中，始終持一種超然

的理智的態度。還在賈寶玉年幼時，警幻仙子已經藉助於「金陵十二釵」的判詞，藉助於「曲演紅樓夢」，將人物未來的命運暗示出來，給他以一番「萬境歸空」的啟迪。在他十三歲時，一僧一道又親自來到他面前，對他吟著「沉酣一夢終須醒，冤孽償清好散場」的詩句，又對他來進行一種理智的點撥。其目的，是為了讓他動情的時候，能受到未來「萬境歸空」的提醒，從而不致使他在情海中沉淪太深。

　　再次，借一僧一道與時間相始終的無限久長的經歷與上天入地的無限廣闊的空間，從而來淡化、虛化整個的現實世界，包括整個的賈府興衰史。由於一僧一道的活動，從而使《紅樓夢》中所有人的現實生活跟遠古的女媧補天聯繫了起來，並且在這中間留下了一片茫茫蒼蒼的空白，所謂「又不知過了幾世幾劫」。乙卯本上有一段後人的批語，對《紅樓夢》這種從很久很久以前開頭的作法大為不滿，批語云：「語言太煩令人不耐。古人云惜墨如金，看此視墨如土矣，雖演至千萬回亦可也。」評者顯然不明白，作者的目的，正是要將這一段故事置於茫茫蒼蒼的背景中，將一塊石頭置於三萬六千五百零一塊中（而這三萬六千五百零一塊，也剛補了天之一縫），將賈寶玉與林黛玉的感情糾葛，將賈府的盛衰，置於綿綿無盡的時間長河中，將一粟置於滄海中，於是這一粟的悲痛、憂傷一下子被淡化了、虛化了。按照西方的斯賓諾莎的觀點：「把你的災難照它的實質來看，作為那上起自時間的開端，下止於時間盡頭的因緣環鏈一部分來看，就知道這災難不過是對你的災難，並非對宇宙的災難，對宇宙來說，僅是加強最後和聲的暫時不諧音而已。」[10]從一僧一

10　參見羅素著，何兆武、李約瑟譯《西方哲學史》下卷，商務印書館，1982年版。

道的角度來看，整個賈府的興衰只不過是歷史長河中的一朵小浪花而已，那麼，人物的種種悲歡離合，還有什麼理由不能把它忘懷呢？

賈寶玉等人最終遁入空門，與一僧一道「空觀」的點撥當然有所關係。然而問題是，當賈寶玉最終以一個「翻過筋斗來的人」的立場，追述他以往的一段如夢如幻的經歷時，理當以「空觀」來統攝全書，或者如有些論者指出的，應該把作品寫成一部「情場懺悔之作」。然而在實際展開故事時，卻沒能自然而然地顯示出一種人生如夢的訓戒，在敘述中，也沒有暗示出青少年時代的那種情癡狀態，實在是很愚蠢的。其實，主人公始終沒有放棄以情來把握人生的基本態度，他最後表面上是受一僧一道的點化而皈依了佛門，但六根未淨，內心裏仍懷著愛，懷著愛被摧殘的痛苦。由於他始終未能達到一種純粹的忘情境界，所以一僧一道的點化事實上未能根本奏效。警幻仙子、一僧一道對他的數次點撥，他要麼是不能領會，要麼是聽而不聞，遂使靈慧者如一僧一道等終成了「無事忙」。其實，曹雪芹在作品中安排下一僧一道這兩個人物時，其心態是矛盾的：一方面，他希望賈寶玉等人的情的觀念能受到空觀的統攝，不致產生太多太深的痛苦和煩惱，不致「癡迷」而「枉送了性命」；另方面，這種情感畢竟是那麼的美好，那麼的動人，他又不忍心真的讓一僧一道來徹底加以淡化和虛化，從而使「空」與「情」形成了一種並行的對比、對照效果，兩者即便有所滲透，也是停留在淺表面上的。而作者在選擇「空觀」還是「情觀」時，陷入了兩難的境地。

然而「情觀」與「空觀」也並非全然對立。當賈寶玉還在精心的構建他的情的世界，信守著木石盟約時，癩頭和尚就已斷然地指出了金玉姻緣的必然性，他言語間的宿命論色彩，遂變成對個人無法抗拒的傳統勢力的共識。一僧一道在作品開頭唱的《好了歌》，也表現了一種清醒的現實感，一種對社會的批判力量。於是「情觀」

與「空觀」的對照遂成了對理想執著追求與對現實清醒認識的相輔相成的兩個方面。但無論是鍾情還是忘情，執著追求理想還是清醒認識現實，在傳統社會裏，總免不了承受巨大的精神痛苦。

也許，只有像劉姥姥那樣，既不深陷於「情」，也不立足於「空」去痛苦地滅情，而是從「色」出發，以一種實用的態度來審視世界，把握人生，庶幾能使人得到些微的安慰？於是劉姥姥在作品中的地位，就顯得舉足輕重了。

四、劉姥姥的價值取向

在許多論者的眼裏，劉姥姥在《紅樓夢》裏地位的重要，是由於藉助於她的眼睛，「點出貧富貴賤的懸殊，藝術地揭露了封建貴族生活的奢侈、淫逸、罪惡和腐朽，並寫出了賈府從極盛至衰敗全過程」，使「她成了榮寧貴族興亡衰敗史的見證人」等等。至於劉姥姥作為一個具體的活生生的個人，她是以何種方式來看待這個世界、看待人生的，卻並沒有引起論者的重視。事實上，對這類問題，也是劉姥姥「匪夷所思」的。在生活中，她不但缺乏自我認識和反省意識，而且乾脆拒絕對自己作客觀地審視。她遊覽大觀園因迷路而誤入怡紅院時，書中有這樣一段頗具特色的描寫：

> ……（劉姥姥）剛從屏後得了一門轉去，只見他親家母也從外面迎了進來。劉姥姥詫異，忙問道：「你想是見我這幾日沒家去，虧你找我來。那一位姑娘帶你進來的？」他親家只是笑，不還言。劉姥姥笑道：「你好沒見世面，見這園裏的花好，你就沒死沒活戴了一頭。」他親家也不答。便心下忽然想起：「常聽大富貴人家有一種穿衣鏡，這別是我在鏡子

裏頭呢罷。」說畢伸手一摸，再細一看，可不是，四面雕空紫檀板壁將鏡子嵌在中間。因說：「這已經攔住，如何走出去呢？」[11]

劉姥姥面對鏡子，首先是並沒有意識到鏡裏的人就是她自己，當她很快明白過來是怎麼回事，使她這個少見多怪的人第一次有機會這樣清晰地來審視自己時，她卻把這個機會放棄了，而是更仔細地去看清鏡子四周的「雕空紫檀板壁」，然後急於想著要離開鏡子。然而，在第五十六回，當賈寶玉面對著同一面鏡子時，卻不由得思緒萬千，浮想聯翩，並且陷入了不辯真假的困惑中，以致他竟想進入鏡子，抓住自己的影子，因為在他心中，一直有著那種認識自我、把握自我的真正的衝動。這種面對鏡子的不同態度，使劉姥姥的形象異常鮮明地突現出來，而我們，也就可以不太費力地來對她的生活觀作一番細緻的探討。

　　如我們文章開頭所指出的，對於世界、對於人生，劉姥姥始終著眼於「色」，立足於一種物質的功利觀。如果對賈寶玉來說，大自然是作為美、作為情感的表現而展現在他的面前，那麼，劉姥姥則是以一種實用的態度來對待自然萬物的，就像她自己說的：「我們成日家和樹林子作街坊，困了枕著他睡，乏了靠著他坐，荒年間餓了還吃他。」雖然劉姥姥也能感受到美的存在，能夠受其感染，如她聽音樂而不禁手舞足蹈，但這種反應更似牛聽音樂會多產奶的生理反應。她的舉動雖則對她來說是出於自然，但卻顯得粗俗，從而招致林黛玉的「牛」舞之譏。

　　從實利出發，她進賈府並非為了聯絡感情，而是「打秋風」。但她不自私，懂得互惠，懂得一分耕耘、一分收穫這種素樸的原則，

---

[11] 見《紅樓夢》第四十一回。

所以她在拿走賈府的銀子、品嘗他們的山珍海味的同時，也獻上她
從鄉村帶來的新鮮蔬菜和逗樂的愚蠢、粗俗。這些，都是賈府所缺
乏的野味。由於這些野味進入大觀園，構成大觀園一種不和諧的因
子，與周圍的環境相激相蕩，激發起一種活力，從而使劉姥姥遊覽
大觀園成為《紅樓夢》最動人的藝術篇章之一，也使大觀園裏的每
一個人體驗到了難以忘懷的快樂。試看，在《紅樓夢》整部作品中，
還有什麼場合，人們的歡笑能這樣地無所回避，這樣地無所顧忌：

> ……劉姥姥便站起身來，高聲說道「老劉、老劉，食量大似
> 牛，吃一個老母豬不抬頭。」自己卻鼓著腮不語。眾人先是
> 發怔，後來一聽，上上下下都哈哈的大笑起來。史湘雲撐不
> 住，一口飯都噴了出來；林黛玉笑岔了氣，伏著桌子嚷哟；
> 寶玉早滾到賈母懷裏，賈母笑的摟著寶玉叫「心肝」，王夫人
> 笑的用手指著鳳姐兒，只說不出話來；薛姨媽也撐不住，口
> 裏茶噴了探春一裙子；探春手裏的飯碗都合在迎春身上；惜
> 春離了坐位，拉著他奶母叫揉一揉腸子。地下的無一不彎腰
> 屈背，也有躲出去蹲著笑去的，也有忍著笑上來替他姊妹換
> 衣裳的……。

在這一片笑聲裏，人們所有的煩惱都被暫時地拋開了。而作為被取
笑的對象劉姥姥也並沒有著惱。因為她遵循互惠的原則，靠鄉下野
人的身份來以野賣野，所以她並沒有覺著降低了什麼，損失了什麼，
她不會像林黛玉那樣因為被人取笑為戲子而惱火萬分。劉姥姥到賈
府「打抽豐」並非不知恥，但因為受生活所迫，才使她不顧及於此；
或者說，正是她的地位、她的貧窮生活培養起了忍恥之心，才使她
既能紅著臉到鳳姐面前討錢，又能不顧輿論，將有可能流落到煙花
巷的巧姐拯救出來，招為板兒之媳（據前五回及脂批透露的曹雪芹

原稿線索）。她的頭腦是那樣的單純，在她看來，生活中的一切安排都是命定的、合理的，她命定是一個終日為生計而奔波的農婦，富貴、安閒、煩惱、憂慮乃至過多的害羞心理、身體的弱不禁風都是一種奢侈品，她無福消受，也不應當去消受。第三十九回中，她與賈母的對話清楚地表明了這一點。她生活得簡單、貧窮，但經得起生活的波折。書中曾不止一次提及劉姥姥的健康，並以賈母、巧姐的虛弱來對比，豈不是一種貧窮而健康與富貴而脆弱的對照？也許，這裏還具有更深廣的象徵意義吧。

作者把劉姥姥的生活觀、生活方式與賈寶玉等人作對照時，並沒有清楚地判明哪一種生活觀、人生觀更值得認同，更值得羨慕，事實上，作者也沒有把劉姥姥的生活絕對理想化，所以讓我們看到了劉姥姥獨自「醉臥怡紅院」的難堪的粗俗，以及她的缺乏品嚐佳茗的雅致等等。

值得指出的是，劉姥姥既沒有從「情」的觀念來把握人生，更不會著眼於「空」的觀念。雖然在她二進賈府時，開口唸佛、閉口唸佛，但她最不瞭解的恰恰是佛，所以才會把賈府的「省親別墅」牌坊當作大雄寶殿來磕拜，以致鬧了個大笑話。當她接受賈府的饋贈而「唸了幾千聲佛」時，我們也就領會了，她所謂的佛，是那些能給她帶來生活實利的「活佛」，而不是那些讓她棄絕塵世生活的「死佛」。

當然，我們所瞭解到的劉姥姥也並非全然本色，因為大觀園畢竟不是劉姥姥的日常生活環境，她在這裏的言行不可避免地有點矯揉造作。她雖然是以野賣野，但回到她的環境中，她的賣野是無意義的，也就不會有這樣的舉動和念頭了。從這一點來說，她在大觀園中表現出的單純有著不單純的含義。是大觀園的生活誘發了她矯飾的一面，就像她被鳳姐插了滿頭的野花，卻仍坦然地自我解嘲說

要當個老風流一樣。幸虧她後來誤把鏡子中的自己當成親家母，指責她「好沒見世面，見這園裏的花好」，「就沒死沒活戴了一頭」，於是，我們才隱隱約約地感到她心中曾有過的不坦然的一面。這一些，賈府中的人包括賈寶玉在內，都是無從瞭解的。

五、「色」、「情」、「空」的困惑

耐人尋味的是，賈寶玉與劉姥姥始終處於一種若即若離的關係。他對劉姥姥的鄉間趣聞聽得津津有味，但當他把這種趣聞視作真情實事去鄉村作進一步瞭解時，卻只能失望而歸。而劉姥姥遊覽大觀園時，進到黛玉和寶玉的房間，寶玉卻總是缺場，後一次我們已經提及，前一次有賈母的突然發問：「寶玉怎麼不見？」從而提醒了我們他與劉姥姥在某些重要場合的失之交臂。早在第五十回，當他來到村舍，準備尋村姑二丫頭交談時，先是二丫頭被人叫走了，不見了，等重新看見，他已不得不隨眾人上路了，僅只能「以目相送」二丫頭而已，不論是劉姥姥還是二丫頭，賈寶玉都沒能與他們進行情感的交流、思想的滲透。如果說賈寶玉最終皈依了佛門與一僧一道們貌合神離的話，那麼他和劉姥姥、二丫頭們的思想情感、人生態度也就相差得更遠了。晉人王戎說：「聖人忘情，最下不及情。情之所鍾，正在我輩。」[12] 一僧一道正是忘情者，寶黛之輩是鍾情者，劉姥姥則是不及情者。而作為鍾情之輩的賈寶玉，在人生的旅途中，尚有可能達到忘情的境界，但他是絕無可能成為不及情的最下的，正如「返樸歸真」與本來意義上的「真」已經完全是兩回事了。這裏有刻意與無意之間的本質上的區別。賈寶玉最終的歸宿也

---

[12] 《世說新語・傷逝》。

確乎如此，雖然在內心深處他最後仍徘徊於鍾情、忘情之間，但至少從表面上，他似乎在忘情、在遁入空門中，已經找到了一條人生的出路。於是，如果作者僅僅關心賈寶玉一己的命運，則劉姥姥式的人生觀在書中也就顯得不那麼重要了。但作者在《紅樓夢》開首自云：「忽念及當日所有之女子，一一細考較去，覺其行止見識，皆出於我之上。」又曰：「然閨閣中本自歷歷有人，萬不可因我之不肖，自護其短，一併使其泯滅也。」於是，我們的目光隨著作者的注意力而看到了賈府上層女性中最年輕的一位——巧姐。在金陵十二釵的正冊，有關巧姐的畫與判詞是：

> 後面又是一座荒村野店，有一美人在那裏紡績。其判云：
> 勢敗休云貴，家亡莫論親。偶因濟劉氏，巧得遇恩人。

其畫中之紡線美人，豈非與二丫頭的生活情形十分相似？在賈府的衰敗中，巧姐是得到劉姥姥搭救而走入農人生活圈子裏的唯一一個人。也許，作者安排下這樣的歸宿，是有意要讓賈府中最年輕的上層女性去嘗試一種全新的生活，至少在讀者心中，要感覺到她過的是從頭開始的、不及情的、真正素樸的生活，而不是忘情式的「返樸歸真」。於是，在前八十回，巧姐在賈府內的生活有意被忽視了，似乎她被冰封起來，在賈府中永遠無法長大。等到高鶚續書時，對巧姐的年齡竟無所適從，困惑不已，以致出現「巧姐年紀忽大忽小」的情形[13]。

　　如果我們借用《紅樓夢》的「夢」對我們提出的三種人生視點作一歸結的話，那麼，寶黛等人是夢迷者，一僧一道是夢醒者，劉姥姥則代表了一批從不做夢者。

---

[13]　參見《俞平伯論紅樓夢》，第 426 頁，上海古籍出版社，1988 年版。

　　當寶黛等人沉迷於情的夢想世界終於使黛玉耗盡了生命、使寶玉因此而萬般無奈地走向一僧一道時，巧姐則隨劉姥姥來到鄉村，紡起線來了。雖然與賈府的大富大貴生活相比，巧姐的地位已經沉淪，但在「留餘慶」的曲子裏，作者留給了我們一片朦朧的希望。她也許會很貧窮、很艱苦，也沒有什麼夢想，但是否會生活得更充實、更少煩惱呢？跟執著於情或者不得不皈依空門者相比，是否巧姐的生活才能更讓人品味到一點幸福的甘汁呢？誰知道呢？對曹雪芹來說，這條出路更多的是賈寶玉眼中的二丫頭，也是一個猜不透的謎。

　　　　　　　　　　　　　（此章係與孫遜先生合作完成）

第二章 論《紅樓夢》的女性立場和兒童本位

一、白話小說中性別立場的轉換

《紅樓夢》所具的強烈的女性意識已是一個不爭的事實，但是，只有把它放在古典小說的背景中，這一意識的獨特性才更為顯然。

我們只需稍稍回顧一下前此的古典小說，就不難發現其所具的一個共同點，那就是對女性的鄙視乃至仇視的態度。

《三國演義》中劉備關於妻子是衣服、兄弟是手足的比喻為人所熟知。在這樣的對比中，女性的地位被等同於一件可憐的用品。

在《水滸傳》中，這件衣服似乎已經妨礙了兄弟的情誼：潘金蓮對武大和武二的兄弟關係之間構成的威脅；還有潘巧雲對楊雄和石秀友情的離間。最後，當真相大白時，楊雄也是藉著參與到對潘巧雲的殘害中，來表示對石秀的歉意，洗清自己的內疚。這裏，武大之與武二之間的同胞兄弟關係，以及楊雄與石秀之間的結拜兄弟關係，似乎已經涵蓋了當時社會中男性之間親密關係的大致類型。

《西遊記》中，女性常常成為妖魔來誘惑去西天的取經隊伍，被孫悟空一概當作害人精而予以掃除。在《西遊記》的第五十四回，唐僧師徒等人才用計從女兒國脫身，又遭到化作女兒身的蠍子精的暗算，所謂「脫得煙花網，又遇風月魔」。在這裏，妖精與女子的界限之模糊，是出自作者的特殊用意。

《金瓶梅》曾被視為是一個從表現男性到展示女性世界的轉捩點。但其基本立場沒有改變，只不過改變了把女性作為敵人來鬥爭的方式。從《水滸傳》中延伸出的一條線索，既有結構的功能，也

有著主題的意義。在序言中把潘金蓮比作是一隻色中美虎，用通俗的話說，女人是老虎。然後，讓打虎英雄武松來收拾殘局。我們看到，當西門慶把潘金蓮作為一個性的對手與之較量而敗下陣來時，武松又回到了傳統的對女性開戰的方式，將之斬盡殺絕。作者題詠道：「堪悼金蓮誠可憐，衣服脫去跪靈前。誰知武二持刀殺，只道西門綁腿玩。往事堪嗟一場夢，今身不值半文錢。世間一命還一命，報應分明在眼前。」在這首將潘金蓮的一命與她害死的一命武大作為一種因果對應起來時，突然又插進了西門慶與她在葡萄架下的綁腿淫樂，考慮到西門慶最終也死於她的手裏，從而把這「一命還一命」的指向也弄含混起來，武松的行為就不單單是在替武大報仇，似乎也是在為西門慶報仇，當然更是在為天下所有男性報仇了。

　　傳統的評點家曾不止一次指出，《紅樓夢》的創作是深得《金瓶梅》精髓的，我們也無意否認這一點，但這種聯繫更多的是筆法上的、技巧上的，兩書在思想立場上的態度是截然不同的。這在對待女性的態度上尤為明顯。二十年前，舒蕪的〈誰解其中味〉一文，就對《紅樓夢》之敬重女性作了深入的分析，認為賈寶玉對女性的尊重，實質上就是對「人」的尊重，因為在那樣一個時代，現實中的男人實在太醜惡了，只有美麗的女性才能做他心目中「人」的原型[1]。

　　但一個更為深刻的現象是，賈寶玉不但不遺餘力地讚美女性，關愛女性，為自己的天生的男兒身所遺憾，而且還有意識地認同於女性的行為處世的價值標準。因為在一個男權統治的世界裏，即使是對女性的讚美、關愛，也有可能變了味，成為一種高高在上而後表現出來的姿態，所以，在傳統的文字學那裏，把婦人之「婦」解釋為「服」的同音假借固然讓女性憤懣，而把妻子的「妻」解釋為

---

[1]　參見《說夢錄》，上海古籍出版社，1982 年版。

「與己齊也」也，雖然貌似主張了男女同等，似乎把女子與男子的價值等量齊觀，但我們切不可忘記，男子作為一個言說者的先在的優越性，已經將他視為是一個價值認同的不言而喻的前提和標準。這樣，女子所能發揮的最大空間也只能是把男子作為她行為的終極邊界。直到今天，婦女解放的最響亮的口號，還是「男的能做到的事，我們女的也能辦到」。其前進的目標，仍是以男子為標準的。

然而，這樣的思維模式，在《紅樓夢》中，在賈寶玉那兒已經被作了根本性的逆轉（儘管這種逆轉就像一顆沒有氛圍而閃爍在空中的孤獨的星星）。在作品第三回，寫林黛玉初進賈府，與賈寶玉第一次會面時，賈寶玉做出的一個最具戲劇性的動作，是把他身上佩戴的一塊通靈寶玉，所謂的「命根子」狠狠摔到了地上，從而為旁人評他的「性情乖張」立時提供了具體的證據。對此行為的意義，儘管許多學者有過種種的分析和猜測，筆者在第一章中也曾談到，以為此舉是賈寶玉意欲對自己「假寶玉」的性質的捨棄而讓真頑石的特質敞開在他所中意的人的面前，但似乎還可以有一種更為直接的解釋，就如賈寶玉他自己所說的那麼直截乾脆：「家裏姐姐妹妹都沒有，單我有，我說沒趣；現在來了個神仙似的妹妹也沒有，可見這不是個好東西。」這樣的邏輯推論，完全是以女性的是非為是非、以女性的標準為標準：既然女孩子都沒有，他當然也不需要。而老祖宗哄他把玉重新帶上，也完全是順著他思路展開，所謂「這妹妹原有玉來的，因你姑媽去世時，捨不得你妹妹，無法可處，遂將他的玉帶了去」云云。老祖宗的一番話讓寶玉覺得有理，遂不生別論了。對老祖宗的話，清代的評點家姚燮以為「的是哄小孩子語」。但如此評點，卻遠沒有脂評說得深刻，「所謂小兒易哄，余則謂君子可欺以其方云。」脂評與姚燮評點的根本區別，是脂評將那種思維模式的特質與小兒的特點區分了出來，從而免去了人們的習而不察的

見解，也超越了作品人物的視野，儘管小孩子的胡鬧是解釋賈寶玉行為的最易於被人接受的理由（我們後文還要對此做詳細探討），但這卻不是作者所要表達的真正的含意。作者的用意，則是著眼於一種女性的立場和價值標準。對這一用意，作為《紅樓夢》最出色的評點者的脂硯齋是心知肚明的，所以，在作品第七十七回關於寶玉探訪晴雯的一段描寫，脂硯齋把這層意思清晰地予以了道破。這一回敘述病中的晴雯被王夫人等攆出大觀園後，寶玉去她那兒探視，躺在床上的晴雯無人照顧，讓寶玉幫她倒碗茶，寶玉看那茶是絳紅的，也太不成茶，正在猶豫，晴雯扶枕道「快給我喝一口罷。這就是茶了，那裏比得咱們的茶。」寶玉還不放心，先自己嚐了一口，並無清香，且無茶味，只一味苦澀，略有茶意而已。但晴雯拿到這茶，卻如得了甘露一般，一氣都灌了下去。面對這一番情景後，展開了寶玉的心理活動，道是「寶玉心下暗道：往常那樣好茶，他尚有不如意之處；今日這樣。看來，可知古人說的『飽飫烹宰，饑饜糟糠』，又道是『飯飽弄粥』。可見都不錯了。」由於晴雯的生活現實，她在他面前展現出的種種實際狀況，使他回憶起了啟蒙書上教給他的許多道理，也使他對人生有了真切的領悟，使頭腦中的空洞概念有了充實的內含。不是他個人的實際生活，也不是其他男性的實踐，而是女性的人生實踐，才檢驗了他所學到的人生的哲理。於是，脂硯齋在評點中特別提醒讀者，說「通篇寶玉最要書者，每因女子之所歷始信其可，此謂觸類旁通之妙訣矣」，其中，評點者所用的「通篇」、「每」乃至「觸類旁通」這樣的字眼，也揭示了這一意識在整部作品中的關鍵位置。

　　脂硯齋要讀者以這樣的意識來觸類旁通，而我們也正可以用此視角來展開進一步的論述。

二、在鏡像中完成的女性意識

　　女性不但成了賈寶玉確立價值觀的標準，也幫助賈寶玉不斷修正著自己的人生目標。賈寶玉向來是希望自己能死在一群姑娘的眼淚中而作為實現自我的最高目標，其對女性的敬重之意是顯而易見的，但我們也不應忽略，當他把為他哭泣的女性視為「一群」而不是「一個」時，其作為男性的普泛的佔有欲的痕跡依然存在。我們無需迴避這一點。所以，在第十九回，當寶玉去過襲人家，看到了襲人的表妹後，一面讚歎她實在好，一面也為她沒在他身邊而歎息。以至於連襲人都要憤憤不平地說：「我一個人是奴才命罷了，難道連我的親戚都是奴才命不成？定還要揀實在好的丫頭才往你家來。」其對丫頭是如此，對於他的姐妹們林黛玉、薛寶釵、史湘雲等也大都是難捨難分，顯得不夠專一。所以，在他神遊太虛歡境，警幻仙子在夢中許配給他的女子叫兼美，所謂：「其鮮豔嫵媚有似乎寶釵，風流嫋娜，則又如黛玉。」正如有學者指出的，「兼美」的名字把他那種兼愛的心理揭示了出來。然而，在第三十六回「識分定情悟梨香院」中，當他因為在梨香院中受到了齡官的厭棄，又親眼目睹了齡官與賈薔的癡情，不由得心中「裁奪盤算，癡癡的回至怡紅院」對著襲人長歎說：「昨夜說你們的眼淚單葬我，這就錯了。我竟不能全得了。從此只是各人各得眼淚罷了。」寶玉也因此深悟人生情緣各有分定，只是每每暗傷：「不知將來葬我灑淚者為誰？」可以說，只是從他對女性內心世界體認的過程中，那種孤立地建立在男子一廂情願基礎上的思想意識被得到了一次又一次的校正。

　　還在《紅樓夢》第二十八回，當大觀園剛剛迎接了賈寶玉等眾姐妹的入住，還在向世人展現出它的明媚春光、它的鮮花嫩柳、它之作為一個理想天地的全部魅力時，賈寶玉已經對這一理想世界的

永世長存性表示了深深的懷疑,以下的這一段文字曾被作為他對人生的深層次思考而屢屢為學者所引用:

> 試想林黛玉的花容月貌,將來亦到無可尋覓之時,寧不心碎腸斷!既黛玉終歸無可尋覓之時,推之於他人,如寶釵、香菱、襲人等,亦可到無可尋覓之時矣。寶釵等終歸無可尋覓之時,則自己又安在哉?且自身尚不知何在何往,則斯處、斯園、斯花、斯柳,又不知當屬誰姓矣!──因此一而二,二而三,反覆推求了去,真不知此時此際欲為何等蠢物,杳無所知,逃大造,出塵網,使可解釋這段悲傷。

但一些學者在引用這段文字並加以分析時,較少提及一個基本的事實,那就是,賈寶玉的感歎和深思是由林黛玉的〈葬花吟〉而誘發。如果說,林黛玉的吟歎是針對了一個具體的物象,雖然也對人的命運作了暗示,但其局限於物象(也包括個人)所處的特定環境的特徵是十分明顯的。所以她的感傷是美學的感傷也是社會學意義上的哀歎。而賈寶玉則把這種感傷引入到哲學的思考層面上去,是對人的生存乃至世界的根基問題發生了憂慮。將賈寶玉的這種憂慮與前一回中薛寶釵和林黛玉的行為的對比聯繫起來看是耐人尋味的。前一回中的「滴翠亭楊妃戲彩蝶‧埋香塚飛燕泣殘紅」是《紅樓夢》中最著名的篇章之一,從這一回的內容到回目所呈現的工穩的對仗關係啟發了許多學者對此進行了各個方面的比較研究。但是,薛寶釵和林黛玉的種種差異,在接下來的賈寶玉的思考中,被納入到同一個層面中,兩人可能有的美學的或者社會學意義上的分歧乃至衝突,在哲學層面上,在賈寶玉對人的存在的最基本的思考點上得到了化解和揚棄。然而,賈寶玉所獲得的一種較高層次的反思能力,恰恰是以女性的具體存在、她們的最初的感悟為出發點的。

所以我們看到，其思維的展開邏輯，無疑以女性的存在狀態為判斷的大前提，隨後再將自己的一己個體引入到這一思維軌跡。只是由於女性的生存危機，才引發了他對自己、對世界的存在思考。套用林黛玉寫的一句偈語來說，女性成了賈寶玉的「立足之境」，這個「境」也可以被認為是鏡子之「鏡」。

正由於此，女性也幫助賈寶玉拓展了審美的趣味。第四十回，賈母和眾人逛秋天裏的大觀園，賈寶玉看到河裏的殘敗的荷葉甚是討厭，要叫人拔去，林黛玉引李商隱的詩句道是「留得殘荷聽雨聲」，寶玉一聽，領悟到其中的詩意，就說「以後咱們就別叫人拔去了。」

當賈寶玉有意識地把女性的意識融匯於自己的意識中時，女性在作品中，從某種程度上完成了哲學家黑格爾所謂的：自我意識在一個與之相對的意識中的滿足，從而使男女平等意識成為可能。這樣，賈寶玉在與林黛玉戀愛時，思維方式也就走出了男性的封閉的自我，形成在兩點上來回流動的特性，如同在第三十二回，賈寶玉向林黛玉傾訴的那樣：「好妹妹，你別哄我，果然不明白這話，不但我素日之意白用了，且連你素日待我之意也都辜負了。你皆因總是不放心的緣故，才弄了一身病。但凡寬慰些，這病也不得一日重似一日……你的病好了，只怕我的病才得好呢……」這裏，賈寶玉的表白固然說明了他對黛玉的摯愛，但我們細細品味這段文字，不難發現賈寶玉思維立場在「你」、「我」兩個點上的擺動，他在展開思維的過程中，始終把林黛玉的思維作為自己的立場和出發點，不但從自己的視角中來理解林黛玉，而且從林黛玉對自己的理解中來加深對林黛玉的理解，並且讓自己的這樣一種思想在林黛玉面前充分敞開。這一行動的結果是，讓黛玉看到自己的思想是究竟如何滲透到寶玉的頭腦中，也讓林黛玉從賈寶玉對自己的理解中完成對寶玉的充分理解。從林黛玉這一角度來看，作為一名女性，她在與之相

對的男性自我意識中確立了女性的自我意識，從而完成了一個自主意識對另一個自主意識的平等和自由[2]。

認為林黛玉的自我意識也是藉助於賈寶玉的自我意識得以確立，我們就不能不提及賈寶玉作為一個作品敘事者與這種意識間的有機關係。庚辰本上有脂硯齋對怡紅院環境描寫的夾批云：「於怡紅院總一院之看，是書中大立意。」對這一「看」字，海外的宋淇和余英時等都從各自立論的需要，或把它視為「首」字，或把它視為草書「水」字之形訛[3]。但奇怪的是他們卻都沒有對這赫然在目的「看」字予以理會。其實這一「看」的意義相當重要，正是脂評所謂的大立意處。我們知道，在作品中，主人公賈寶玉同時也擔當著故事的敘述者這一重要腳色，儘管在許多場合，全知式的敘述視角經常介入到情節的展開過程中去，但是，在賈寶玉在場的情況下，其限知的特定視角總是會切入到作品展現的藝術世界裏去，而作者似乎又有意讓賈寶玉盡可能多地參與到各種活動中去。這樣，在作品中，特別是在大觀園中，賈寶玉就起到了一面鏡子式的反映、察看的作用，我們讀者也是藉助於賈寶玉之「看」，才看到了大觀園中的眾姐妹，並且在與賈寶玉同看的過程中，不知不覺受到了賈寶玉立場的滲透。頗具象徵意味的是，在怡紅院中，房間進門處一塊顯眼的大鏡子，為賈寶玉的特定視角作了一個最好的注解：他本人就像一面鏡子，把大觀園中的有關女性的一切悲歡離合的故事折射給世人。如果這樣的論斷尚有一定道理的話，那麼，關於第二十二回後部分「製燈謎」的情節也可以在此一併予以詮釋。關於這段情節，早期抄本似乎並不完整，至惜春燈謎就終止了，庚辰本的回末總評云：「此

---

[2] 參見（德）黑格爾著，賀麟、王太慶譯《精神現象學》第四章「自我意識」，商務印書館，1983 年版。

[3] 參見胡文彬、周雷編《海外紅學論集》，上海古籍出版社，1982 年版。

回未成而芹逝矣，歎歎。」但是後來的甲辰本則內容大致完備，並有了庚辰本所無的賈寶玉製作的一則燈謎，即：「南面而坐，北面而朝；象憂而憂，象喜而喜。」謎底則是鏡子。這段情節由於被認為是後人的補作，所以，在紅學所新校注本中未予收入。而且由於這則燈謎竟然襲用了賈寶玉所不屑一讀的「四書五經」中的語句，被有些論者認為與寶玉的思想性格明顯背離[4]。關於這段文字作者究竟屬誰這裏暫不討論，單就這則燈謎來說，我認為，其設計也是頗具匠心的。如果說，其他一些燈謎都較為確切地暗示了製作燈謎者的命運或者性格的話，那麼這則燈謎與賈寶玉之意識立場頗為吻合。「南面而坐，北面而朝」顯示了當他從第二十三回起入住（或者說入主）大觀園後，在這一女兒國所具有的雙重身份，他一方面是所謂的絳洞花主，似乎是眾姐妹的領導者，另方面，他的行為卻時時顯露出他甘心為女性服務，如同女性的一位公僕；其思想意識，也是以女性的思想為思想，其感情也是因了女性的情緒起伏而翻騰，所以結果必然會達到「象憂亦憂，象喜亦喜」的一致性。這樣，鏡子不但象徵了故事的敘述者身份，也把這種反映與被反映的近似關係暗示了出來。但鏡子的意義還不僅於此，作為看的立場似乎也不是局限於寶玉一人。寶玉看著大觀園的眾姐妹，大觀園裏的眾姐妹也藉著寶玉的目光看清了自己和自己應有的地位：有賈寶玉獨特的愛物觀，才有晴雯的「撕扇子作千金一笑」；有賈寶玉贈送的舊手帕，才有林黛玉題詩時確立的情感的自覺。如果說，前此的女性每天都要對著鏡子來梳妝打扮的話，那麼她們所面對的鏡子是以男性霸權意識為底色的，所以，據此映照出的人物形象是經過男性意識扭曲、壓榨後的一個女性的面影，一個矯揉造作失去了本來面目的面影。

---

[4]　蔡義江，《紅樓夢詩詞曲賦評注》，北京出版社，1980 年版。

然而，恰恰是賈寶玉，其對男性的不留情面的貶斥，對女性的毫無保留的推崇，使得大觀園的眾姐妹原有的「鏡子」中的那種底色漸漸退去，而習慣於用賈寶玉的眼光來看自己、期待自己。這樣怡紅院中的鏡子就不僅僅是給賈寶玉看的，也是給所有女性、所有希望能夠看到一個真實的自己、一個有著自主意識的人看的。事實上，當賈寶玉面對這一鏡子時，鏡象中出現的甄寶玉對其作為男兒身的竭力貶斥，甚至是偶爾進入大觀園的劉姥姥，儘管她剛開始被鳳姐插了滿頭的野花，卻寧可委屈自己說要當個老風流來博得眾人的一笑時，當其有機會在無人的時候看到怡紅院中的這面鏡子時，藉著對鏡中人的指責，把她內心的真實想法照射了出來。同樣的道理，大觀園中的眾姐妹也是藉著賈寶玉這面肉身化的鏡子，看到了一個真實的自我，完成了意識對象化、客觀化的一個飛躍發展。

也恰恰是在女性自主意識有所確立的前提下，女性的本真的美才得到了具體的展現。

她們的容貌是美的，既有鮮豔嫵媚如春花一般的寶釵式的美，也有風流嫋娜如纖柳般的林黛玉的美；她們的言語是美的，史湘雲咬起舌頭來的「二」、「愛」不分是美的，小紅伶牙俐齒說繞口令式的替平兒傳話給鳳姐是美的；她們的靜態是美的：史湘雲醉臥花叢下，薛寶琴雪裏捧紅梅；她們的動態是美的：黛玉葬花，寶釵撲蝶；她們的氣質是美的，既有「珍重芳姿晝掩門」的含蓄美，也有「半捲湘簾半掩門」的風流美，更有那「玉是精神」「雪為肌」的高潔美。當她們聚集在一起時，固然有群芳開夜宴那種洋溢著青春活力，無拘無束、揮灑自如、一醉方休的酣暢美，也有像這樣讓人細細咀嚼、深深品味、流連低迴的嫻雅美：

> 黛玉倚欄坐著，拿著釣竿釣魚。寶釵手裏拿著一枝桂花，玩
> 了一會，俯在窗檻上，掐了桂蕊，扔在水面，引的那遊魚浟
> 上來唼喋。湘雲出一回神，又讓一回襲人等，又招呼山坡下
> 的眾人只管放量吃。探春和李紈惜春正立在垂柳陰中看鷗
> 鷺。迎春卻獨自在花陰下，拿著針兒穿茉莉花。（第二十八回）

像這樣的「百美圖」無疑具有唯美傾向，事實上，作者寫到的大觀
園中眾女性的美，其形式上的一種純美佔有相當的比例，當《紅樓
夢》的情節衝突，以一種不同於以往小說的處理方式逐漸淡化下去
時，顯示人物純美的畫面一一突顯到我們面前，這樣的純美，這樣
的蛻去功利色彩之後的形式化，在一個女性被侮辱和被損害的社會
裏，在一個女性被男性霸權所籠罩的世界裏，無疑具有極大的挑戰
性。於是，作品中的衝突就不僅僅是大觀園和大觀園以外的世界的
衝突，也是我們讀者所處的當下環境，與一個呼喚純美、展示純美
世界構成的潛在衝突。

女性純美的展現不僅局限於外表，也見之於心靈。作品中，呆
香菱之胸無城府、呆於人事與她之癡於學詩、寫詩正是純美之心靈
的寫照。

當然，最美的、最令人難忘的，乃是那種超越了世俗的門第、
功名、富貴等觀念的至純至潔的少女的情懷，是那種像齡官在薔薇
花架下一筆又一筆、一字又一字地劃「薔」字而癡及局外人的執著，
是黛玉接受了寶玉所贈送的手帕後，在上面題詩時的通體燃燒的熱
情，也是尤三姐以身殉情的剛烈，司棋不怕流露真情被人恥笑的
沉著。

人們習慣上認同《紅樓夢》為愛情小說，是因為以前沒有任何
一部的小說在表現男女愛情方面是這樣多樣、這樣深廣、這樣強烈，

如果說，傳統社會中，那種男性中心主義意識使得男女交往在情感領域未能以一種對等的關係維繫的話，只有在《紅樓夢》中，當作為男性的賈寶玉在內心的感情和生命意志中承認作為「他者」的女性的絕對價值時，愛情才真正拋棄了利己主義的枷鎖，而向世人放射出它本應放射的迷人光芒。

三、兒童化：確立自我的特殊策略

然而，在男女交往中體現出對女性的尊重，在情感中堅持平等公正的立場，諸如此類的頗具近代意義的思想行為，卻是在人物極為低齡化的狀態下發揮出來的。從清代生活中的實際結婚年齡看，劉大櫆〈男子三十而娶，女子二十而嫁〉一文說：「男子由十六以至三十，可以為人父矣，三十而不娶，則已老；女子自十四以至二十可以為人母，二十而不嫁則已遲。」清人把女子虛歲十五，男子虛歲十六作為成人的年齡線，也就是允許結婚的年齡線，女子勿得過二十，男子在二十一二歲之間，最高至二十四五歲，到三十歲則為極限。這是當時人們對初婚允許的年齡段。所以有學者推論，當時實際的結婚年齡男子大約在二十到二十一歲，女子在十七到十八歲[5]。當然也有大量早婚的事實，如鄭板橋寫的〈惡姑〉詩就提到了一位早婚的女子，所謂「小婦年十二，辭家事翁姑。未知伉儷情，以哥呼阿夫。兩小各羞態，欲言先囁嚅」，這也說明，即使有早如十二歲的，但也實在還是一團孩子氣。

我們再來看《紅樓夢》寫到的主要人物發生感情糾葛之年齡。

5　參見郭松義，《倫理與生活——清代的婚姻關係》，商務印書館，2000 年版。

　　第二十五回，寶玉中魔發狂，一僧一道前來相救，道是「青埂峰下別來十三載矣」。據周紹良先生的實際推算，誤差一年，應為十二歲，而黛玉比寶玉小一歲，則為十一歲。這個年齡段從第十八回開始，到五十三回結束。寶玉十三歲的年齡段，從五十三回開始，到第七十回結束。也就是說，賈寶玉十二三歲的年齡和林黛玉十一二歲的年齡，是全書展開的大半部分[6]。

　　而黛玉初進賈府，年齡則更小，才五六歲，寶玉才七八歲，作者寫他們是「親密友愛處，亦自較別個不同，日則同行同坐，夜則同息同止，真是言和意順，略無參商」，儼然是一副早戀的架勢（第五回）。等長大了些，即使要睡同一個枕頭，也沒有太大的忌諱（第十九回）。

　　也正由於年齡小，所以，儘管在小說中，已經寫到了他們為了真摯的愛而在甜蜜又痛苦中煎熬，如第二十九回，因兩人心裏早存下一段情思，為了張道士與寶玉作媒的事發生了爭吵，並且在爭吵中使他們之間加深了理解，感情趨於牢固，但在旁人看來，這樣的爭吵只是兒戲。就像鳳姐說的：「老太太在那裏抱怨天抱怨地，只叫我來瞧瞧你們好了沒有。我說不用瞧，過不了三天，他們自己就好了。……也沒見你們兩個人有些什麼可拌的，三日好了，兩日惱了，越大越成了孩子了。」（第三十回）在這裏，鳳姐是完全把他們作為孩子來看待的，把他們的行為視為孩子之間的頑皮和喜怒無常，她根本沒朝戀愛這方面去想，其他家長也沒朝這方面去想。在第五十四回，老祖宗以她對才子佳人故事的批駁，說明了在一個詩禮仕宦家族裏男女自由戀愛的不可能，因為家中不會提供給他們這樣見面的機會。另外，在李漁的短篇小說集《十二樓》中，其〈合影樓〉

---

[6]　周紹良，《紅樓夢研究論集》，山西人民出版社，1983 年版。

中的管公，以為聖人所說的「男女授受不親」是專對至親而言，若是陌路人，根本就無見面的機會了，哪裡還談得上「授受」，這樣的別具隻眼也說明了當時的上層社會對男女交往的那種如臨大敵。在日常生活中，做家長的自然會防微杜漸，不會允許他們有這樣的自由天地，有這樣的相處在一起來自由戀愛的機會。但是，唯一的例外是，他們還太小，小得讓人失去任何的警惕，根本不把他們已經被點燃的轟轟烈烈的愛情火焰視為是一種真誠而又認真的情感的流露，而僅僅認作是一種兒戲。

除開兒戲之外，那些大人也實在無法對寶黛的言行有別樣的解釋，因為他們自己從來就沒有經歷過這樣的大喜大悲的感情生活，他們自己都是從婚前的兒童時代一躍而為婚後的成人時代，他們無法從本人的生活歷程、情感經驗中發現和理解這樣的一種人類的特殊情感，既然寶玉和黛玉正當兒童這樣的年齡，他們除了用兒戲來命名之、解釋之，他們還能做什麼呢？所以寶黛越是為感情鬧得翻江倒海的時候，也是大人們認為他們最具孩子氣的特點。他們從各自的生活經驗和立場，對事態的發展作出了完全相反的理解。老祖宗說他倆是「這麼兩個不省事的小冤家，沒有一天不叫我操心的。真是俗語說的，『不是冤家不聚頭』。」（第二十九回）她之抱怨，完全著眼在他倆的「小」、在「不省事」，她哪裡想到，他倆的吵鬧恰恰不是說明了「小」，而是說明了他倆的「大」，大到足以領悟到人類情感中最主要的一種、最具理想化的一種，並且為宣洩它、爭取它來嚴肅認真的錙銖必較，來所謂的「情重愈斟情」。這就不難解釋了，對老祖宗的那一句抱怨的「不是冤家不聚頭」的俗語，傳到他們的耳朵裏，「好似參禪的一般，都低頭細嚼此話的滋味，都不覺潸然泣下」。——這樣的細膩和敏感，引發出的是只有成人才會有的那

種對人生的喟歎，其細嚼的舉動，把老祖宗話裏有的那一層「不省事」的兒童的意義恰好給翻了個個。

同樣，如同我們在前文指出的，在賈寶玉堅持著女性的價值標準（儘管是在直覺意義上的）而摔玉時，大家（包括書中的人物和書外的評點者）都認為這是小孩子的胡鬧。

也許，作者有意要在賈寶玉等人的身上嘗試一種年齡錯位的筆法，所以，當他還在七八歲時，也就是《紅樓夢》的第五回，作者就安排他神遊太虛幻境，並在警幻仙子的引領中，與一位鮮豔嫵媚如寶釵、風流嫋娜如黛玉的兼美結為人生的愛侶，從而在象徵的意義上完成了人物的長大成熟，在兒童的軀殼內，在兒童的嬉戲中，他，還有大觀園其他女子的心靈，以一種秘密的方式在逾越常規地發展。

當然，這話也可以反過來這樣理解：他的身體在長大，他的心靈卻未世俗化，仍保持一份童真。事實上，確實早有學者將明代思想家李贄的「童心說」和《紅樓夢》的思想特質作了聯繫，認為賈寶玉等人是葆有「童心」的叛逆者形象，認為此書處於中心地位的人物形象都是些青少年[7]。不過，如果要在分析中引入李贄「童心說」這一思想背景的話，我們必須從兩個層面來展開討論。其中之一，就是作為肯定意義上的「童心說」的內涵和賈寶玉對女性尊重前提下的真情坦露之間有多大的關聯點，這一層面已經有學者作出了初步的探討，此不贅述；另一層面，就是「童心說」在世俗眼光中的否定意味，關於此，每每為不少學者所忽視。就筆者所見，好像只有日本的溝口雄三有過這方面的詳細討論[8]。

7　參見張錦池，〈李贄的「童心說」和曹雪芹的《紅樓夢》〉文，載《紅樓夢學刊》，1983 年第 1 輯。

8　參見（日）溝口雄三著，索介然、龔穎譯《中國前近代思想的演變》，中華

　　李贄的「童心說」是從反面入筆，所謂「龍洞山農敘《西廂》，末語云：『知者勿謂我尚有童心可也。』」來展開其論述的。早在漢朝，「童心」就被理解成「無成人之志，而有童子之心」[9]，而在晚明，童心也經常是作為貶義來使用的，如呂坤《呻吟語》卷一〈存心〉中所謂的「童心最是作人一大病，只脫了童心，便是大人君子。」陳龍正《幾亭全書》卷十五〈學言詳記〉中也言：「嬉遊之在人也，曰童心。凡摴蒲博弈、喜豪飲、愛冶游、悅鄭聲，喜怒不常是也。」又徐如珂《徐念陽公集》卷五〈刻制義引〉中回憶自己幼有童心而不肯讀書，所謂「余自幼有童心，日與里中兒遊戲相徵逐，視詩書蔑如也」。而李贄「童心說」的反面入筆，即從世俗觀念中切入而對「童心」闡發出新意，顯示了「童心說」從不同視角的觀照中所特具的兩方面含義。這樣一來，如果說，曹雪芹確實如一些學者指出的，其思想跟李贄的「童心說」有很深的淵源關係的話，那麼，作為世俗之人對「童心」的歷來就有的不解和誤解，也被曹雪芹有意識地借用過來，在塑造不為傳統思想所規範的賈寶玉等藝術形象時，有意從一個世俗眼光中的頑劣兒童入筆，既寫他的年幼，又突出了他的頑劣，似乎有意要授人以話柄，在賈寶玉開始登場的第三回，就藉著所謂後人所作的兩首西江月詞，對其作了批駁：

　　　無故尋愁覓恨，有時似傻如狂。
　　　縱然生得好皮囊，腹內原來草莽。
　　　潦倒不通世務，愚頑怕讀文章。
　　　行為偏僻性乖張，那管世人誹謗。
　　　富貴不知樂業，貧窮難耐淒涼。

書局，1997 年版。
9　見《史記‧魯周公世家》服虔注。

可憐辜負好韶光，於國於家無望。

天下無能第一，古今不肖無雙。

寄言紈絝與膏粱：莫效此兒形狀！

其意義，有人以為是似貶實褒，或者說寓褒於貶。這樣的分析，似乎忽視了這一評價與賈政、王夫人等眾人對他評價的一致性。作者有意要從這樣世俗的視角入手，不但對我們讀者來說，隨著閱讀的深入，可以不斷刷新我們的認識，引起理解上的衝突；而且，這一視角也讓我們看到了世俗之人理解寶玉的心理定勢，使賈寶玉最具反傳統的思想意識在現實生活中，在傳統的意識形態中找到了存身的位置（哪怕是處於被貶斥的位置）。

四、女子與小人的悲哀

然而，也正是在賈寶玉等人思想行為現實化的過程中，現實中的種種限制必然會使其面臨困境，這既是思想現實化的困境，也是邏輯化、藝術化的困境。

兒戲當然可以使賈寶玉等人為自己的逾越規矩、離經叛道找到寬容的藉口，但兒童也必然意味著人微言輕。沒有地位、不被重視是賈寶玉時常流露的苦惱，自己挨打不但不可能反抗，連逃避都不許，而金釧被斥、晴雯被逐，他或者一溜煙逃走，或者呆在一邊乾著急。大觀園固然能夠視為他同眾姐妹自由的天地，但也未嘗不可以看作拘役他們、使他們行動不得自由的牢籠，就如同齡官對提著籠中雀的賈薔說的：「你們家把好好的人弄了來，關在這牢坑裏學這個老什子還不算，你這會子又弄個雀兒來，也偏生幹這個！」所以，每逢賈寶玉有機會走出大觀園時，總帶給他深深的喜悅和激動。

　　同樣，賈寶玉在採取女性立場、堅持認同於女性標準的同時，其本人連同女性自身都不能脫離現實環境而存在。

　　傳統社會能夠認同於侮辱人格的男女苟且之事，卻把建立在平等基礎上的戀情視為心病或下流癡病。受此種意識影響的襲人，能夠坦然與賈寶玉同領警幻訓事而成其男女之歡，但聽到賈寶玉真情的表露卻被嚇得魂飛魄散。賈寶玉在與林黛玉互相交流那一份最美好的情感時，雙方卻為詞不達意而深感煩惱，對他們而言，最有力量的只能是那無聲的言語——眼淚，一旦內心的思想情感外化為語言時，就常常被扭曲，被誤解，無意之中會把自己或者對方的行為納入到一個規範的系統中加以貶斥。賈寶玉和林黛玉為愛而不斷爭吵的原因之一就在於此。[10]

　　在大觀園中，林黛玉無疑是最具自我意識、最具獨立個性的女性形象。當她與周圍人相處時，她慣以尖酸刻薄的利嘴來使氣逞才，不過，她藉以嘲笑、挖苦他人的思想前提，仍是深深倚賴了傳統的價值標準，例如，在第八回，她的一切冷嘲熱諷，都是在於揭示對方行為的自相矛盾，是藉著人物語言在不同語境中的重新組合，從而把人們的合乎傳統禮儀的思想邏輯推向它的反面，她在這一回的四處出擊，讓我們聯想起《三國演義》中諸葛亮的舌戰群儒，只是，諸葛亮的建設性效果，在林黛玉那兒一概變成了以反諷來對周圍人的傷害與對周圍世界的粉碎，當世界在她面前顯示出其種種矛盾和可笑時，她又怎能托身於其間？當傳統的社會與女性自主意識呈尖銳對立時，她試圖以她的個性來否定所處的世界，其結果必然被世界所否定。

---

[10]　參見楊絳〈藝術與克服困難——讀《紅樓夢》偶記〉，文載《春泥集》上海文藝出版社，1978 年版。

　　與林黛玉和周圍世界直接衝突形成對照的，是薛寶釵那種自我衝突的方式。對於後者，我們習慣於稱她為恪守傳統道德規範的典型，是所謂任是無情也動人的冷美人。但是，說她無情、說她冷，並不足以揭示她自我衝突的全部複雜性。在書中，薛寶釵作為女性的個體意識與理性的爭鬥脈絡清晰可辨，第三十回，當寶釵向寶玉說自己怕熱時，寶玉笑道：「怪不得他們拿姐姐比楊妃，原來也體豐怯熱。」「寶釵聽說，不由的大怒，待要怎樣，又不好怎樣。回思了一回，臉紅起來，便冷笑了兩聲，說道：『我倒像楊妃，只是沒一個好哥哥好兄弟可以做得楊國忠的！』」這裏，寶釵從大怒到冷笑，其心理經過的一番自我衝突與調節，使她的反擊終於用一種不溫不火的方式表現了出來。同樣，在寶釵的言語中，我們也能看到她的那種自我粉碎自我矛盾的特點，如第三十七回，她跟湘雲談作詩的主題和立意，發表了一番高見後，結尾卻來一個一百八十度的大轉彎，道是：「究竟這也算不得什麼，還是紡績針黹是你我的本等。」第四十二回，她與林黛玉談論讀《西廂記》和《牡丹亭》的體會。結尾也是類似的老話，所謂「作詩寫字等事，原不是你我分內之事，……只該做些針黹紡織的事才是。」於是，借才思來張揚女性個性的意識行為與「女子無才便是德」的古訓，是以一種自我否定的語言方式依存於薛寶釵的言語習慣中，她始終以一種自我衝突和自我調節完成後的姿態出現在周圍的人群中。不同於林黛玉的是，個體與社會的衝突在薛寶釵那兒轉換成個體與自我的衝突，這樣，她儘管也寫詩，但是，本來是張揚個性的詩的創作，對薛寶釵來說，變成了一種社交的手段，一種融洽環境的工具，在她獨處時，她是無詩可做的。她在社會中如魚得水之日，也是她的個性喪失之時。

　　薛寶釵與林黛玉作為兩個對立的人物形象出現在作品中，不僅在於思想心理等社會因素，也在於生理的、身體等自然因素：溫柔

敦厚和尖酸刻薄作為兩種形象風格，可以給人們產生各個層面上的聯想。然而，從思想的發展軌跡上來說，史湘雲與翠縷關於陰陽問題的討論，對女性自我意識失落之過程，濃縮了從自然到社會的一段漫長發展歷史。在第三十一回，湘雲與翠縷從天地間都賦陰陽二氣所生討論起，一直論及飛禽走獸，當談及人時，翠縷似乎恍然大悟般說：「姑娘是陽，我就是陰……人規矩主子為陽，奴才為陰，我連這個大道理也不懂得？」這裏，翠縷悟出的道理看似可笑，卻極深刻地揭示了當時社會意識形態中，男女與主奴間的結構對等關係。所以史湘雲笑翠縷「你很懂得」，與其說是諷刺，倒不如說對這一荒唐話的無可奈何的默認。

正是由於男性話語系統無往而不在的滲透力，使得一個真誠地敬重女性的男子不得不將青春女性的稱謂——「女兒」視為言語的禁忌：「這女兒兩個字，極尊貴、極清淨的，比那阿彌陀佛、元始天尊的這兩個字號還要尊榮無對的呢！你們這濁口臭舌，萬不可唐突了這兩個字，要緊，但凡要說時，必須先用清水香茶漱了口才可。」（第二回）其所謂的「清水香茶漱口」，也不過是對滲透了男性霸權話語的一種象徵性的當然也是無力的抗拒。

這樣的無力，與其說是一種理想的不徹底，倒不如說是更深刻地揭示了現實的結果，而這種將理想放回到現實中加以邏輯展開的舉措，顯示了《紅樓夢》所以偉大的根基所在。

第三章　秦可卿的存在方式及其哲學隱喻

　　在《紅樓夢》的人物畫廊中，秦可卿佔有一個非常特殊的位置。儘管她來去匆匆，正當青春妙齡而夭亡在「紅樓」畫卷的展開之初，況且，即使在她出場的寥寥數回中，作者對她的著墨也似乎顯得相當吝嗇和草率。但她的地位，她在《紅樓夢》全書中所具有的特殊意蘊並不因此而減弱，甚至可以說，恰恰是作者的這種淡淡著墨、匆匆歸結，才顯示了她之於被層層點染、大描大寫的賈寶玉、王熙鳳、林黛玉、薛寶釵等人的不同價值。

一、夢中人的形象特點

　　歷來許多學者都曾試圖去把握秦可卿這一人物形象，努力地對其在作品中特具的意義作一盡可能全面的理解。他們或者認為作者寫秦可卿僅僅是為了寫她的死，而借她的死，藉著喪事的操辦，來渲染賈府的大場面，極寫賈府盛時光景，所謂「將大家喪事詳細剔盡，如見其氣概，如聞其聲音」[1]；或者認為「秦可卿之死，這是為了表現王熙鳳的才幹」[2]，是以協理、弄權顯示了鳳姐的多方面個性，所謂「寫秦氏之喪，卻只為鳳姐一人」[3]。也有的學者認為作者塑造秦可卿這一人物的目的，是揭露當時封建社會的淫亂生活，他們根據本文留下的蛛絲馬跡，所謂「未刪之文」，以及脂評透露的線索，

---

[1]　庚辰本第十四回脂批。
[2]　孫犁，《文學短論・關於長篇小說》，人民文學出版社，1978 年版。
[3]　甲戌本脂批。

構想了秦可卿與其公公賈珍的淫亂關係[4]；而有的學者據此作出進一步判斷，認為作者「刪去這一重大情節，使作品揭露寧國府內部荒淫無恥醜行的主題大受影響，作者的批判鋒芒大為削弱」[5]，並宣佈將秦可卿處理為「速死」是「他創作上的一次重大失誤」。其實，還在四十年代，就有學者因秦可卿這一形象的朦朧性、她所蘊含的思想價值的複雜性、矛盾性而判定她是整個《紅樓夢》中「個別人物的失敗」，等等[6]。

上述的某些觀點儘管限於他們所探討的不同視角而各有所側重，就總體言，這些觀點對於我們全面地剖析秦可卿這一藝術形象雖然也有一定的啟發性，不過，他們在對人物進行探討時，幾乎大多未能把握住這一形象的基本特點，也幾乎很少有人能從《紅樓夢》的形象體系的分類中，來探討她所占的應有位置，由此而導致一些觀點的片面、武斷也就在所難免。

其實，《紅樓夢》中的人物形象大致來說可以分成兩大系統：一個是作為實體性的人物系統，如寶玉、鳳姐、黛玉、寶釵等等，他們組成了小說故事內容的主體成分，推動著情節向前發展；另一個則是作為隱喻性的人物系統，如甄士隱、賈雨村、癩頭和尚、跛足道人等，他們這一組人物在小說展開的現實世界並不完全具有獨立的價值，作者藉助這些形象本身所寄寓的意蘊，對作品中的情節、人物、主題乃至領悟作品的方法進行了一種形象而又直觀的闡釋，他們是作為《紅樓夢》這部無與倫比的巨著的自我闡釋系統裏的一部分，在作品中發揮著他們各自的功效。而秦可卿，正是這一隱喻

---

[4]　〈俞平伯和顧頡剛討論紅樓夢的通信〉，文載《紅樓夢學刊》，1981 年第 3 輯。

[5]　劉秉義，〈論曹雪芹對用戶秦可卿的創作〉，文載《紅樓夢學刊》，1991 年第 1 輯。

[6]　王昆侖，《紅樓夢人物論》，第 53 頁，三聯書店，1983 年版。

性人物系統裏的重要成員[7]。清楚了這一點，那麼，秦可卿的「速死」，她這一形象的朦朧或許並不是作者的創作失誤，而恰恰是他的玄思妙想，朦朧、模糊以及含混，或許正是秦可卿形象的基質或者說是藝術風格，如同清人姜祺詠歎的「出夢迷離入夢明」[8]，如果我們要把她迷離的形象特點一一予以在現實生活中明確化，不但使形象更難以把握，並且從根本上也遠離了曹雪芹的創作意圖[9]。這裏，我們只需要對其在小說世界中的存在方式作一簡單的分析，就可證明這一點。

我們知道，秦可卿雖名列「金陵十二釵」正冊，並且是賈母的所謂「重孫媳婦中的一個得意之人」，然書中關於她的描寫文字卻並不多。更為耐人尋味的是，所有關於她的描寫，絕大部分是側面描寫，是就她周圍人的感受對她進行的一種間接描寫。例如第五回，她剛露臉時，作者就放棄了對她直接的的詳細描寫，如同黛玉進賈府時，對賈寶玉及其他人所用的那種筆墨，而是轉以賈母的視角，對其作了側面的勾勒：「賈母素知秦氏是個極妥當的人，生的嫋娜纖巧，行事又溫柔和平，乃重孫媳婦中第一個得意之人。」如此簡單寫來，只能算是一筆帶過。及至她得病臥床後，作者又讓她婆婆尤氏發一番感慨說：「這麼個模樣兒，這麼個性情的人兒，打著燈籠也沒地方找去。他這為人行事，那個親戚、那個一家的長輩不喜歡他？」直到她去世，此類側筆描寫又一次重複出現：「那長一輩的想他素日孝順，平一輩的想他素日和睦親密，下一輩的想他素日慈愛，以及家中僕從老小想他素日憐貧惜賤、慈老愛幼之恩，莫不悲嚎痛哭者。」

---

[7]　海外漢學家浦安迪持這一看法，參見社科院文學所《文學研究動態》，1983年第2期。

[8]　轉引自一粟編，《古典文學研究資料・紅樓夢卷》，中華書局，1963年版。

[9]　參見楊樹彬，〈夢與秦可卿〉，文載《紅樓夢學刊》，1988年期2輯。

又賈珍所謂：「闔家大小，遠近親友，誰不知我這媳婦比兒子還強十倍。如今伸腿去了，可見這長房內無人了。」這類相似性的筆法和重複的內容一次次出現，不能不使我們注意到，一方面，作者對秦可卿描寫的文字已經節儉吝嗇到最低限度，另一方面，在從旁觀者角度來描寫秦可卿的這些有限篇幅來看，作者又似乎那麼地不忌重複和累贅，儘管這些後續的筆墨基本上已不能使我們對秦可卿的瞭解增加多少新的內容[10]。而與複沓的側面描寫相聯繫的，是關於秦可卿自身的一些客觀訊息常常顯得相當模糊、含混，甚至不可思議。即以她的人生大事件：她的生和她的死而論，她的出生是那麼的撲朔迷離、令人困惑。因為據作者說來，秦可卿原是她父親從養生堂裏抱養的孤兒，只是長大了，「生的形容嫋娜，性格風流，因素與賈家有些瓜葛，故結了親，許與賈蓉為妻。」試想有如此不堪之身世，竟得以與賈府長房聯姻，對此婚事的判斷，實已不能依據常情常理了。再看她之去世，本來她得病就已經十分蹊蹺，接受診治時，卻因醫家的各執己見而愈加顯得撲朔迷離。後來張太醫窮委竟源詳論病因雖使得旁人很信服，但把病因歸於秦可卿的心理狀態所謂「心性高強」、「思慮太過」等等，也不免讓人無從捉摸。而她的暴死更是「彼時闔家皆知，無不納罕，都有些疑心」。凡此種種的疑竇，都使我們無法在小說的現實世界裏切近秦可卿這一藝術形象，而這種朦朧不定、含糊不清的存在方式，跟她在世時，作為一個夢中人悠悠忽忽兩次浮現在寶玉、鳳姐的夢中形象特點是息息相通的。不妨說，「夢中人」恰恰是她這一藝術形象在《紅樓夢》中存在的本質特點。這也正是清人煥明在「金陵十二釵詠」組詩中，題吟秦可卿所

---

[10]　唯一的例外是，有些學者從賈珍的態度猜測了秦可卿可能有的淫亂行為。

說的「夢裏姻緣情喚卿，就中事事不分明」，遵循這種「不分明」，也許正是理解秦可卿形象特徵的最佳門徑。

二、「情」與「政」的深層隱喻

秦可卿的存在方式既有如此特徵，那麼，她在作品中究竟顯示了怎樣的喻意？她存在的價值究竟何在呢？讓我們先從她與夢的關係談起。

在很大程度上，秦可卿是作為一個夢中人而給讀者留下深刻印象的。在作品中，夢既成了它存在的重要方式，也是她作為一個隱喻性形象的意義積聚地。她登場後的第一個大動作，便是安排寶玉在她的繡榻上歇息，儘管有學者據此認為她與寶玉有過淫亂關係[11]，但秦可卿當時當景的笑語：「噯喲喲，不怕他惱，他能有多大呢？」等等，已經提醒了我們對賈寶玉這樣一個七、八歲的孩子來說，淫亂之事斷無可能。即使後文中有關於他遺精之描寫，也是屬於象徵筆法，我們是不應從事實上予以坐實的。在這裏，秦可卿的上場首先是作為賈寶玉夢魂的引路人而出現的，所謂「那寶玉剛合上眼，便恍恍忽忽的睡去，猶似秦氏在前，遂悠悠蕩蕩，隨了秦氏，至一所在」。而秦可卿作為夢中人，其形象完成了二次影射，其一是影射而為警幻仙子，將賈寶玉帶至天上的「清靜女兒之境」，使他這樣一個凡俗男子得以窺視「薄命司」中「金陵十二釵」冊子和聽仙女演奏《紅樓夢》十二支曲，這些冊子中的判詞、畫頁和曲詞互為補充，不僅隱喻和預示了書中主要女性的思想性格、身世遭遇，同時因賈寶玉的夢魂所繫，也確立了賈寶玉作為「諸豔之冠」的身份，所謂

---

[11] 俞平伯曾有此討論，見《俞平伯論紅樓夢》，上海古籍出版社，1988 年版。

「通部情案,皆必從『石兄』掛號」[12]。這樣,賈寶玉作為女性命運的關注者、同情者以及她們痛苦的分擔者之形象特性,在「神遊太虛幻境」中被鮮明地揭示了出來,及至「太虛幻境」的人間投影「大觀園」[13]在賈府一旦建成,他由「神遊」而得來的感覺印象,在隨著故事情節的發展中得到了具體而又深入地展開。秦可卿在夢中完成的第二次形象影射是警幻仙子的妹妹,所謂「乳名兼美字可卿者」,其形象與黛釵的合一,即「其鮮豔嫵媚,有似乎寶釵,風流嫋娜,則又如黛玉」,以及兼美被警幻仙子許配於寶玉成親,無疑是將寶玉以後人生道路中的戀愛重心,他跟林黛玉、薛寶釵之間產生的情感糾葛作了總覽式的預示。於是,因秦可卿入夢於賈寶玉,引出了以賈寶玉為中心的諸多女子的情感生活,並作為構成《紅樓夢》核心情節的線索之一,貫穿於作品的始末。

秦可卿因夭亡而匆匆退場之際,又一次以夢中人的身份,完成了她臨死前的最後一次亮相。這一次,當她飄然來到鳳姐的夢中時,以一頓三挫的語調,道出了一篇宏論,其主旨,則是圍繞著賈府這一家族的興衰而發揮的,所謂:「常道:『月滿則虧,水滿則溢』,又道是:『登高必跌重』。如今我們家赫赫揚揚,已將百載,一日倘或『樂極生悲』,若應了那句『樹倒猢猻散』的俗語,豈不虛稱了一世詩書的舊族了?」值得注意的是,秦氏在這起頭的短短的幾句話裏,便反覆稱引了成語、俗語,從而將一個大家族的盛衰之理、危機無可更改的自古而然的必然性予以了充分的強調,所以看似人人皆知的套語,實際上正表明了一種主觀無法超越的常識性規律。而當秦可卿把她為賈府末世籌畫的具體措施託付給鳳姐並向她指明可能的

---

[12] 庚辰本第四十六回脂批。
[13] 參見余英時〈紅樓夢的兩個世界〉,文載《海外紅學論集》,上海古籍出版社,1982 年版。

退身之路時，不但在客觀上，勾勒了賈府這一大族日後的發展趨勢，並且引出了以鳳姐為中心的家政治理之線索，跟上述的情感線索和在一起，從而構建起「紅樓夢」這部巨著演進的基本軌跡。於是，由夢中人秦可卿引出的「情夢」和「政夢」直接關合著「紅樓之夢」這個總標題。

　　當然，如果秦可卿的存在僅僅是作為結構性人物，僅僅是為了引出主要的情節線索，那麼，她出現在第二個夢後就溘然而逝，也算得是功成身退、不辱使命了。然而她的意義遠不止於此。就秦氏從夢中引出的兩條線索來說，儘管一為「情」、一為「政」，具體內容或有所不同，但作為悲劇性的結局卻是一致的。從「情」來看，以十二釵為代表的大觀園女兒國最終是風雲流散，各自走向自己的悲慘性結局，所謂「富貴的，金銀散盡；有恩的，死裏逃生；無情的，分明報應；欠命，命已還；欠淚的，淚已盡」，「看破的，遁入空門；癡迷的，枉送了性命」，很少有人享有更好的命運。而從「政」來看，賈府這一家族，最終也是徹底敗落下去，只「落了片白茫茫大地真乾淨」。更何況「情」本來就與「政」息息相關，賈寶玉同其他女子情感生活的明媚與蕭瑟與這一家庭的興旺與衰落無法分離，考慮到這一點，秦可卿在夢中向鳳姐吟的一句詩「三春去後諸芳盡，各自須尋各自門」就有了雙重指向，一指女性世界的三位代表：元春、迎春、探春，一指賈府的美好時光、它之顯赫盛世[14]，元、迎、探三姐妹的婚姻悲劇，本身已把「情」與「政」這兩條線索無法分離的事實直觀化了。正是這種無法避免、無法分離的悲劇性結局，使秦可卿不論是出現在寶玉夢中還是鳳姐夢中，都具有了「警幻」之意義，她在太虛幻境中，以「兼美」許配與寶玉，開導他「不過

---

[14]　參見周汝昌，《紅樓夢與中華文化》，工人出版社，1989 年版。

令汝領略此仙閨幻境之風光尚然如此，何況塵世之情景哉」？並使寶玉在領受女兒溫情中，忽陷於萬丈迷津，不得不令寶玉驚呼「可卿救我」，如此安排，固屬是「警幻」的當行本色。而她在鳳姐夢中，對鳳姐企圖「永保無虞」的癡想嚴厲駁斥，並沒有離開「警幻」之本義。這些基本含義，跟小說開首一僧一道所發的感慨是一脈相承的：「那紅塵中卻有些樂事，但不能永遠依持；況又有『美中不足，好事多磨』八個字緊相連屬，瞬息間則又樂極生悲，人非物換，究竟是到頭一夢，萬境歸空。」秦可卿借托夢來「警幻」，實也是小說楔子中所表明的：「此回中凡用『夢』用『幻』等字，是提醒閱者眼目，亦是此書立意本旨」。

　　不過，不是別人，恰恰是秦可卿成為「警幻」的領路人，這一事實本身還是意味深長的。我們曾經提及，秦可卿本是孤兒，只是一些偶然的因素，得以嫁給賈蓉為妻，正當處在人生的春風得意期，不幸夭亡，面對人生如此的大起大落，我們除了喟歎命運無常，造化弄人外，還能作何想呢？儘管有些學者耗時耗力，對她的身世、對她的夭折作了不懈的探索，或以為她本是親王的遺孤，期間還涉及到波詭雲譎的政治鬥爭[15]；或以為她之「速死」，在原稿上曾經寫明了緣由，是跟賈珍私通時，不慎被丫環撞見，羞而自縊身亡。只是由於受他人的勸告，作者才對這段文字作了刪改[16]，等等。我們且不論原稿的文字究竟如何，只就現存文本來看，有關秦可卿命運的客觀訊息被盡可能減少到最低限度，使我們對其人生的思考，超越了具體的種種條件，而直接對其生命本身、對命運本身產生了無盡的感歎，這樣，本來的一個可能有的政治命題或者道德命題一變

---

[15]　劉心武，〈秦可卿之死〉，轉載於《新華文摘》，1994 年第 2 期。

[16]　因為有脂批透露的資訊，故持此論者甚多，以晚近胡文彬〈情天情海幻情深：遺簪、更衣考〉較為詳備，文載《紅邊脞語》，遼寧人民出版社，1986 年版。

而為哲學命題，我們從其形象身世的直觀中，感悟了一種深沉的悲劇意識、一種幻滅感。

因為她的這種身世、這種命運，才使她成了名副其實的「警幻」者、「情夢」與「政夢」的引路人。於是，在現實生活中，關於她生死不明的問題得到了合理的解釋，而作者有意識地渲染旁觀者對她的感覺、印象，也是照應了她在夢中的「警幻」之意義。正是在一層面上，夢中的「警幻」者與夢外的秦可卿得以溝通。

也是在現實生活中，王熙鳳和賈寶玉對秦可卿命運的感受有意識地得到了安排、強調。第十一回中，當秦可卿臥病在床，自怨自歎時，「鳳姐聽了，眼圈兒紅了半天，半日方說道：『真是天有不測風雲，人有旦夕禍福。這個年紀，倘或就因這個病上怎樣了，人還活著有甚麼趣兒！』」其言語的沉痛、動情，對王熙鳳來說似乎是很少有的。而賈寶玉在小說中「正眼瞅著那《海棠春睡圖》並那秦太虛寫的『嫩寒鎖夢因春冷，芳氣襲人是酒香』的對聯，不覺想起在這裏睡晌覺夢到「太虛幻境」的事來。正自出神，聽得秦氏說了這些話，如萬箭穿心，那眼淚不知不覺就流下來了。」及至秦可卿去世時，賈寶玉「從夢中聽見說秦氏死了，連忙翻身爬了起來，只覺心中似戳了一刀的不忍，哇的一聲，直奔出一口血來。」這也是非陷於情海中的人所不能有此感受的。如果說，人之幻滅感的產生跟親情世界的失落緊密關聯的話，那麼，其原來所擁有的一份親情越深厚，其空幻的感覺也就越強烈。情感與幻滅並不如通常所理解的勢如冰炭，毋寧說，相反而又相成。理解了這一點，我們也許就可以順理成章地解開「秦可卿」之字面的謎底。清人姜祺在其詠歎「秦可卿」一詩中，以「情不可傾只可輕」收尾，並自注道：「秦，情也。

情可輕而不可傾，此為全書綱領。」[17]這雖然有部分道理，但仍覺得有簡單化之嫌。其實，「情」在小說中並不是可以作為輕視的對象而予以摒棄的。在小說第一回，當空空道人將已經完成的《石頭記》檢閱一遍，道是「因空見色，有色生情，傳情入色，自色悟空」，將自己易名為情僧，改《石頭記》為《情僧錄》時，已經將一僧一道提出的「到頭一夢，萬境歸空」這一同具總綱意味的命題引向深入。這樣，在一僧一道與警幻仙子在書中聯繫起來的同時，情僧則跟秦可卿──「情可清」形成了對應：不是把情感作為清靜、乾淨的對立面，而是到達清涼之地的必由之路，這正符合了警幻仙子將其妹妹「可卿」（可清）許配給寶玉的本意，在備嘗兒女溫情中，領略到空幻、清靜之境界，所謂「先以情欲聲色等事警其癡頑，或能使彼跳出迷人圈子，然後入於正路」，所謂「令其再歷飲饌聲色之幻，或冀將來一悟」。諸如此類的目的，正應合了佛家啟人覺悟的傳統法門，如《維摩詰所說經‧佛道品》第八云：「或現作淫女，引諸好色者，先以欲鉤牽，後令入佛智。」或《宗境錄》：「斯乃非欲之欲，以欲止欲。」可以說，這些思想意識，幾乎已經半透明式地寄喻在秦可卿的身上了。

三、女性人物形象的隱喻譜系

指出秦可卿作為一個隱喻性人物存在於《紅樓夢》時，我們也不能忽視另一位女性形象，即香菱的特殊價值，及其與秦可卿的微妙關係。如果說，秦可卿之來往於太虛幻境和賈府，並且主要以她的突然離開啟悟著世人的夢幻感、昭示著死的悲哀的話，那麼，香

---

[17] 參見一粟編，《古典文學研究資料‧紅樓夢卷》，中華書局，1963 年版。

菱卻是以現實的日常生活，以她的被欺凌被播弄向世人直接表明了生的痛苦。

也許作者有意要把香菱作為秦可卿的替身，所以，當秦可卿如流星一樣閃過《紅樓夢》的舞臺時，與此相對照的是，香菱在小說的敘事時空中，跨越了特別長的維度：香菱原名英蓮，後再更名秋菱。她是《紅樓夢》中最早登場的人物之一，其生命的整個經歷幾乎與小說的整個敘事歷程相始終，其活動空間也包括了甄家與賈府的兩個舞臺，能有這樣久長的綿延性和寬廣拓展度的人物，在《紅樓夢》中並不是很多的。

從主題功能言，作為隱喻性人物的秦可卿在香菱身上也改變成轉喻。這種轉喻因為她所在的甄府的特殊位置而構成。如果說，甄家的興衰映射了賈府的榮枯的話，那麼，香菱的命運則成了賈府中所有青春女性悲劇命運的縮影，英蓮諧音「應憐」，顯示出作者對筆下所有女性的悲憫之情。

正因為香菱轉喻、提示了周圍所有女性的悲劇命運，於是，女性的坎坷痛苦似乎集於她一身，在作品中，她的身世成了上蒼無情的玩弄物、社會冷酷的試驗品、世情澆薄的見證人。加之於其他女性身上的一次性冷酷和痛苦，到了她這兒就變成了無休無止的惡夢。命運總是在她剛剛看到一點虛幻的曙光時，就立刻換上了猙獰的面目：年幼時，在一個充滿了溫暖和溫情的家中，被人販子所拐賣，使她從幸福的頂端跌落進苦難的深淵；在輾轉於人販子之手時，總算碰到一個器重她的買主馮淵，使她誤以為自己在苦難中熬出了頭，卻不料薛蟠來橫刀奪愛；起初，薛蟠也視她為珍寶，但花花公子的本性，使她的生命很快就失去了依託；她只是在大觀園與眾姐妹的交往中，才得到了片刻的快樂；然而，很快，夏金桂又調唆薛蟠，對其加以殘害，最後被折磨致死（據第五回判詞）。有學者從她

的三個名字中，劃分了她人生大起大落的三階段，其實，這三階段
中的每一個段落，又都顯示出命運從歡樂向痛苦的逆轉，她正是在
這人生的無數波折中，最終走向凋零的。與秦可卿有運無命構成對
照的，恰恰是她的「有命無運」。

　　當然，命運的殘酷並沒有消磨掉香菱的生活意志，反而更加激
起她對美好生活的嚮往，當薛蟠外出辦貨，使她有機會暫時入住大
觀園，她深深地迷戀起詩歌來，她不倦地讀詩、回味詩，她以她那
詩的心靈和氣質解讀了一個個詩的世界。也許正因為她的遭遇太痛
苦，所以她需要詩來撫慰她的心靈，可以讓她在欣賞詩、吟詠詩時，
暫時忘記現實的痛苦。所以她之讀詩、作詩幾乎達到了瘋狂的地步。
詩言志，她在吟詠她所創作的詩歌時，也把她的內心向我們展示了
出來。從她創作出的一首被稱之為得於睡夢的〈吟月〉詩歌中，我
們感受了她那豐富的內心世界：她的自信、她的悲哀、她的寂寞，
她的善良，這一切，無不在她藉著對月亮的描寫詠歎中暗示了出來。
讓人痛惜的是，儘管薛蟠對她缺乏起碼的尊重，但在那樣一個特定
時代，她作為薛蟠的小妾，仍是把自己的全部感情給了這位名分上
的丈夫，不但在薛蟠被柳湘蓮痛打一頓後為其哭腫了雙眼，而且當
薛蟠遠離時，她在詩歌中，還是表達了她的思念之情，希望能和他
早日團聚。然而，她的這種心情又怎麼會被薛蟠所理解？香菱，那
樣一個充滿了詩性智慧和詩的靈動的人，卻不得不嫁給一個只會寫
「一個蚊子哼哼哼，二個蒼蠅嗡嗡嗡」的所謂的詩歌的人，遭其荼
毒，還有比這更大的悲哀嗎？香菱的苦難不僅代表了女性的苦難，
也代表了詩與美的磨難和毀滅。相比於秦可卿的存在方式是夢，香
菱的存在方式則是詩，無怪乎周瑞家的第一次看到她，就要把她與
秦可卿聯繫起來，說是「像咱們東府蓉大奶奶的品格兒」——因為
夢和詩在本質上是相連的、統一的。

　　我們還可以從一個更為廣闊的文學背景中，來分析秦可卿這類形象系統的寓意。

　　在詩文中，以女性的命運來啟悟世人的佛智並不始於《紅樓夢》。秦可卿這一宗教隱喻性的藝術形象在小說中就明顯地可以上溯至唐代。《續玄怪錄》中的〈延州婦人〉一則傳奇，其女性主人公的形象特點為秦可卿開了先河。故事大略謂：一白皙頗有姿貌之少婦，年少之子悉與之遊。狎昵薦枕一無所卻，數年夭折而被埋葬於路旁。後有西域胡僧為之焚香敬禮，並謂之曰：「斯乃大聖，慈悲喜捨。世俗之欲，無不徇焉。此即鎖骨菩薩，順緣已盡，聖者云耳」等等[18]。

　　而鎖骨菩薩化身為少婦啟人心智的故事，與廣為流傳的觀音菩薩化相為「金沙灘頭馬郎婦」或者「魚籃觀音」的故事意義又同出一轍。如，黃庭堅《豫章黃先生集》卷一四〈觀世音贊〉所謂的「設欲真見觀世音，金少灘頭馬郎婦」[19]，或者壽涯禪師詠魚籃觀音之作，所謂：「深願弘慈無縫罅，乘時走入眾生界，窈窕丰姿都沒賽，提魚賣，堪笑馬郎來納敗。／清冷露濕金襴壞，茜裙不把珠瓔蓋，特地掀來呈捏怪，牽人愛，還盡幾多菩薩債。」諸如此類的詠歎、敘述，終於在明代短篇小說集《西湖二集》的〈邢君瑞五載幽期〉中得到了詳盡的鋪排描寫。其敘馬小官娶到一位端嚴美麗的賣魚女，誰料想，就在新婚之夜，新娘突然夭亡，而且「霎時間屍骸臭爛，就有千千萬萬蛆蟲攢食，臭穢難當」，後經高僧點破，方知道是觀音菩薩化身為女子，藉著賣魚為生，來化度世人，而馬小官娶其回家，竟然「即時臭爛，以見女色不可貪戀，四大不能久長之意」云云。將秦可卿跟上述詩文中的女子形象相比較，我們確實能夠感受到這些形象在宗教啟悟上的淵源關係。當然，我們這樣說，絕不

---

[18] 見《太平廣記》卷一百一。

[19] 參見錢鍾書，《管錐編》，第 686 頁，中華書局，1986 年版。

是要否認《紅樓夢》塑造秦可卿這類隱喻性形象的獨創意義,而恰恰是要說明,正是在對前人創作的繼承和發展中,作者才把《紅樓夢》這部小說的形象塑造提到了一個新的高度。因為畢竟,在關於「馬郎婦」一類的小說中,觀世音的勸化世人是以「馬氏一家篤信佛法,都成正果」而告終的。但在《紅樓夢》中,秦可卿的勸化,其帶來的後果是相當複雜的。就王熙鳳而論,她不但將秦可卿勸其留條後路的話置若罔聞,而且一俟其夭亡,在出殯途中,就急不可耐地弄權鐵檻寺,不擇手段地聚斂財物,這樣,秦可卿在這之前的種種告誡和預言似乎構成了一種反諷的效果。而對賈寶玉來說,人生的幻滅感並非全然陌生,但他偏生又是個情種,所以,一方面,他能夠寫下「無可云證,是立足境」的偈語,寫下「從前碌碌卻因何,到如今回頭試想真無趣」的詞句。而在前一回,他還寫下過冷漠無情得近乎殘酷的文字:

> 焚花散麝,而閨閣始人含其勸矣;戕寶釵之仙姿,灰黛玉之靈竅,喪減情意,而閨閣之美惡始相類矣。彼含其勸,則無參商之虞矣;戕其仙姿,無戀愛之心矣;灰其靈竅,無才思之情矣。彼釵、玉、花、麝者,皆張其羅而穴其隧,所以迷眩纏陷天下者也。

另一方面,他對大觀園中的眾姐妹乃至丫環、伶人表現出異於常人的關愛之情。毋寧說,他是帶著情與空的緊張衝突、不可調和的尖銳對峙活在「紅樓」世界裏。這種矛盾,甚至在他遁入空門時也沒有得到消除。甚至等他復歸於石頭時,其所處的環境,還有著大荒山和青埂(情根)峰的對峙。更何況《紅樓夢》書名中的「紅樓」二字,在傳統習慣裏不但可指女子的閨閣,而且,因為寺廟裏的樓閣都是紅色,故「紅樓」也可指僧人寺廟,如唐代詩人白居易、李

益在詩中提到的安國寺的「紅樓」等等，使這種複雜性、複義性也赫然存在於書的標題中[20]。

　　一個鮮明的對照是，當賈寶玉在臨近小說末尾時，重入太虛幻境，他又一次見到了秦可卿，正要與之搭話時，「那秦氏也不答言，竟自往屋裏去了」，其冷漠無情已見得出是一個十足的得道之人了。而當賈寶玉自己也了結塵緣時，路遇賈政，仍不無深情地「拜了四拜」。這一行為的差別，說明賈寶玉的思想最終未能被秦可卿等人的宗教覺悟所統攝。如果我們確實證明了秦可卿作為一個隱喻性的藝術形象啟悟作品中的其他人物並指示著《紅樓夢》的主題的話，那麼，這種指示也僅僅代表了作者的理性層面的一個視角。使問題更複雜的是，當秦可卿從迷離恍惚的夢境引人走向一個覺悟的世界時，她卻讓她的另一個人間的化身香菱沉迷在詩的感覺裏不能解脫。把生活看成是一場終究要醒的夢，還是永遠讓人迷戀的詩，哪一種態度更可取呢？作者並沒有直接告訴我們，他只讓我們讀者自己來思考，從而找出可能的答案。

（此文林瑾同學參與討論）

---

[20]　參見錢鍾書，《宋詩選注》，第 67 頁，人民文學出版社，1989 年版。

第四章　論賈雨村的含義指向

一、賈雨村的複雜性

　　近來，對於《紅樓夢》中秦可卿這一形象的探討日益趨於熱烈，而關於另一個相類似的形象賈雨村的研究，卻未能得到充分展開。我們之所以把秦可卿和賈雨村歸入同一類型，是因為他們都以自己的言行，穿梭於紅樓人物的實體性與隱喻性的兩個世界。如果說，對於秦可卿來說，這兩個世界的分離與聯繫，是通過賈寶玉和王熙鳳等人的夢幻標示出來的話，那麼，賈雨村的複雜性，更多的是因為其所處不同語境的多樣性，使得其含義指向也趨於開放。

　　許多年前，雖然有過一些論文，對賈雨村形象做過初步的分析，但大多局限於單一的語境中來加以探討，僅僅把他視為是一個現實的、實體性的人物形象。或者以為他是一個徇情枉法的貪官，是一個忘恩負義的奸人，或者從人物性格的複雜性、動態性出發，認為賈雨村的性格有一個從公正到貪婪、從多情到負情的發展過程。這兩種看似相反的觀點，其實都是在同一層次中展開的，都沒有實現一種結構的突破。而賈雨村這一形象意義又恰恰不能在同一層次上做出解釋。這樣，認為賈雨村是一個可鄙小人的觀點固然失之簡單，而認為他的性格有一個動態發展過程，也沒有真正解決問題，甚至於，因為強調其性格的發展性，把體現另一個層面意義的事件生生納入到同一層面來進行解釋，其結果，看似豐富了對這一藝術形象的理解，但是，從小說的總體來看，卻反而削弱了其內在語境的豐富性和多樣性。例如，有學者為了證明賈雨村是從一個多情之輩向

負情者的轉化的觀點，為了肯定其形象本來可能有的一種正面價值，舉了第一回，他作為一個落難書生與甄士隱家的丫鬟嬌杏一見鍾情的故事。卻沒有瞻前顧後仔細思考，《紅樓夢》總的基調是建立在對才子佳人小說的反諷上的，在書中，透過敘述者石兄和空空道人的討論，通過老祖宗對說書先生的批駁，都證明了這一點。這樣，賈雨村的多情其實是由於誤會，是由於男女雙方的一種深刻的不理解。類似誤會的消除，互相的溝通和理解，是在賈雨村把林黛玉帶到賈府後，在賈寶玉與林黛玉之間得以正面展現的。忽視了這一層，把賈雨村對於嬌杏的所謂多情與他此後的負情於甄家和賈府對應起來，既無視了《紅樓夢》作為才子佳人小說譜系中的獨特意義，也無視了作者在刻畫這一段情節的最基本的反諷性[1]。對此，我們後文會詳加討論。

　　也有一些論文，從全書的結構功能這一角度，把賈雨村的結構性意義和他作為一個背德者的形象進行了聯繫，挖掘了賈雨村作為一個複雜形象所具有的實體性與隱喻性的多重組合意義，並在這樣一個多重視角下，充分討論了透過賈雨村在第四回的活動，揭露了當時社會的政治黑暗，官僚建立起的巨大關係網，也因此把賈雨村的個人沉浮命運與總體結構的隱喻性交融在一起。可以說，這是力圖突破單一語境來探討賈雨村形象的有益嘗試，其結論也能給我們以啟發[2]。不過，由於作者論述有所側重，沒有把賈雨村在不同語境中的活動完全考慮進來，沒有全面考慮賈雨村與書中人物的多樣化的交往關係，也沒有在哲學層面上把賈雨村根本特點予以揭示，這樣，作為最終需要確立的總體結構的意義本身，這一形象的含義指向，也是不充分的，還留下了我們進一步探討的餘地。

---

[1]　夏麟書、關四平，〈論賈雨村〉，《紅樓夢學刊》，第 125 頁，1991 年第 4 輯。
[2]　羅宗陽，〈賈雨村斷想〉，《紅樓夢學刊》，第 167 頁，1989 年第 2 輯。

《紅樓夢》作者的命名方式以及脂評都暗示了我們，賈雨村首先是作為「假語存」的諧音而進入到我們視線的。假語既代表了一種創作原則，也可以理解為一種哲學態度，「風月寶鑒」會開口說世人都是「以假為真」[3]，惜春也會感歎說：「天下事那裏有多少真的呢」。這樣的旨趣，被凝練概括在本文中的一個對聯中：「假作真時真亦假，無為有處有還無」。假當然是以真為前提的，如同賈雨村這一藝術形象是在甄士隱家被引出的。儘管從傳統哲學看，這樣的真假關係可以理解為一種最終意義上的循環往復，一如盛衰之變遷，陰陽之轉化。但是，就假與真的一組關係言，其作為假的切入方式，其對真的否定性意義也是不容小覷的。從這一點看，讓「真」出場以後很快隱去，而由此引出的「假」的實體化人物卻更為活躍，如草蛇灰線般的與賈府發生若即若離的關係，其意義也尤為深長。

二、作為才子的賈雨村

作為一個實體性的人物，賈雨村在第一回出場時，作者除了對他的身世進行一番介紹外，所敘述的最為重要的內容，就是把這樣一個窮書生，與甄士隱家的丫鬟牽連在一起，複製出一個具體而微的才子佳人故事模式。這一點，每每為論者所忽視。其實，二十多年前，在舒蕪的《說夢錄》一書中，就以短文「才子佳人的漫畫」對這部分內容的意義予以了精確的概括[4]。他不但揭示了賈寶玉、林黛玉等人與傳統狹義上的才子佳人的一些差異，還慧眼獨具，認為第一回中的賈雨村與嬌杏間的一段故事，是為才子佳人的故事模式進行了漫畫式的勾勒，取得了諷刺式的效果。用現代批評術語來說，

3　《紅樓夢》第十二回。
4　舒蕪，《說夢錄》，上海古籍出版社，1982年版。

這一情節是構成了一種扭曲模仿。我們的討論，將以他的提示為基礎，來進一步展開。

雖然從大致的發展模式看，男女雙方的關係似乎並沒有脫離才子佳人小說的一般格局，有落魄才子賈雨村暫寄他鄉賣文為生，也有長得頗有些動人姿色的女子嬌杏偶然回顧，然後是賈雨村心中念念不忘，在得中進士後為官，將嬌杏娶回家中，演完了才子佳人小說的大團圓結局。然而細一琢磨，其與傳統才子佳人小說實乃貌合神離。

就才子賈雨村來說，作者雖給了他少有的好相貌，但隨著情節的展開，我們發現其人品既惡劣，文品也惡俗，是同他的相貌最具反差的。而偏生這樣的一個偽才子，倒是滿腦子的才子佳人小說模式構成的白日夢，所以一旦有女子把目光投向他時，也不去深究這目光用意何在，就一廂情願地理解為這是對他的垂青，是風塵中的知己了。而且時刻放在心上，在接下來的中秋節時，還真把他的白日夢寫進了他口占的一首律詩中：「未卜三生願，頻添一段愁。悶來時斂額，行去幾回頭。自顧風前影，誰堪月下儔？蟾光如有意，先上玉人樓。」及至他科舉得中，在官轎中瞥見嬌杏時，雖然嬌杏只覺得面熟，但早已忘記他是何許人也時，賈雨村倒是早把她視為心上人而馬上將其娶回家了。在這裏，嬌杏無意間的顧盼，卻變成了締結婚姻關係的真正動力，在這一過程中，作為才子賈雨村的自以為是、自作聰明和自我陶醉兼自我感覺良好，一併突顯了出來。我們發現，在傳統才子佳人小說中，推動情節進展的外表的吸引在這裏依然得到運用。但區別也是明顯的。因為在這裏，不但外表沒有成為雙方感情互動的內驅力（只是一種單相思），反而加深了雙方的不理解，形成了誤會的動力。當然，在明末清初大量的才子佳人小說中，誤會法是啟動情節的一個重要因數。只不過，對於這種誤會

法的運用，並沒有上升到核心主題意義上，並不是要說明雙方的不理解，它的產生往往是非本質性的，往往來自習俗的偏見，是不影響才子與佳人互相間的最終的基本判斷，並且很容易得到澄清。例如著名的才子佳人小說《玉嬌梨》中的男主人公蘇友白，認為女方先向男方提出婚姻請求肯定女方是有缺陷的，遂使情節發展有了一波三折等等。有時候，這種誤會法的加入，僅僅是為了增強故事的趣味性。但對賈雨村而言，這樣的誤會是本質性的，就像作品向我們表明的，嬌杏根本沒有鍾情於他，甚至於沒多久就把他忘記了，這一來，才子佳人故事模式的原動力就一下子失去了，而且，男女私定終身來突破禮教制約的意義似乎也無從體現。那麼，結果是，《紅樓夢》有關這一節的扭曲模仿，其積極意義反不如那大量存在的才子佳人小說了嗎？不是的。他的意義，恰恰是在對這些小說的諷刺中，表現出要在現實中落實這些意義是多麼艱難，一見鍾情又是多麼虛幻。毋寧說，他是把賈雨村的白日夢放到更真實的生活氛圍中，從而揭示了這一白日夢的虛幻性和自欺欺人性。他以賈雨村和嬌杏的故事，告訴了人們所謂才子與佳人一見鍾情的故事是主人公自己搞錯了，誤會了。只是確立了這樣的前提後，當《紅樓夢》的作者進一步要從正面來展開他的青年男女的故事時，他有意從理想和現實的雙重制約中來構思人物以及彼此的感情糾葛，在把才子佳人小說畫廊推倒的廢墟中，建立起曲折而又迷人的愛情故事的全新模式。

不過，早期的脂批對嬌杏眼中的賈雨村所顯示的堂堂相貌表示了欣賞，認為這是作者破除了奸詐之人必是獐頭鼠目的套語[5]。以後的評論者也從寫作美學角度進行了論述，卻忽略了一點，就是在才子佳人小說中，在一見鍾情的模式中，相貌曾經是感情發生的最基

5　陳慶浩，《新編石頭記脂硯齋評語輯校》，第 25 頁，中國友誼出版公司，1996年版。

本的動力。也正是在這個意義上說,當男女雙方為對方的相貌心旌
搖盪時,誤會是無從談起的,誤會法也不可能屬於這類小說的本質
特點。因為,瞬間的一見,如同張生為之怦然心動的「臨去秋波那
一轉」,完成了感情的交流,甚至成就了姻緣的終身大事,也無怪乎
有學者要感歎古代的男女感情發生都是速成的甚至是現成的了[6]。這
樣,在賈雨村和嬌杏兩人間引入內心誤會這樣的描寫,不但顛覆了
才子佳人小說中表現男女感情的空白性或者虛幻性,也藉助於賈雨
村把林黛玉帶入賈府與寶玉會面,從而為賈寶玉與林黛玉可能展開
真正意義上的感情交流開闢了道路。賈雨村所謂的「假」,單就感情
層面上言,不但是對自己生活經歷的一段說明,而且還開放性地指
向他者,指向一種文學傳統。既是對才子佳人小說傳統的一種本質
意義上的顛覆,還有就是對同樣被這一傳統籠罩但又想勉力超越的
寶黛關係的暗示,暗示了賈寶玉和林黛玉在澄清誤會的道路上,是
有一條多麼漫長的心路歷程。是需要對「假」的一次次再顛覆。就
像第二十九回作者告訴我們的,兩人是「你也將真心真意瞞了起來,
只用假意,我也將真心真意瞞了起來,只用假意,如此兩假相逢,
終有一真。」從而表明了,賈雨村形象的指向性,不但打破了文本
內部的甄家與賈家的界限,也拓展至一個深廣的文學傳統中。

三、混跡於官場的賈雨村

　　當賈雨村一廂情願地來理解男女之間的感情交流,來理解情感
的本質時,情感世界對他而言已經變得是一個既成的無可作為的世

---

[6]　楊絳,《春泥集》,第 97 頁,上海文藝出版社,1979 年版。

界了。所以，他倒是把他的主要精力放在了仕途，放在對功名富貴的追求中，並以此作為他的事業。

只不過，官場的腐敗，使他的這種事業完全變質，使他在宦海的沉浮中，日益成為一個徇私枉法的卑鄙小人。不止有一位學者，已經指出了他最初踏入官場也許還是希望有一番作為的，作者對他的評價也並非一味指責，所謂：「雖才幹優長，未免有些貪酷之弊；且又恃才侮上，那些官員皆側目而視。」特別是他的「恃才侮上」，說明他並沒有掌握混跡官場的潛規則，後來他的上司有意找事，奏本參他，讓他丟了官職。但看看奏本上所用的「生情狡猾，擅纂禮儀，且沽清正之名，而暗結虎狼之輩，致使地方多事，民命不堪」等語，似乎完全可以反過來從勵精圖治這方面來理解。及至後來他有賴賈政的舉薦被第二次啟用，其在下屬面前的一番宏論，也並非全然是自我吹噓。只是一旦他明白了其中的利害關係，明白他確實需要進入護官符顯示的普遍的官僚關係網，不擇手段向權勢者獻媚時（而不是恃才侮上），才迅速地墮落下去。到第四十八回，在一向公正溫和的平兒口中被再次提及時，已經成了一個「半路途中那裏來的餓不死的野雜種。」凡此，充分揭露了當時政治與社會的黑暗，這些內容，已經有諸多學者進行了論述，有些學者還把第四回視為是全書的總綱，以強調這種政治背景對全書的籠罩作用，等等，本文不再贅言。這裏我僅想補充如下幾點：

第一，賈雨村徇私枉法，遵循「護官符」提示的遊戲規則而進入到官場關係網絡，是在門子的建議下得以實施，所以這一回回目說是「葫蘆僧亂判葫蘆案」，把行為主體指向曾經是葫蘆寺裏小沙彌出身的門子，概括得也算準確。我們看到，這一回的審案似乎完全被門子所掌控，而且門子對整個事情的來龍去脈，對英蓮的身世、人販子的習慣做法，馮淵的品性當然包括薛蟠等一干人情況洞若觀

火,對官場的關係網也一清二楚,而在賈雨村振振有詞說要報效朝
廷,不可因私廢法時,門子也能以他一番宏論,所謂「老爺說的何
嘗不是大道理,但只是如今世上是行不去的。豈不聞古人有云:大
丈夫相時而動,又曰趨吉避凶者是為君子。依老爺這一說,不但不
能報效朝廷,亦且自身不保,還要三思為妥。」說得賈雨村低下頭
去,無話可說,只能依門子建議而行事。從整個事件來看,門子不
可謂不聰明、不世故,其主動對賈雨村提建議,可以說是借機巴結
新來的老爺,或許也還有一點念舊之意。但恰恰是門子的念舊,其
對賈雨村身世的點破,才讓賈雨村「如雷震一般」。不是想起了老熟
人才引起他心理的震盪,而是混跡於官場忘記了過去的他,對自己
以往的寒酸有了不願意回顧的一瞥。所以,賈雨村對門子毫無記憶
的心態可以說合情合理,相比之下,他對嬌杏的銘心刻骨,不僅僅
是因為異性的關係,還因為當時關於嬌杏的記憶,是與美好的夢想
聯繫在一起的。門子與賈雨村的重聚,在門子心裏可能意味著美夢
的開始,所以他能那麼主動前去為賈雨村出謀劃策,卻沒有想一想,
由於他跟賈雨村有那麼一種所謂的貧賤之交的關係,使得賈雨村依
他建議的所有行事,都似乎是門子沒有把他放在眼裏的證明,並不
時提醒著賈雨村的難堪的過去。這又如何能讓賈雨村容忍得下去。
所以書中寫道,賈雨村到底尋了個他的不是,把他遠遠的充發了才
罷。賈雨村以他回報於門子的實際態度,讓他一身難保的結果,顛
覆了門子的那種所謂的世故和聰明。甲戌本脂批云:「自招其禍,亦
因誇能恃才。」這後一句,似乎重複了賈雨村最初丟官的所謂「恃
才侮上」的原因。我們再來回顧一下門子的出身,就更值得讓人深
思了,書中交代:「原來這門子本是葫蘆廟內一個小沙彌,因被火之
後,無處安身,欲投別廟去修行,又耐不得清涼景況,因想這件生
意倒還輕省熱鬧,遂趁年紀蓄了髮,充了門子。」對於他獲得的如

此結果,我們不僅要懸想,他是否還認為這件生意輕省熱鬧?他是否有些覺悟?讓他因此品嘗了賈雨村乃至更廣泛意義上的「假」的滋味?

第二,賈雨村重新被任用,賈政起了主要的推薦作用。而賈政與賈雨村初次見面時,也是著眼於外表,是見他「相貌魁偉言語不俗」,才一見傾心的(關於他的言語不俗容後討論)。不但在賈雨村以後的仕途上屢屢出力推舉之,且不時讓賈寶玉與他見面,要寶玉也有意識地與這類為官做宰的人談談仕途經濟之道。寶玉對賈雨村常常感到大不自在,似乎不僅僅是因為他的官宦身份,或者總是談些經濟學問一類的話題,對這一點,似乎不應該一概而論。否則,他與北靜王水溶的見面就不會那麼溫婉和諧,而北靜王第一次見到寶玉,就是以學業來勸勉他。寶玉不但絲毫沒有惡感,還把北靜王贈與他的禮物轉贈給他最心儀的黛玉。可見,寶玉對於賈雨村,有著直感式的本能的抵觸。對於賈寶玉來說,關鍵還在於這種互相的交往是否是以情感為底子的,是否能夠把對方的感情需要納入到自我的感情世界裏來一併考慮。在賈雨村的人生旅途中,除開他對嬌杏的誤會而自作多情外,以後很少看到他感情世界的流露。論者認為在他人生的旅途中,一負情於甄家,沒有脫英蓮於苦海,也違背了自己的承諾,所謂「要使番役探訪回來」;二負於門子,雖嘴裏說是貧賤之交不敢忘,但他的不敢忘,其實是要想方設法來處置他;三負於賈府,在賈府失勢後,做出落井下石的勾當。其實,仔細想來,很難把他歸入負情之輩,他根本就不是性情中人,是無情可負的。他與人交往考慮的是利害關係,嘴上說的是一套不切實際的大道理,所以才會被假正經的化身賈政所欣賞,被重情性的賈寶玉所厭惡。正因為他本質上是一個薄情者,所以才會對英蓮不幸的遭遇,對門子在敘述中流露的同情,發那樣一種宏論,道是:「這也是他們

的孽障遭遇，亦非偶然，不然這馮淵如何偏只看準了這英蓮？這英蓮受了拐子這幾年折磨，才得了個頭路，且又是個多情的，若能聚合了，倒是件美事，偏又生出這段故事來。這薛家縱比馮家富貴，想其為人，自然姬妾眾多，淫佚無度，未必及馮淵定情於一人者。這正是夢幻情緣，恰遇一對薄命兒女。」一種完全置身事外的態度，一種用命運的必然性來消解人的感情滋生的態度，這，難道就是賈政所謂的「言語不俗」嗎？寶玉本能地拒絕他，拒絕這樣的假人、不真誠的人，雖不能說寶玉對他以後加害於賈府有什麼先見之明，但是，寶玉以是否有真情來衡量敵友的標準，也絕非不可取，而賈雨村以後的行為軌跡也可以作為驗證。雖然從人生的閱歷上說，賈政包括應天府的門子都是要遠為深廣的。但是閱人無數的他們，反不及一個小孩子至情至性的直覺式反應能識人，作者是想這樣告訴我們讀者嗎？也是在這個意義上，賈雨村的為人之假與他的為政之假是協調的，統一的。他的情感之假與道德之假是互為表裏的。而情感之真，似乎是判斷人的最真切最不會失誤的標準嗎？

四、賈雨村的哲學反諷性

　　當然，賈雨村作為綰結全書的人物，對總體結構的題旨起著點化、提升的特殊作用，那麼，其第二回中，與冷子興的一段高談闊論，其關於人物本體的那種認識，也只有放在小說的總體格局中，才能得到充分的理解。

　　對於這一回，一般論者是從兩方面來考慮內容意義的，其一就是藉冷子興演說寧榮二府，將兩府總的衰敗趨勢以及人物關係做一個大略的提示，使讀者對賈府獲得一個宏觀的印象，而冷子興的古董商人的身份，又加深了其演說時的那種歷史的興衰感。另一就是

在介紹大背景同時，將總體的衰敗聚焦於後繼乏人上，並引出主要人物賈寶玉，在介紹其個性時，加上了一種道德判斷：「將來色鬼無疑了」。由此來概括這一回的內容，當然是顯而易見的事實，但是，我們也並不能就此忽視了賈雨村與冷子興構成的那種對話關係。

其實，賈雨村與甄士隱構成的那種對位、對比關係，在小說開始的引言（或者說凡例）中就向讀者挑明的，但是，在緊接著的第二回，當甄士隱一家逐漸隱退，當賈雨村把這種語義上的對比關係探入小說主體部分的肌理時，表現形式又得到了調整，是以傳統的主客答問的賦體結構，把一種因對話而帶來的對比關係又推進了一步。作為冷子興的直接對話者，賈雨村是以時空兩個緯度中的事實來加以應對的。針對冷子興驚訝於寶玉這樣的人物，他一方面列舉歷史與傳說中的諸如許由、陶潛、阮籍、嵇康、劉伶等直至唐伯虎、祝枝山等人，來為賈寶玉確立一份相似個性的歷史譜系，另方面，他以他遍遊各省的見聞，舉出他在江南甄家任教所見到的甄寶玉，以這樣現實中的人物來呼應了賈寶玉的個性特點。而針對冷子興所說的「色鬼無疑」的道德判斷，他引入了正邪二氣的概念，從本體哲學角度顛覆了對人物的道德層面的一元論的簡單判斷，把這種對話引向深入。相較之下，他的這種思接千載心騖八方的開闊視角以及所達到的哲學深度，反襯得冷子興的局限於賈府的切近視角過於世俗了。但是，作者這樣寫兩人對話的風格，主要目的不是在確立一種雅與俗、深與淺的對比。而是讓我們看到了，當賈雨村坐而論道議論風生的時候，他是外在於他所論對象的，是外在於這個世界的，而冷子興談及的，才是他所要進入的一個真切的世界，只不過，這個世界還沒有在他面前完全打開，所以他也只能把這個世界用一種理性的、「道」的方式來認知它，並把它提升至一個更為宏觀的世界裏去，而沒有把它放倒具體的歷史語境中來分析它，也不是實實

在在的去體驗它。因為，對此時的賈雨村來說，他還需要一個道成肉身的完成過程，並以他的充分肉身化來向道的復歸。這樣，這一回的開頭，他在「智通寺」裏的一段活動，就很有意味。

　　書中寫他第一次丟官後，任教於林如海家，閒來無事，漫步至破敗的智通寺，看到「一副舊破的對聯，曰：身後有餘忘縮手，眼前無路想回頭。雨村看了，因想到：『這兩句話文雖淺近，其意則深。我也曾遊過些名山大剎，倒不曾見過這話頭，其中想必有個翻過筋斗來的亦未可知，何不進去試試。』想著走入，只有一個龍鍾老僧在那裏煮粥。雨村見了，便不在意。及至問他兩句話，那老僧既聾且昏，齒落舌鈍，所答非所問。雨村不耐煩，便仍出來。」然後，遇上了雨村目中所謂是「有作為大本領的冷子興」，把本來可能是與老僧的對話，變成了與冷子興的對話。我們當然也可以說，雨村目中的齒落舌鈍的老僧，或許是說明雨村自己不識人，或者也是他沒耐心，但他面臨的最直接現實就是，老僧阻斷了他對話的欲求，而把意義指向了自我的反省。其實，雨村剛看到對聯以為內含深意時，他並沒有來反省自己，而是想到要尋找一個外在於他的翻過筋斗的人出來。而當老僧阻斷了他的這種念頭時，他還是沒有理會到自己。在遇到了冷子興後，展開了一場兩個人之間的對話時，也沒有像有些賦家那樣，把自己的心靈、心靈的衝突，虛擬成主客答問。正因為這種自我的心靈對話無法展開，沒有把自己的體驗放進去，所以他所體會到的對聯的深意，是抽象的，沒有具體內容的。這樣，當他的對話被前來報喜的同僚所歸結，告訴他又有機會上任為官時，他所表現的積極態度，與開頭他所體會到的那種深意，就構成了一種反諷的意味。消解這種反諷色彩，把這種更具本質意義的潛在對話內化為賈雨村的人生體驗，成了作者賦予賈雨村歸結《紅樓夢》的真正動力。也是在這個意義上，賈雨村統攝了紅樓的所有人物和

故事。並以自己對自己的欲求與後果的行為顛覆：「因嫌紗帽小，致使鎖枷扛」，把他所有的相關人物的顛覆意義顯示給人看。

（此文廖安莉同學參與討論）

第五章　「場」與賈寶玉周圍女伴的情感定位

　　大觀園的女兒世界是一個以賈寶玉為中心的情場地。當我們把情場作為一個研究對象時，固然並不絕對排斥空間、地點、方位之類的研究，但我們同時也關注其所涉及到的一些人物關係。在本文中，我們要解析，當以賈寶玉為中心的男性形象對周圍的女性掀起一股情感的漩渦時，身處這一範圍中的女性是如何做出各自的應對的。所以，在這裏，我們所謂的女伴的情感定位，是既立足於空間，也是將這一概念延伸至邏輯層面的，正是在這一意義上，我們才提出「場」之一詞，以便把在日常運用的「情場」一詞中被弱化的那一層「場」的含義突顯出來。需要說明的是，一個有著西方文化背景的人，可能會從「場」這一詞聯想到近代物理學的場理論，這一理論雖然確曾給過筆者一定的啟發，但本文的分析卻不是以此為理論基礎的。其所起到的作用，自然也遠不能跟深受場理論影響的格式塔心理學或者之後的拓撲心理學相提並論[1]。還需要說明的是，賈寶玉的情感世界包容面極其廣泛，其周圍的女性與之形成的感情糾葛也因此而形成多樣化的類別，我們完全可以最為普泛地將之概括為親情、友情和愛情，一個顯而易見的例子是，金陵十二釵正冊中女子的前後次序，是因為與賈寶玉的親疏關係而排列的，這其中，與賈寶玉構成戀愛關係的女子與親情關係的女子是同樣被容納進來的，而事實上，已經有學者在有關專著中，將賈寶玉對周圍女性的感情投射分解出母親型的、姐妹型的、妻子型的、情人型的等多種

---

[1]　勒溫著、竺培梁譯，《拓撲心理學原理》，浙江教育出版社，1997 年版。

類別[2]，但本文既然提出情場這一概念，那麼我們的探討將嚴格限制在狹隘的男女之情這一通常被認為是感情的最主要門類中，因為正是在這一種感情中，賈寶玉與之相關的女性才各自提出了愛的理想和標準，並且作品中的主要男女為這種感情而期盼、而幸福、而歡喜、而焦慮、而妒忌、而痛苦、而絕望，由此構成了貫通整個小說世界人物活動場面的情感旋渦，並將與之相關的各色人等裏挾進去，造成了真正意義上的一個「情場」。

一、湘雲與妙玉插入情場的意義

從場這一角度切入人物的關係探討，首先是強調了人物的一種空間位置，這對於《紅樓夢》中的人物而言，似乎更有其合理性。因為，在《紅樓夢》中，人物的性格都具有一種相對的穩定性，故事的、循環式的、定命論式的展開方式，使得情節的發展並不能對人物的性格發生根本性的改變。賈寶玉與林黛玉的那種性格、那樣的情感交流方式，是在他們的前生已經決定下來了，薛寶釵的那種胸有城府的大家風範，從她一露面，還在十來歲的年齡就定型了。他們也只是在人物的互相交往中，在情感的互激互蕩中，把那種尚未展露出來的個性漸漸地浮現於人們的面前，所以，與其來探索人物性格的環境淵源，還倒不如從人物的空間關係角度入手更為直接與醒豁。事實上，特別是當元妃省親過後，賈寶玉與其周圍女性的同時入住於大觀園，則是將這批有情人納入到一個具有相似取向的活動範圍，在賈寶玉及其周圍女性的情感因子被徹底挑起中，顯示出情場的風雲變幻。

2　梅新林，《紅樓夢哲學精神》，學林出版社，1995 年版。

　　當然，賈寶玉的天生情種的個性特徵已經為我們所熟知，但是，在很長一段時間裏，發表的紅學文章中，大都是從社會學角度來探討賈寶玉與周圍女性的感情糾葛，或者稱讚其與林黛玉的共同志趣，認為他們與傳統觀念的決裂，是因愛的叛逆和叛逆者的愛的雙重性而顯示近代意義的[3]；或者又指出其在大觀園中有愛的不專一的表現，而認為這是賈寶玉身上流連不去的傳統男性的普乏佔有欲之體現[4]。可以說，還較少有論者把賈寶玉作為一個特定的情感漩渦的中心，來探討其周圍女性所展示的個性側面以及文化意蘊。

　　同樣，我們也不會忘記學者們對賈寶玉周圍的林黛玉和薛寶釵之間的比較研究，例如王昆侖對黛釵個性上的比較研究[5]、舒蕪對二者的修養研究等等[6]，都給我們以不少啟發，但是，這種比較研究，如果是從情的角度把賈寶玉也一併加以考慮的話，有相當一部分是基於一種傳統的三角戀愛的思維模式而展開的，在此基礎上的進一步發揮之作，例如，認為林黛玉與薛寶釵在為爭取與賈寶玉的最終結合是如何各逞其能，並且因為林黛玉與薛寶釵都自以為獲得了對方的保證（林黛玉是來自於賈寶玉的，而薛寶釵是來自於賈母和王夫人的），才開始化干戈為玉帛，所謂「孟光接了梁鴻案」[7]。這雖也是一種研究思路，然而，這樣的思路，尚有待進一步開拓。姑不論薛寶釵是否就如同林黛玉一樣會將這一份情感時刻掛念於心，並與林黛玉展開一場有意識的競爭，就三角戀愛的模式言，這樣的情場之「場」，似乎也太逼仄，也太僵硬，並沒有將賈寶玉周圍的年齡

[3]　何其芳，《論紅樓夢》，人民文學出版社，1958 年版。

[4]　徐朔方，《論紅樓夢及其他》，上海古籍出版社，1981 年版。

[5]　王昆侖，《紅樓夢人物論》，三聯書店，1983 年版。

[6]　舒蕪，《說夢錄》，上海古籍出版社，1982 年版。

[7]　參見劉夢溪，〈「是幾時孟光接了梁鴻案」〉，文載《紅樓夢新論》，中國社會科學出版社，1982 年版。

相仿的上層女性全部容納進來，以顯示場的一種流轉與迴旋的情感格局。

　　具體說來，除開林黛玉和薛寶釵，至少，處在同一情場地的史湘雲和妙玉不應該被忽視。

　　也許有人會認為，從情的角度來探討人物的關係糾葛，把賈寶玉與黛玉一人聯繫起來可以做文章，再加入一個寶釵也可以做，這裏僅僅是探討對象的多寡問題，在思路上並沒有本質的區別。其實不然。因為這樣的看法只是一種習慣性的見解，而不是我們所謂的一種在「場」的觀念下的研究方式。如果在一個統一的場裏面，那麼，任何一個人物因子的增加都會對原有的一種關係進行拆解和重組。這樣，我們引入史湘雲和妙玉，既是分解了賈寶玉的情感流向，並因對方情感的不同回饋方式，也使他對黛玉與寶釵的情感趨於複雜化。

　　例如，在作品第二十二回，是寫賈母做東為寶釵過生日事，在生日宴會上，請來了戲班子演出，其中有一個演戲的，長相與黛玉十分相似，大家都看出了，只是怕得罪她，不便於道破，但史湘雲偏當眾明言了，既令黛玉惱火，也令寶玉十分著急，不由得要向湘雲使眼色來暗暗制止。寶玉使眼色給湘雲，既是怕湘雲惹惱了黛玉、委屈了黛玉，也是怕湘雲因此而再受黛玉的氣從而也委屈了自己，這樣的兩面著想，可謂是賈寶玉對他人的一貫態度。想不到這兩面都不領他的情，湘雲指責他護著黛玉，黛玉指責他護著湘雲，從而最終把賈寶玉拋入一個情感的孤立無援地，寫下了「無可云證，是立足境」的偈語，較早地顯示出他從情場抽身的一種預兆。對於賈寶玉在情場的這一很早就有的動力趨向，史湘雲顯然發揮了不可替代的作用。因為，林黛玉與薛寶釵雖然有矛盾，但因為寶釵的性格關係以及林黛玉的難言之隱，並不能使這種衝突表面化、直接化，

也不會以此對寶玉構成一種過於強烈的心理壓力，但是，史湘雲則不然，她的率性而為的特點，一派天真的氣質，使她會把任何不快的感覺直接傾吐出來，再加之林黛玉對賈寶玉的一貫苛求，從而讓總是把女孩子牽掛在心的賈寶玉感受了沉重的心理負擔。這種負擔，是他起初周旋於寶釵和黛玉時並不能完全體會到的。

在這一場中，史湘雲的介入也同樣加速了林黛玉的情緒反應。黛玉進賈府所具有的那種特有的唯恐被眾人疏離的心態，在此得到了集中的宣洩。眾人從一個演戲者身上看到的黛玉影子，使這種印象成為一種旁觀者的潛在的默契，黛玉在這種氛圍中所感受的心理壓力是可以想見的，但是，現在由史湘雲當眾予以點破，其帶來的後果之一，就是使我們得以更深入一層瞭解了黛玉的內心世界。也就是說，黛玉的惱火還不在於她認為這一比較是有失她的身份，而是在史湘雲這一明朗化的提示中，把林黛玉徹底拋入一個被眾人所隔離開的局外世界。所以，在林黛玉的言語中，就有了「我」與「你們」的嚴重對立。

耐人尋味的是，史湘雲的不滿，用的也是「看人家鼻子眼睛」的話，其「人家」一語，同樣是把自己放到了一個局外人的位置。而賈寶玉後來的感慨，也是「什麼是大家彼此！他們有『大家彼此』，我是『赤條條來去無牽掛』」。這樣，也許在史湘雲看來，只是彼此親密無間所開的一個玩笑，卻對彼此間產生了相反的作用力，最終把感情漩渦中的每一個人推到了一個彼此疏離的位置。

同樣的例子也見於第三十二回。在這一回，因為賈寶玉對史湘雲勸他留意於經濟之道表示反感，引動襲人敘說了寶玉前次對待寶釵的同樣態度，並誇讚寶釵氣量大，還拿她來與黛玉作比較。他們的議論雖是圍繞黛釵而展開，但寶釵和黛玉都不在場，寶玉隨之而

來的褒貶分明的議論,所謂「林妹妹從不說這些混帳話」,使潛聽著的黛玉感慨萬千。

在這裏,處在情感關係中的各個人物再一次顯示了場的豐富複雜。賈寶玉指責的對象雖是寶釵,但由於寶釵並不在場,故說話的效果並不直接對她構成影響。雖然湘雲因為說了與寶釵類似的話,自然也可以理解這是對史湘雲的一種指責,但由於說話的直接對象是襲人,其對湘雲的指責效果再一次弱化。不過,即便如此,湘雲等能笑著反問「這是混帳話麼?」也顯示了湘雲對這樣指責的並不在意,甚至也不是薛寶釵的那種自我克制與忍讓。所以,寶玉能這樣無所顧忌地脫口而出卻不計及可能產生的後果,終於使得林黛玉有機會聽到了寶玉的心裏話。

以場的觀念來思考,人物的性格也可以由此得到一種解釋。比如,有學者就曾詫異說,林黛玉初進賈府,是以不能多說一句話,不能多走一步路而自律的,誰料想在第七回送宮花這一段,林黛玉對著傳送宮花給她的周瑞家的大發脾氣,道是:「我就知道,別人不挑剩下的也不給我。」這樣的無端之怒氣,與初進賈府是確實判若兩人,有人以為是寶玉與她的一見鍾情,寵得她張狂起來[8]。這當然是一種解釋,但進一步拓展來看,那麼,寶釵入住也無疑給她造成了一種心理的緊張,並由此帶來的一系列含酸的心態,如同第八回向我們讀者表明的,就極為自然。這樣的分析,顯然要比用性格的發展這樣的時間思考維度來說明更為合理。

從場來探討賈寶玉與其女伴的關係,我們也需要對人物做出一種隔離,一方面,我們固然引入了史湘雲和妙玉,打破了原有的那種三角式的均衡關係,但同時,我們也應該把襲人和晴雯等丫環們

---

[8]　參見王蒙,《紅樓啟示錄》,三聯書店,1991 年版。

隔離出去，倒不是因為其身世的低微，使她們對寶玉的情感或者寶玉流向她們的情感不值得在此進行討論，而是因為，她們的情感所在的一個統一場，無法與林黛玉、薛寶釵、史湘雲等人的相抗衡。就黛釵等人的觀念裏，她們的情感也無法與之相提並論，所以，林黛玉再妒忌，也不會因寶玉對晴雯的癡心產生多少想法，不會有太多的擔心，也不會改變她對寶玉的一如既往的態度，一句話，那種場意義上的感情交互影響，在她們之間很難發生。西方哲學家斯賓諾莎所謂的嫉妒之情只在同輩中發生的論斷，在這裏同樣適用[9]。所以，如果確實要探討賈寶玉與周圍所有女性的關係，那麼也應該把她們歸入不同的場中，來分析其互相的具有實質性的影響。特別是，在以往，我們對寶玉周圍的女性置於統一的環境中來探討得比較多，所謂「釵影黛副」等論述，或者如上文所說的，以賈寶玉為中心，乾脆將周圍的所有女性分為情人類、妻子類、姐妹類、母親類等，這樣，我們就更有從另一角度將她們隔離開來分析的必要。

二、場中人的個性差異與比較

不過，即使有許多學者同意把寶釵、黛玉、湘雲、妙玉放在同一個場內，但他們卻又進而認為，對此四人並沒有必要放在同樣重要的位置，一方面，作者對後兩人描寫所用的筆墨要遠遠少於前兩人，而且，對黛釵的描寫在很大程度上已經涵蓋了所有女性的情愛方式，所以，這樣的詳略處理，正是藝術上的高明之處。對此，我不能同意。因為在我看來，材料處理上的詳略問題不僅僅是一個藝術策略問題，也關係到情感的本質特點。這涉及了情感所呈現出的

---

[9] （荷蘭）斯賓諾莎著、賀麟譯，《倫理學》，商務印書館，1983 年版。

不同狀態，包括濃烈與平淡、直露與含蓄、執著與飄移等等，對於其中的任何一種或者一組，我們都不能以別一種來概括之。而且，濃烈的感情用較多的筆墨來表現，平淡的用較少的筆墨，也是相宜的，但並不因此說明平淡的感情關係就一定不重要。這裏，我想提一下伯格森的對於情感的看法。他在《時間與自由意志》一書開頭就告誡我們，我們常常是把不能包含的關係視作是包含關係的了，情感問題即是一例[10]。由此使我聯想到，我們在從事人物的情感研究時的兩種錯誤的前提，或者是在假定愛情的一種最為深沉的狀態中，來分析其他感情的流露方式，似乎那種淡淡的情感可以被一種更為強烈的情感包含在內，或者是假定情感表現的不同，只是作家表現方式的不同，是對材料的詳略處理問題、是用筆的直露與含蓄的問題，而沒有意識到這首先是一個情感的質的差異性問題。

在寶玉周圍，林黛玉和薛寶釵曾作為與寶玉的木石姻緣和金玉姻緣的對立得到學術界的持久討論，但金玉姻緣之金，既暗示了薛寶釵所佩的金鎖片，也是指史湘雲的金麒麟，對於妙玉，其名號的玉字顯然也與林黛玉之玉聯繫起來。從為人品性來說，史湘雲的豁達也正與寶釵相彷彿，妙玉的孤高自許在很大程度上也相似於黛玉。但這樣說，絕不是要讓湘雲和妙玉再在大觀園中爭得一個如同襲人與晴雯一樣的釵影黛副的位置。在金陵十二釵正冊的次序中，他們都有與寶釵和黛玉相平行的獨立位置，且重要於迎春和惜春。從感情表露的方式來看，湘雲和妙玉似乎也與林黛玉的直白與寶釵的委婉一樣構成了一種對比，但其中的差異也是明顯的。同樣的外露型，林黛玉和史湘雲又有著區別，前者不但感情強烈，且以一種近乎苛刻的態度來要求對方，一切都顯示了刻意追求的痕跡，也因

---

[10]　（法）伯格森著、吳次棟譯，《時間與自由意志》，商務印書館，1958 年版。

此形成了內心世界的深深緊張；而後者似乎一片天機自然，在情感方面表現出再灑脫不過的達觀態度。同樣的內斂，薛寶釵是以理導情，依照傳統的發乎情止乎禮義的教義，將情感引入一個理性的軌道，雖然其內心世界不無衝突，但她都能把這種衝突予以化解和協調，以一種平和穩重的態度來周旋於周圍的人，顯然又不同於妙玉的那種出於勉強和生硬的自我克制。所以，妙玉在待人接物中，舉凡古怪、誇張、做作乃至於動輒訓人等等言行，都是源於她因自我克制而帶來的一種近乎變態的心理特點。

　　把賈寶玉及其相關的四位女性作為一個相對封閉的場來討論的話，對每一個人的性格定位，可以藉助於傳統觀念中的陰陽五行來予以概括。雖然在清代，張新之已經用陰陽八卦的理論來評點《紅樓夢》[11]，古人也有用五行來分析人物性格的習慣，但由五行來構架起一個封閉的人物關係圖，以筆者之寡聞，是美國的漢學家浦安迪較具代表性[12]。他以為寶玉的土性、黛玉的木性、寶釵的金性，不但有其身世的緣起做依據，也是天然的配物，例如金玉之類構成一種隱喻。這一點大多已經為學術界所熟悉，大陸的李劼在其《論紅樓夢》專著中，就以此來構架人物的關係的，問題是水與火，浦安迪以史湘雲與王熙鳳來對應，這雖然是著眼於《紅樓夢》全書而突出王熙鳳的重要性，但顯然難以構架起一個以賈寶玉為中心的統一之情場，倒不如李劼以妙玉替換鳳姐更為妥貼。不過，當他這樣替換時，同時將妙玉與湘雲的性格屬性也作了調整，認為妙玉愛潔，當屬水性，史湘雲的風風火火，當屬火性[13]。這似乎是一種皮相之見。藉助於五行來概括人物的性格應該是一種探本之論，而不應該

---

[11]　參見馮其庸編，《八家評批紅樓夢》，文化藝術出版社，1991 年版。

[12]　（美）浦安迪，《中國敘事學》，北京大學出版社，1996 年版。

[13]　李劼，《歷史文化的全息圖像——論紅樓夢》，東方出版中心，1995 年版。

拘泥於表面的形式，史湘雲如果說有時候確也表現得風風火火的話，那也是她的智慧和直爽所體現的一個側面，這種智慧是水的靈動，這種直率是行雲流水的天然渾成，而在其內心深處，對於男女之情倒是恬淡如水的。不像妙玉，在愛潔如水的表面下，是真正慾火的燃燒，最典型的莫過於她後來的走火入魔，這雖然是續書者之筆，但也是根據前文提供的線索所作的邏輯展開。其在寶玉的生日送下的賀帖已是一個證明，更為微妙的是在賈母帶劉姥姥去櫳翠庵時，其對待寶玉的態度，將自己平日喝茶的綠玉斗給寶玉用，無意之間洩露了她與寶玉之間的那一層隱秘的感情，對此，清代的評點家姚燮以及索隱派大家王夢阮都有過論述，這裏就不贅述了。

　　將金木水火這樣的自然屬性分攤到四位女性身上，一方面是規定了他們在對待情感問題上的不同性質及其表現方式，同時，在一年四季的小循環中，其每位女性的各自定位，也使傳統的時令與五行的互相匹配，把女性與賈寶玉共同完成的情感歷程，彷彿是經歷了一個季節的輪換，在與林黛玉、與妙玉、與寶釵、與湘雲的遭遇中，同時也展現了感情發展的春種、夏長、秋收與冬藏。這一發展過程，又可以明顯分為兩個階段，即寶玉與林黛玉和妙玉是處在情感的階段而與寶釵與湘雲是處在婚姻階段，並以與湘雲的結合為最後歸宿，此即是《紅樓夢》回目所點明的，「因麒麟伏白首雙星」。也是如一度傳得沸沸揚揚的「舊時真本」所告訴讀者的一種結局方式。我們還可以從另一角度，來探討四位女性的感情實質。我們知道，林黛玉和妙玉，都是可以因名字含有的玉而歸為一類，寶釵和湘雲，則又都因為配金而同屬一類，玉與金的對比，可以讓我們聯想到玉之溫潤與金的肅殺（浦安迪說），並且因為諧音的「欲」與「淨」的對立而得到對情感異質的進一步強化。

三、情感交流中的文化底蘊

　　對四位女性以五行的屬性來概括畢竟近似於一種閱讀的聯想，而從這四位女性無意識的日常行為和有意識的人生追求中，提示了我們可以從一個更為廣闊的文化背景來分析，她們四位，在很大程度上幾乎涵蓋了傳統文化最重要的幾個流別。也就是林黛玉代表的詩家、薛寶釵代表的儒家、史湘雲代表的道家和以妙玉為代表的禪家。並且也因其各自的文化淵源而顯露出對情感（以賈寶玉為中心）的不同態度。

　　後三家都是一種文化哲學，詩家則是一種文學門類，把詩家與其餘幾家並列，正是強調了詩對於林黛玉來說，成了一種人生的哲學態度，儘管薛寶釵也寫詩，甚至其詩才也不比黛玉差，但她從沒有主動寫過一首詩，她寫詩也從來不是獨自一人的自詠自歎，最多也是把它作為一種社交手段，她反倒是認為女孩子不寫詩才正經，她更沒有以一種詩的態度來對待人生、來高昂起她的感情。在這裏，我們分析人物所代表的一種文化傳統，也是紅學界曾經討論的話題之一，不過，他們對於女性的分析，往往只局限於黛釵二人，認為所謂的「詩禮簪纓之族」，是林黛玉與薛寶釵各自分擔了這「詩禮」二字[14]，似乎這樣的概括已經圓滿自足。然而，作為從塵俗之外獲得的一種人生視角，作為人生啟悟的主題之一，作為人物命運的一種重要歸宿，又怎能不滲透到以賈寶玉為中心的情場地呢？當一僧一道把通靈寶玉攜向人間覓是非時，同時也是把他們各自的人生態度投射到世人身上，而這種態度也絕非是哲學的簡單圖解，同樣有作為一個人所應有的那一份感情作底蘊，所以，當他們在世俗社會剛剛露面，看到了有命無運的甄家的小女孩英蓮不禁大哭時，連脂

---

[14] 劉夢溪，《紅樓夢與百年中國》，河北教育出版社，1999 年版。

硯齋都要感到奇怪，而對此解釋是「所謂情僧也」。在此意識的投射下，湘雲連同妙玉可謂是情道與情尼而與黛玉和寶釵圍合為一個以賈寶玉為中心的情感的方陣。

　　四位女性因為文化底蘊的不同在與賈寶玉接觸時的情感表現差異，還是易於為我們所明瞭的。我們前文的分析也大多關涉到這一點。問題倒在於他們四人各自流露的一種自覺的意識，尚沒有引起足夠的重視。在《紅樓夢》人物中，這四位女性都曾以其特有的方式，尤其是人物的極富深度的直接議論，表現出他們對各自代表的文化傳統的一種自覺認同與身體力行。林黛玉與香菱的論詩、薛寶釵在說明探春協理大觀園時的論理治之道，以及勸寶玉留意於經濟之道、勸女孩子要多做女紅等，還有妙玉借邢岫煙之口所發揮的一番檻外人思想，再有就是湘雲與翠縷的論陰陽、她所謂的「是真名士自風流」的表白，諸如此類，無不突顯出每一位女性之於某種哲學的息息相通。薛寶釵在論到為人處世之道時，曾以「用學問提著」表達了她的一種立足於基礎而又向高層次的有意識追求，其實，我們提及的四位女性，在其抽象的議論中，都可發現這種思想意識的深度拓展、每一個人物所特有的一種智慧風貌。個人的思想，並不是抽象的一般結果，倒是每一個人的生活個性，凝煉在思想的充分展開中，並照亮了人的意識最幽深的方面。它表明了，在曹雪芹筆下，人物的個性拓展，已經向意識的最高層面作努力的衝刺，並在這種衝刺中，把人物形象在意識方面的最高形態作了清晰勾勒。正是這樣的濃重著筆，使我們獲悉在人物境界的最根本意義的同時，也可以在這樣的立場下，在一個較為宏觀的哲學觀、價值觀的貫通

中，對其日常的各種言行，特別是情感的表現方式作高屋建瓴式的梳理和觀照[15]。

必須指出的是，抽象的議論對於刻畫人物的思想深度雖然是必不可少的，但也極易流於呆板和枯燥。不過，作為一本有著高度藝術結晶的《紅樓夢》來說，人物的抽象議論得到了極為機智的處理，幾乎都是在情節的進程中動態展開，並直接與人物的情感互有指涉。林黛玉與香菱的論詩是在香菱寫詩進入癡呆狀態而展開，假定中的與現實生活的疏離狀態，為議論營造了一個合適的氛圍。而湘雲的論陰陽，不但讓翠縷用主奴來比附陰陽使問題變得有趣而深刻，而且，把話題引到麒麟的陰陽問題，帶出了一個與人物情感關係密切的「金玉之說」，此後，當她說出「是真名士自風流」的話時，又同寶玉一起到雪地裏品嚐烤鹿，並有意識地藉助一個較為陌生的視角李嬸來稱說一個帶玉的哥兒和那一個掛金麒麟的姐兒在一起之類的話，這樣的關聯，評點者張新之就予以指出曰：「用局外人一點金玉，是乃特提。」[16]其暗示出的兩人關係已十分清楚。薛寶釵的價值觀、人生觀方面的議論最為常見，也由此反映出她不同於任何一個女性的那種道學先生的特點。妙玉言論的處理最具匠心，其所服膺的禪宗，是以不立文字、不落言筌為修行原則的，借人物的議論來直接探視其思想境界有著難以克服的障礙，在隱秘的表達中留下種種玄機，當也是禪家的一貫作風，其在寶玉生日留下的賀帖落款為「檻外人」，就曾令寶玉頗費躊躇。而讓曾是妙玉鄰居的邢岫煙作一番解釋，既回避了禪宗的忌諱，也似乎維持了一個孤高自許的形象氣質，人物的智慧風貌也得到較全面展示。

---

[15] 參見《盧卡奇文學論文集》（一），172 頁，中國社會科學出版社，1980 年版。
[16] 馮其庸編，《八家評批紅樓夢》，第 1189 頁，文化藝術出版社，1991 年版。

　　對賈寶玉周圍女伴所構築的情場進行一基本歸類時，我們當然也不應忘記處在情場中央的賈寶玉。

　　賈寶玉是以假寶玉和真頑石的統一而表現出五行中的土性，並且也因這頑石的特質而顯示出一個叛逆者的種種頑劣之行徑，對此，學術界論述頗多，此不贅述。但是，從情場角度看，其所在的位置，其對各種文化徵象的趨同性的整合，是一個最簡單也最重要不過的「情」字。而也正因為他所處的場的中心位置，周圍女伴的行為無不對其產生了影響。加之寶玉本乎人情而對女性的體貼入微，在很大程度上產生了仿效對方言行的心理動力，也使其行為表現出萬花筒般的錯綜性。其對林黛玉的詩的品性的欣賞，既見於一種詩的意趣，如因聽從林黛玉欣賞的「留得枯荷聽雨聲」之句，而阻止他人收拾大觀園中的殘荷，也見於他因林黛玉從詩中傳遞出的一種深沉的感情，如對於她的葬花詞所產生的共鳴；所以，他對於詩的深刻領悟，在大觀園試才這一回有了全面展示，在全書中，這是除開黛玉與香菱說詩外，最重要的詩論的段落了。湘雲的我行我素的名士風度在蘆雪庵吃燒烤時最為張揚，也受到林黛玉等的譏諷，但唯有賈寶玉與她呼應，隨之前往，似乎也分得了名士之氣度。而對妙玉，開口所謂的「世法平等」，學的自然是佛家的一套口吻，也是針對了不同對象所採取的一種隨緣態度。即便是他最不喜的薛寶釵平日裏言說的各種道理，除開勸他留心於經濟之道（其實花襲人撒嬌似地勸他時，他還是答應的）的一類混帳話，能入他耳、令他欣賞的話也不在少數，所以有林黛玉時不時地來「半含酸」。因為其情本位的文化態度又或多或少融合了周圍女伴所代表的各種文化，其思想意識、性格特徵就有著超越於一般人物形象的深刻複雜性。

與此相對應的是，其對待不同女性的情感方式也顯示出質的差異。其對待林黛玉的情感是一種刻意的追求，對待妙玉的情感是一種神秘的對峙，對待史湘雲則是純乎自然的收放得體，而對薛寶釵呢，恰恰是在感情的匱乏中，顯示出一定程度上的欲的衝動和理的服膺。這四種方式，概括了一個男子對待女伴的大致類別，並且在結合進同一個場中，既展示了其錯綜複雜的關係，也在這動態的發展中使其邊界日益變得清晰，也就是說，以賈寶玉為代表的情文化，以林黛玉為代表的詩文化，以薛寶釵為代表的禮文化（或者說儒家文化），以史湘雲為代表的道文化和以妙玉為代表的禪文化。

第六章　從紅樓二尤看大觀園女性的愛與絕望

一、難以自辯的「不潔」

在《紅樓夢》所展現的一個相對封閉的青春女兒世界裏，尤二姐和尤三姐的故事是從外面的廣闊天地裏突然插入的。她和尤三姐並非賈珍之妻尤氏的親妹妹，原本是生長於平民之家的少女，只因為他們的母親改嫁到尤姓，和尤氏成了異母姐妹，才和賈府連上了親戚。寧國府借親戚名義把她和妹妹接來，實際上是為了滿足賈珍、賈蓉父子的淫樂的。作者寫二尤，固然是借此表現出賈珍等一班人的荒淫無恥，但是，那種不同於賈府禮法森嚴（儘管是表面上的）所加之於女性的束縛在二尤身上的蕩然無存，也使人物顯示了獨特的個性。不過，這種個性，最初都是以一種「不潔」的形態表現出來的。

他們在書中的最初露臉，就是在第六十三回中作者為我們呈現的不堪入目的一幕：

> 賈蓉且嘻嘻的望他二姨娘笑說：「二姨娘，你又來了，我們父親正想你呢。」尤二姐便紅了臉，罵道：「蓉小子，我過兩日不罵你幾句，你就過不得了。越發連個體統都沒有了。還虧你是大家公子哥兒，每日念書學禮的，越發連那小家子瓢坎的也跟不上。說著順手拿起一個熨斗來，搆頭就打，嚇的賈蓉抱著頭滾到懷裏告饒。尤三姐便上來撕嘴，又說：「等姐姐來家，咱們告訴她。」賈蓉忙笑著跪在炕上求饒，他兩個又笑了。賈蓉又和二姨搶砂仁吃，尤二姐嚼了一嘴渣子，吐了

他一臉。賈蓉用舌頭都舔著吃了。眾丫頭看不過,都笑說:「熱孝在身上,老娘才睡了覺,他兩個雖小,到底是姨娘家,你太眼裏沒有奶奶了。回來告訴爺,你吃不了兜著走。」賈蓉撇下他姨娘,便抱著丫頭們親嘴:「我的心肝,你說的是,咱們饒他兩個。」……又值人來回話:「事已完了,請哥兒出去看了,回爺的話去。」那賈蓉方笑嘻嘻的去了。

　　這裏,作為尤氏二姐妹的第一次露臉,作者就已經用如此濃烈的筆墨,將他們的性格突顯了出來,而作為展示這一性格時男女雙方的行為過程,卻更是意味深長。我們看到,賈蓉的每一次調情性的戲語,都曾引起尤二姐等的反擊,但這種反擊,都被賈蓉用更為無恥的手段予以化解,並且將其反擊納入到一個男女打情罵俏的互動式的愈演愈烈的氛圍中。這種行為不但無所顧忌,且無遮無攔,甚至於旁人的指責,都被賈蓉故意曲解成「眼饞」,而逗引其慾火的幻想式的亢奮。如若不是有人來催他去辦正事,我們簡直就不知道這場性的遊戲該如何收場。而這樣地藉助於外力而不是男女雙方自我行為的收斂來收場,顯然具有更廣泛的象徵意義。

　　就這樣,在只有兩個石獅子乾淨的寧府,在行同禽獸的賈珍賈蓉父子的暗逼明誘和胡攪蠻纏中,姐妹倆都充當了他們取樂的工具,喪失了人之為人的尊嚴。事實上,在二尤對賈蓉一路打罵過程中,其笑的表情始終沒有離開過,我們也很難把這種反擊與調情做出嚴格的區分來。

　　不過,相較而言,尤三姐在對待這些玩弄她的男性時,書中並沒有用太多的筆墨寫她是如何地迎合他們,也較少尤二姐那樣的打情罵俏式的反擊,反而是著重寫她以特有的那種潑辣酣暢的方式進行了抗爭。在男女關係上,向來的男子中心主義在她那兒翻了個,

她那種近似於無恥的火辣辣的進攻，所謂「他那淫態風情，反將二人禁住。那尤三姐放出手眼來略試了一試，他弟兄兩個竟全然無一點別識別見，連口中一句響亮話都沒了，不過是酒色二字而已。自己高談闊論，任意揮霍灑落一陣，拿他弟兄二人（賈珍賈璉）嘲笑取樂，竟真是他嫖了男人，並非男人淫了他」，使久慣風月場中的賈珍、賈璉等居然目瞪口呆、手足無措。如同第六十五回描寫的，讓他們在被點燃的慾火煎熬中，完成了尤三姐對一個個淫蕩者的報復。這樣，即便是尤三姐對他們確曾有過類似於調情的舉動，也由於最終的在蔑視態度下的一種戲弄，而使她的調情更近似於一種應變的策略。不過，儘管從淫的角度看，女性進攻的方式超越了賈珍等人的想像力和心理承受力，顯示出只會偷雞摸狗者的可憐復可笑，但是，尤三姐的行為剛烈得近似於癲狂，也無疑暴露了她內心深處的緊張感，因為在那樣一個宣揚「萬惡淫為首」的社會裏，一個女性恰恰是以淫作為自己向對手開戰的武器，她是無法保持住一份平和心態的，她當然也知道，她因此會失去她的立足之地，尤其是在他人心目中的一種純潔的立足之地。這樣，她雖然看似取得了與賈珍之流抗爭的勝利，但付出的代價實在太昂貴，因為從此以後，她就背上淫蕩的惡名，無法立足於傳統社會，除非她願意走上一條自我放逐的人生道路[1]。然而她不，她還是希望自己向傳統社會的回歸，並且能夠取信於他人。所以，第六十六回中，當她向周圍的人說出她的重塑自我的決心時，其決定是最斬釘截鐵不過的，「將一根玉簪，擊作兩段，『一句不真，就如這簪子』」其言語對行動的直接指稱，去除了一切浮語冗詞，也顯示出三姐為人的一貫風格。

---

[1]　英國小說《法國中尉的女人》中，女主人公歐內斯蒂娜就是以心甘情願領受的放蕩之名來走上一條自我放逐的道路。

　　也許作者有意識地要把尤三姐塑造成引起人們同情和敬重的女性形象，所以關於她失身於賈珍的事實，或者是以隱晦的筆調，或者乾脆一筆帶過。不過，這並不妨礙我們對她開始時的認識，卻也有不潔的印象。可以說，為了生存，她在與賈珍等一班衣冠禽獸表面敷衍時，內心深處卻懷有對美好生活的嚮往，對一份至純至潔的真情的渴望。這份真情絕非逢場作戲，而是許多年前的一種衝動的凝固和積澱。於是，表面上的隨遇而安和內心深處的不變的企盼，成了一個鮮明的對照。也正由於此，我們才理解了，像她那樣一個剛烈的女子，居然能忍辱偷生這麼久，完全是因為對美好生活的信念支撐著她，使她走到這一步。

　　尤三姐的意中人是在別人意想不到中而登場的，而且當她說出這一人物時還有過頓挫與打斷，先是要旁人去猜，旁人竟猜不出，待要她自解謎底了，卻又是被突然趕來的興兒所打斷，從而改變了話題，等要到次日午後，才由尤二姐轉述給賈璉聽。這既是一種藝術的策略，如同清代評點家所指出的[2]，但更說明了她所思念的人與她平日的生活反差之大，也說明了她對埋在心底的這一分情感之珍視，輕易不告訴別人。所以連她的姐姐都被蒙在了鼓裏，更不用說賈璉了。

　　尤三姐對愛情是那麼堅定、執著，當她在二姐和賈璉的面前說出自己所愛的人是柳湘蓮，並發出為他苦守的誓言後，果然一改前非。因為她深知，從此之後，她的言行舉止就不再是關乎她一己的未來，也是跟她所愛的人牢牢地拴在一起，她要以自己的行為來配得上她所愛的人。

---

[2]　參見馮其庸主編，《八家評批紅樓夢》，第 1626 頁，文化藝術出版社，1991年版。

　　然而接下來發生的一切，卻讓她嚐夠了人生大起大落的悲痛。柳湘蓮開始時的定情，使三姐喜出望外，不過好景不長，她還沒有品味夠這幸福的幻境，更談不上將夢想化為現實，柳湘蓮旋即反悔，把她那一點兒可憐的幻境擊得粉粹。有人以為，柳湘蓮的反悔，首先是出於對貞節觀念的重視，是當時一切正人君子的共識，只有賈璉一類的無恥之徒才不把淫蕩當回事。問題是當這樣的社會把苦命女子逼向生活的絕路時，卻只要求女子以死來捍衛她們的貞潔，卻允許乃至鼓勵放蕩的男子迷途知返，美之名曰「浪子回頭金不換」，或者如唐代傳奇小說《鶯鶯傳》裏所謂的「善補過」，社會的公正又體現在哪裡呢？柳湘蓮不允許他所愛的女子生活有「污點」，卻最終與如此不堪的薛蟠結為朋友，其生活中的潔身自好原則又在哪裡？他對寧國府的深深鄙視，揚言不娶三姐，是為了「不做剩王八」，其間或多或少還有著大男子特有的虛榮心在作怪。

　　柳湘蓮是自私的，因為他根本就沒有從三姐的角度，設身處地為她考慮。當三姐把這一深埋在心底的愛情作為她生活的精神寄託時，柳湘蓮的拒絕，不止是拒絕愛她，也否決了她對自己的愛、否決了她對生活的愛，這樣，她生活下去的勇氣從根底上被抽去了。在柳湘蓮面前，一貫潑辣的尤三姐竟然無力為自己辯解，因為她不能辯也不可辯。既然她已有了柳湘蓮觀念中的所謂污點，那麼，如果她進一步為自己辯解，除了證明她不肯承認這樣的「昭然若揭」的污點，除了證明她不知羞恥，還能證明什麼[3]？

　　尤三姐是懦弱的。儘管她對著賈珍之流，以自己特有的方式讓他們敗下陣來，但她卻擊不退人們頭腦中的觀念，當她以最後的一劍刺向自己時，柳湘蓮似乎才明白了她的無辜。然而我們又決不應

---

[3]　參見英國小說《德伯家的苔絲》中克雷爾對苔絲的指責。

該讚歎她這一行為，因為當人們因為她的死才發出讚歎時，我們不會覺得這本來就是那種傳統觀念殘害女性的一個謀略嗎？我們讚歎她的死，與過去讚歎那些深受傳統觀念毒害而死的烈婦有何區別？所以，與其說，她的死是表明了她的清白，倒不如把她的死視作是對生活的徹底的絕望更為貼切。

二、女性的自殺與自相殘殺

與尤三姐的潑辣剛烈相比，尤二姐的性格要柔弱得多、溫和得多，然而，在與男子調情時，比如與賈蓉的瘋狂打鬧，與賈璉的暗送秋波，卻是更顯示了她的輕浮、她的水性楊花，也顯示了賈府淫亂生活中比較缺乏的的那種「野味」，而她久慣風月場中的老練，使其對好色之男構成了一種特殊的誘惑。第六十四回中，她與賈璉的接觸時的一個細節，最能說明她的這種個性魅力：

> 賈璉一面接了茶吃茶，一面暗將自己帶的一個漢玉九龍珮解了下來，拴在手絹上，趁丫環回頭時，仍撂了過去。二姐亦不去拿，只裝看不見，坐著吃茶。只聽後面一陣簾子響，卻是尤老娘三姐帶著兩個小丫環自後面走來。賈璉送目與二姐，令其拾取，這尤二姐亦只是不理。賈璉不知二姐何意，甚是著急，只得迎上來與尤老娘三姐相見。一面又回頭看二姐時，只見二姐笑著，沒事人似的；再又看一看絹子，已不知那裏去了，賈璉方放了心。

可以發現，尤二姐似乎很善於把握住墜入情網中的男子心理特點，能夠巧妙地將賈璉的一顆心提起來懸到半空，又悄沒聲息地使他因隨之而來的解脫而竊喜而感激，就在這一提一放的過程中，營

造出一種只有兩人才共享的在感情的潛流中滋長的甜蜜氛圍[4]。然而，只因為她的性格在基調上是溫柔的，為人處世的原則是被動的，所以，她的命運就更多地被別人所安排、所掌握，相比之下，儘管三姐也曾周旋於多個男人中間，但她總能以她的乾淨俐落來超越一切的羈絆，而將自己游離於世界之外。但是，二姐的柔弱、被動卻也使她周圍積聚起許多懷有各種目的之人，並在她深陷於這一關係網中，既輻射了周圍之人的各種心態，也使尤二姐的性格呈現得更為豐富和複雜。

與尤三姐相似的是，二姐的性格在前後兩個階段呈現了不同的面貌。其前後的面貌變化較之三姐甚至是更為徹底。如果說，她與賈璉婚前的行為以風流輕浮為主，那麼，其婚後的言談舉止，則把一個傳統社會要求於女子的種種美德都包羅殆盡了。將她的不潔過渡為美德的，主要是她的知愧，所謂「我雖標緻，卻無品行。看來到底是不標緻的好」。不過，作者在描寫這種轉變時並沒有將之簡單化，如同我們在《金瓶梅》中，看到的李瓶兒那樣，嫁給西門慶後的一種性格的斷裂[5]。即使在表達她的這種心態時，作者又讓我們洞悉了她的內心深處的更隱秘更微妙的複雜性。

她對賈璉的溫柔體貼自不必說，即使對下人，也是相當親切隨和。她與興兒的一番談話，雖是從一個特殊角度對賈府的重要人物作了觀照[6]，但尤二姐不時地笑著插話，將一種拉家常的和諧氣氛渲染了出來。

她那麼輕易地受鳳姐的騙，說明她毫無心機，從本質上還是以善來理解這個世界。她進了賈府，儘管屢屢受到下人的暗氣，卻反

4　平兒有一次也和賈璉有過類似的行為，參見《紅樓夢》第二十一回。

5　參見孫遜、詹丹，《金瓶梅概說》，上海古籍出版社，1994年7月版。

6　參見王蒙，《紅樓啟示錄》，三聯書店，1991年版。

而替他們遮掩，顯示了她的一種寧可自己受委屈也不願讓他人受責的胸襟。

平兒是最先向鳳姐告發她的人，但她並不耿耿於懷，反而把平兒後來對她的照顧銘記在心，既知恩圖報，也能體諒他人的苦衷，寬容別人對自己犯下的過錯。

也許，因為她在一個風雨飄搖的世界裏，得嫁一個她認為可以依託終身的男子（這幾乎是當時社會所有女子的共同追求），於是，生活中從未有過的滿足感將她潛在的所有美德都發揮了出來。也許，作者為了使她的死更強烈地引起別人的同情，所以，在寫到她後來的言行舉止所體現出的美德時，多少帶了點誇張。我們當然也不應該忽視傳統道德的力量在她身上所起到的作用，她是在覺得自己行止有虧的前提下，通過自己的當下之善以竭力彌補昔日之淫。

她的善良在一定程度上可說是由賈璉的寬容而激發，所謂：「偏這賈璉又說：『誰人無錯，知過必改就好。』故不提以往之淫，只取現今之善。」但是，賈璉的這種寬容在多大程度上是一種德性的表現而不是有口無心地來暫時討尤二姐的歡心，我們也難以做出一個明確的判斷。他對尤二姐的歡喜似乎也多少有點任何好色男子都有的那種逢場作戲的態度。不然的話，他是不會因為插入的一個小小的秋桐，而將「在二姐身上之心也漸漸淡了」。

與三姐一樣，尤二姐也是以自殺來結束自己的生命。就如同柳湘蓮曾經點燃起三姐的生的欲望，賈璉也曾引起了二姐對幸福生活的憧憬，但事實證明，在那樣的時代裏，很少有男子堪當這一重任的。當這一切都煙消雲散時，他們都失去了生命的動力。那種一度被淡忘的道德上的愧疚又來深深地折磨著尤二姐的心，二姐在病重時與三姐的夢中相見，清楚說明了當時社會把道德敗壞的責任強加

給女子的一種傳統，我們看到，在這樣的傳統壓力下，犯下了所謂
過錯的女子在意識深處又是如何的不安與恐懼的。

　　然而，二姐之死要比三姐之死更為深刻的是，她跌落進的陷阱，
是另一個女子為了維護自己的幸福而做出的一次有力反擊。從愛情
本質上的排他性言，王熙鳳的反擊也有她一定的合理性，正如同我
們無法以邢夫人的所謂的大度寬容來要求於她一樣。問題是，當這
一反擊對象不是移情別戀的男子而只是另一個苦命的女子時，尤二
姐的命運也就把所有女性生命歷程的悲劇演繹了出來：在一個男性
霸權的世界裏，女性只能以自相殘殺來鞏固自己的幸福和地位[7]。潑
辣的鳳姐會如此，好心意的平兒也會如此。

三、把自己毀滅給男性看的女性

　　將二尤聯繫起來考慮的，不僅是兩人的共同悲慘的命運，還有
他們都採取的自殺這樣一種非正常死亡的特殊方式。也正是這一
點，使我們覺得這種處理在全書中所顯示的普遍意義。如果在小說
創作中，我們一般是把死亡作為其常規的結局的話[8]，那麼，在《紅
樓夢》中，當賈府被呈現到我們面前時，非正常死亡就像這個大宅
的投下的長長陰影，似乎一開始就籠罩住人們的心頭。從總體看，
非正常的死亡（不包括類似於賈母的壽終正寢）大致可以分為相對
關聯的五個段落。第一段落，先是以陷於情欲的賈瑞做引子、而後
是進入核心圈人物秦可卿、再是她的丫環，然後是金哥兒，從秦可
卿正式開始，如波紋一樣一圈一圈向外蕩漾開來，並且又以返回到

---

[7]　《金瓶梅》中潘金蓮對李瓶兒的殘害也作如是觀。

[8]　參見（英）福斯特著、方土人譯，《小說面面觀》，上海文藝出版社，1990
　　年版。

秦鐘之死來做稍稍停頓。而隨後，又是金釧兒投井、鮑二媳婦上吊，作為賈寶玉和賈璉的非禮的行為而給女性帶來的羞辱，構成死亡的多米諾骨牌的第二輪；再其次，就是由賈敬之死引出的尤三姐和尤二姐之死；又其次是司棋和晴雯之死並進一步映射到林黛玉之死；最後，則是元春、鴛鴦等人之死。這其中還包括不時穿插進去的更為週邊的從馮淵到石呆子等人的死。

　　作品中眾多人物的非正常死亡曾經引起過評論家的注意，他們也統計出大致死亡的名單，但他們沒有進一步探究這種非正常死亡的關鍵所在。將死亡名單進行稍稍的梳理，我們可以發現，女性的比例遠遠大於男性，特別是女性的非正常死亡以自殺居多，即便是似乎因病夭折的秦可卿，據《紅樓夢》第五回和脂硯齋透露給我們的訊息，作者原本也是將她安排為懸樑自盡的。如果我們再深究下去，我們還可以發現，其自殺的原因，大多跟男性的行為有著或多或少的關聯。在上文中，關於二尤自殺的原因，已向我們清楚地表明這一點。喜新厭舊的好色之徒賈璉自不必說，潔身自好過於看重自身的名聲而把三姐逼向絕路的柳湘蓮也難辭其責，如果說，賈璉的愛缺乏一顆長久的、深層次的心靈的話，柳湘蓮卻是沒有最基本的感情以構成愛的基質，《紅樓夢》對他用一個「冷」字來概括，可謂一語中的。在對待女性的態度中，既有無心的賈璉和無情的柳湘蓮，更有賈珍、賈赦之流的無恥以及無膽的潘又安等，事實上，即便是對女性用情最深、用心最多的賈寶玉，也並不能真正保護女性使她們免遭他人的摧殘，從而更多的是一種發自內心深處的無奈。

　　我們看到，面對女性，賈寶玉在許多不同場合表現出作為男性的自慚形穢，這裏面不僅僅有對女性特別的敬意，也是作為男性在行為上的愧對女性。這不但是指其他男性那樣對待女性的侮辱之和損害之，也有如他自己那樣坐視著女性的被侮辱與被損害卻無力改

變她們的命運。如果說悲劇是把美好的人生毀滅給人看的話，那麼，《紅樓夢》中的許多女性就是把自己毀滅給男人看的，在這種自我毀滅中，她們表明了對生活、當然更是對男人的深深絕望。

對於這樣的現狀，作為作品女性中的主要人物林黛玉有著清醒的認識，所以她藉著對自然界落花的哀歎，藉著對歷史上的「五美」的吟詠，讓這種悲劇性的命運突破了自然與社會的隔絕，拉近了現實與歷史的距離，作者別具匠心的是，在情節的設計中，林黛玉的「五美吟」恰恰是與二尤正式登場安排在同一章回的，這一回的回目是：「幽淑女悲題五美吟‧浪蕩子情遺九龍佩。」在這樣的交織中，歷史似乎又在現實中重演，而現實似乎就是歷史之確證。

同樣的構思手法在表現賈寶玉的內心世界時又一次重複運用，那就是第七十八回的「老學士閒徵姽嫿詞‧癡公子杜撰芙蓉誄」，賈寶玉對現實生活中晴雯的被摧殘致死的哀悼，與對歷史上的林四娘的詠歎，在同一回中得到了互為映照，當現實中的弱女子慘遭摧殘時，歷史上的林四娘的自救行為就特別意味深長，這或許也呼應了林黛玉的「五美吟」，「五美吟」雖每首詩分題互不關聯的一人，但「紅拂」置於最後一首，表面上看這是「五美」各人所處時代的自然延續，但從深層次看，也是邏輯發展的必然，當男性不但不能保護女性而且常常要凌辱之時，女性除了自救外，還能有其他途徑嗎？林黛玉筆下的女中豪傑「紅拂」，賈寶玉筆下的劍俠林四娘，就是在這樣的背景下被推到我們讀者面前的。

第七章　論《紅樓夢》的隱性人物

一、文學人物的分類問題

我們驚訝於《紅樓夢》的偉大成就，主要是因為在人物塑造方面，它為中國古代小說的人物長廊，一下子增添了那麼多栩栩如生而又性格各異的形象。許多年來，對《紅樓夢》人物的探討成為學術界關注的熱點，這其中，從基本的分類角度來對人物進行研究，也成為諸多學者的自覺意識。不論是傳統文化的不同哲學背景體現於人物的分類，還是依據現代社會學中階層、階級論理論的分類，都拓寬著我們的研究視野，也有助於我們對紅樓人物的深入理解。而西方學者如浦安迪等把紅樓人物分為實體性和隱喻性兩大類，進一步啟發了我們的研究思路[1]。不過，我們也必須意識到，幾乎所有的這種分類，都是把直接出現於《紅樓夢》舞臺上的人物作為研究對象的。而《紅樓夢》在人物塑造上的成就，它的與眾不同，還不僅僅在於對顯現於舞臺上的人物進行了精雕細刻，而且，也以側面烘染的筆法，對從未在舞臺上直接露臉的人物予以了暗示，他們隱身在帷幕的背後，藉助於他人的聲口，不時讓我們彷彿聽到了他們的音容，看到了他們的笑貌，通過他們留在其他人物心靈中的印跡，我們又一次呼吸到了他們的氣息，並以充分調動起的藝術想像，排開了一個更為幽深的、隱晦的紅樓人物陣容，使得紅樓人物世界變得愈發多姿多彩。相對於正面顯現於紅樓舞臺上的人物，我把這樣

---

[1]　參看上海社科院文學所主編，《文學研究動態》，1983 年第 2 期。

一類人物統歸為隱性者或說隱身人物。探討這一類人物世界的藝術
特色，構成本文的目的。

　　當然，任何小說，不論它遵循怎樣的創作原則，就其現實性而
言，都是對生活這一漫無邊際人物關係網絡的片斷截取，哪怕這一
小說篇幅再浩大、涉及的生活面再廣闊，人物再眾多，都是如此。
這樣，對任何小說而言，也都有著出場人物與潛在人物的關係問題，
即便有些潛在的人物早已死亡，其對小說世界的展開、對登場人物
的影響，依然無往而不在。死人陰魂不散，活人被死人拖住的例子，
在許多敘事性作品都可以看到。《哈姆雷特》中被謀害的老國王[2]，《麗
蓓嘉》中曼德利莊園中的原女主人麗蓓嘉，是較為典型的例子[3]。這
樣，從這一角度來探討紅樓人物的隱與顯的關係，似乎也並不能突
顯其探討本身的創意來，或者說，這種探討，也許並不能對《紅樓
夢》作為一部小說的獨特性有更多的揭示。然而同時，我們也需要
看到，隱身與顯現的人物關係在《紅樓夢》中表現得極為複雜，超
過了以往的任何一部小說。不妨說，當《紅樓夢》在把人物總體的
塑造提到一個全新的高度時，其關於隱身人物的創造，其對登場人
物的諸多影響，也得到了更深入的展現。正是在這一創作的總體背
景下，探討紅樓人物隱與顯的關係，才變得饒有興味。

　　在探討隱性人物與顯現人物的關係時，我們需要某種界定和辨
析。由於《紅樓夢》在小說卷首的凡例中就提出了真事隱和假語存
的創作原則，這樣，我們不得不要提出「真與假」和本文所謂的「隱
與顯」的區別與聯繫問題。也許，從沒能在小說世界直接上場這一
角度看，隱去的真事或者說現實生活中的真人與我所謂的隱性人物

---

[2]　卞之琳譯，《莎士比亞悲劇四種》，人民文學出版社，1988 年版。
[3]　（英）莫里葉著，高長榮、謝素台譯，《麗蓓嘉》，山東人民出版社，1980
　　年版。

之間有其共同點。而我來探討出場人物與隱性人物之間的聯繫，藉助於出場人物來發現隱性人物的身影和氣息，似乎正邁上了索隱派研究的老路子。不同的是，小說凡例中提及的真事與真人，是處在小說世界之外的，也只有站在小說與生活連接點的人物如脂硯齋，才得以用兩種目光，看到了生活中的真與小說中的假，有能力把小說世界內外的兩方面人事進行捉對比較。這樣，真與假的關係，就是小說與小說外世界的關係，是透過小說世界來一窺現實生活，小說成了裝扮現實人生的一件外衣，索隱派的努力，很像在把這件外衣向人們撩開一角。而我所探討的隱性人物，則始終為小說世界的觸角所探及，他們是與出場的人物處在同一小說世界的內部，因為他們，使得小說世界向著一個更廣大、更幽深的然而依然是非現實的世界開拓著，使小說世界自身的層次感變得更加豐富和完整。

二、隱性人物的潛在作用

　　還在第一回，紅樓人物剛登場時，作者就把展現人物關係的視角延伸至畫外，使藏而不露的人物，對畫面中人的生活命運產生了微妙的影響。

　　紅樓夢的故事是由賈雨村帶入到小說世界，當甄士隱與賈雨村互換位置時，現實世界就淡出了人們的視野，而把另一個想像的世界展現到我們面前。不過，把賈雨村的上場視為是一種藝術生命的全新起點可能會流於皮相，儘管賈雨村作為一個窮書生孤苦伶仃流落在甄家隔壁的葫蘆廟裏，並且因為與丫環嬌杏的誤會，複現了才子佳人的俗套故事。但是，只是在賈雨村科舉得中而把嬌杏娶回家時，作者才向我們交代，原來賈雨村是個有家室的人。嬌杏過門，只是充任他的侍妾而已。但是他原先的妻子姓甚名誰，作者壓根沒

有交代，更不用說從他妻子的立場，來寫他對丈夫納妾的心理感受。相反，嬌杏的名字與僥倖的諧音，似乎暗示了本段描寫，倒是始終站在嬌杏立場上的，是在為她的命運而慶幸的。

　　相比賈雨村乃至只在第一回出場的嬌杏，賈雨村原先的妻子正是我所謂的隱性人物，作者把她牢牢控制在舞臺的幕後自有他的道理。也許對小說整體言，這樣一個人物太微不足道，於小說的總體人物關係太沒有直接的作用，更何況賈雨村是偏重於隱喻性而獲得在小說中的藝術生命，半透明而不過於實體化是其藝術生命的特色之一，而這種隱喻性，指涉了作品中以賈府人物為中心的基本命意[4]。這樣，不在枝節上延伸太多，似乎成了作者把相當一部分人遮蔽在幕後的必要手段。但人物不出場不等於不存在，更不等於他們不對出場的人物產生各種影響。就賈雨村的妻子言，恰恰是因為她先佔有一個妻子的位置而後去世，才促使嬌杏的地位發生了改變。不然，一個丫環縱然做了官宦人家的小妾，也實在是一件稀鬆平常的事件，只是在她一躍而成為正妻時，她獲得的地位與她原先的身份才出現了反差，才談得上作者所謂的「命運兩濟」了[5]。而且，不讓嬌杏一步登天，事先安排下賈雨村的一個妻子也是十分必要的。因為嬌杏畢竟是在賈雨村中舉為官後進門的，賈雨村對嬌杏再有好感，如要把他娶為妻子，以當時之社會現實，他肯定會有所躊躇。所以，有一個妻子擋在嬌杏前面，反而讓嬌杏進門變得簡單了，再從妾的地位升格為妻，這樣步步升遷，就不致使這種發展變得過於突兀。但賈雨村的妻子對嬌杏來說，還不僅僅在為她的地位改變作鋪墊，在這種人生概覽式的故事中，作者還力圖揭示出其中蘊含的意義。這樣，嬌杏的人生意義，是在兩個生活背景的對比中展開的，

---

[4]　參見本書第四章。
[5]　《紅樓夢》第二回。

一方面是原先她所伺候的主人甄家，生活日趨走下坡路，而她倒沒有跟著主人一起沉淪，反而被賈雨村提舉、拯救出來，進入一個似乎燦爛的全新的生活環境。作者說她「命運兩濟」，顯然有具體的針對性。此前，當一僧一道來到人世遇到甄士隱的女兒英蓮時，對其大哭，哀歎其為「有命無運，累及爹娘之物」，而英蓮不久便被拐賣，經歷了生活的頗多坎坷，其所謂「有命無運」就是指此。相反，就賈雨村妻子言，她被嫁過去時，賈雨村只是一個窮書生，雖有博取功名的雄心，無奈囊中羞澀，只得流落在半途，靠賣文為生，若不是甄士隱古道熱腸，資助他進京趕考，賈雨村的功名之路還不知要延宕到多久，他把妻子拋閃在家，使其空床獨守，也不知要有多久。然而，當賈雨村得中功名為官，妻以夫榮的好運降臨到她頭上時，她卻無福消受了。雨村納嬌杏為妾沒多少日子，她就染病身亡。這豈不是有運而無命嗎？對應著嬌杏所處的兩種環境裏兩位女性的命運，作者對其評為「命運兩濟」也就很確切了。當然，英蓮之於她，僅僅是一種修辭意義上的對照關係，而賈雨村的妻子，除開這種對照外，還有著生活意義上更直接的聯繫。由於賈雨村妻子始終沒有直接上場，我們讀者更沒有機會從他妻子的視角，來審視生活留在她心底的感受，尤其是當嬌杏進入她家，她又是如何看待兩人之間的關係，是否對此表現得無動於衷，或者有著別樣的感受？一年以後，嬌杏產下一子，是否對賈雨村的妻子構成一種心理威脅？這一切，我們都無從知曉。但正由於我們無法一窺其內心世界，無由從其立場來審視人生，來把她的立場、感受同嬌杏的立場作同一層面上的比較，這樣，賈雨村的妻子在這裏藏而不露，是作為另一個人物的物化背景而存在的。控制她的出場，同時也就是控制我們的感情灑到她的頭上，特別是當她的不幸早逝促成了嬌杏的幸福，我們對後者的命運慶幸，避免了我們感情陷入兩難的境地。

　　如果說嬌杏是因為賈雨村正妻的早逝促成了其地位的變遷，啟發著我們對人生命運的某種理解的話。這種理解畢竟還是比較抽象的、概括的。因為對嬌杏過於簡略的描寫，使得我們幾乎無法對人物的性格有基本的瞭解。但這種概括同時也是一種提示，或者說，當小說畫卷在我們面前展開，類似的人物結構關係又一次複現了。並且由於他們在小說中地位遠為重要，那種意在渲染去世的人對存活者的影響，也有了充分說明的可能。

三、隱與顯的互相聯繫

　　在第一回隱括全書的描寫後，主要人物林黛玉就上場了。其小小的五歲年紀，一出現在書中，似乎就籠罩在親人死亡的陰影中，家裏人丁本來就不興旺，先是一個年紀不滿三歲的弟弟夭折，一年後，母親賈敏又撇下她而離去。只剩得她與父親林如海孤苦伶仃，相依為命，而當她進賈府後沒幾年，她的父親也撒手人間。活在人世間，親人死亡陰影，竟如此一而再再而三降臨到黛玉的幼小的心靈。

　　我們看到，雖然黛玉的母親並沒有在全書開場前就死亡，但是，偶而被提及又迅即離去，仍顯示了其作為潛在的隱性人物的藝術特徵。這種特徵，是通過黛玉而逐漸顯現。對黛玉而言，母親以及她的突然離去，還不僅僅意味著一種悲劇性的命運，也對她的個性產生了千絲萬縷的影響。

　　黛玉的聰慧有目共睹，我們固然可以說，年幼時，因為父母把她當作兒子來教她讀書識字，遂使她的才智得到培養。但我們也同樣不可以忽視這先天的遺傳因素。或者說，作者的藝術匠心，也讓我們產生這方面的聯想。《紅樓夢》裏人物的命名，多少與人物的個

性或者命運有所對應。這一點已成為大家的共識，無需贅言。但大家似乎忽視了，林黛玉母親，名喚賈敏，而其敏字，正是聰慧的意思，黛玉念書避諱，又常把敏字讀作密，同樣是有心思細密的含義在。所以，從林黛玉的聰慧中看出其對母親基因的承繼，大概是雖不中也不遠了。想賈敏在世時，與女兒的感情肯定不錯，與女兒時時有家常敘談，所以林黛玉進賈府，眼裏看到的是陌生的環境和陌生的人，心裏頭卻總有母親的閒談來比照，不但如此這般把母親以前說過的話又重溫了一遍，還可以據此看出，賈敏對人物的大致評價是如何影響了黛玉的看法。例如，當王夫人叮囑黛玉，說是「但我不放心的最是一件：我有一個孽根禍胎，是家裏的『混世魔王』，」「你只以後不要睬他，你這些姊妹都不敢沾惹他的。」黛玉馬上回憶起母親所常說的，「二舅母生的有個表兄，乃銜玉而誕，頑劣異常，極惡讀書，最喜在內幃廝混，外祖母又極溺愛，無人敢管。今見王夫人如此說，便知說的是這表兄了。」不過，接下來，她轉述母親的話，評價卻不一樣，道是：「舅母說的，可是銜玉所生的這位哥哥？在家時亦曾聽見母親常說，這位哥哥比我大一歲，小名就喚寶玉，雖極憨頑，說在姊妹情中極好的。」只一句「在姊妹情中極好的」，就準確定下了寶玉的基調，似乎也暗示了林黛玉以後與他可能有的一種關係。我們從賈敏對寶玉的如此評價中，是否也能依稀看到她與林如海之間的感情生活呢？別的不說，當林如海在賈敏去世後，勸黛玉去賈府居住時，說「汝父年將半百，再無續室之意」，我們固然可以認為那如海也是癡情之人，但賈敏當自有一份真性情，值得如海把她引為紅顏知己吧？而她以前未出閣時的那種嬌生慣養，倒也並沒有把她養成一個刁鑽跋扈之人。如第七十四回中，王夫人在與鳳姐偶然提及的，「只說如今你林妹妹的母親，未出閣時，是何等的嬌生慣養，是何等的金尊玉貴，那才像個千金小姐的體統。」

　　在小說中，有意構成一組對照的是，黛玉是在她母親去世後來到賈府的，而另一重要人物薛寶釵也是在父親早年亡故的前提下，來到賈府開始另一種生活。讓寶釵成為黛玉的一個對比性形象，是作者顯而易見的構思，許多學者對此進行了探討。但是，這種對比的邏輯是貫徹得那麼徹底，甚至在設計家庭的隱性人物上做起了文章，還是讓我們有些意外的。

　　同樣是親人去世，對黛玉來說是感情的一種打擊，對寶釵來說卻成了理性的一種磨練。我們從兩人的個性差異中，可以看到黛玉重情而寶釵偏重理性。也許，在一個家庭中，父親總容易讓人想到理性，母親總讓人易於想到感情。如果雙親俱在，那麼，父親的理性和母親的感情似乎都應該傳承給自己的孩子。然而，令人奇怪的是，黛玉的母親和寶釵的父親早早去世，似乎並沒有顯示一種傳承的中斷性，倒是相反，讓各自對應於去世的親人的不同精神世界越加發展起來，黛玉的感情是那麼充溢，而寶釵的理性又是那麼的穩定，他們似乎在沒有得到親人養料充分滋養的前提下，迅速填補了離去親人的那個精神世界的空缺。如果黛玉因為父親的後來去世，使得我們難以分析，這種精神世界在一個整體家庭中所顯示的各自定位，那麼，在薛寶釵的家庭中，我們發現，薛寶釵的父親去世，使得薛寶釵或多或少取代了父親的位置，使得這個家庭在精神資源的分配和貢獻中，又重新獲得了平衡。這樣，薛姨媽似乎分得了情，薛寶釵分得了理，而薛蟠，則分得了性。這樣的互補，使薛寶釵至少在家庭內部，精神世界仍可以取得一種自足圓滿，她也不會過於依賴外面的世界，這跟林黛玉有很大的區別。所以，在我看來，從隱性人物的角度來看，黛玉與寶釵的對比，不僅在於母親與父親的氣質差異給兩個女兒帶來的影響。而且，還在於親人的去世，給兩人不同的精神世界帶來的深刻變化。

　　然而，小說作者似乎有意要把這種去世者對存活者的影響進一步發展，不但黛玉、寶釵有這方面的類似，甚至賈寶玉也相仿。只不過，黛玉和寶釵都是從其雙親來考慮隱性人物安排的，而對於賈寶玉來說，作者設計下去世的哥哥賈珠這樣一個隱性人物，其對賈寶玉的影響比較曲折。因為顯而易見的是，賈珠的去世，最直接影響了李紈的生活，對年幼的賈寶玉來說，不會有多少切膚之感。只是由於賈政和王夫人，才把這種影響又折射在賈寶玉身上。

　　賈珠雖然勤奮好學，十四歲就進學，二十歲就娶妻生子，只是天不假年，致使其過早夭亡。因為有此痛苦的生活記憶，賈政和王夫人把賈珠的弟弟也是他們夫婦倆唯一的兒子賈寶玉，推向了一條如此自相矛盾的道路。一方面，既然在嫡生的兒子中不能再指望別人，就應該把出人頭地，光宗耀祖的唯一希望都壓在寶玉身上，驅使寶玉刻苦用功也在情理中。賈政看到寶玉就問其功課，以致人們把老爺問寶玉功課，成為理解他們父子見面的最重要內容，也就不奇怪了。另一方面，正因為王夫人只留下這唯一的兒子，所以既指望著靠他來實現母以子貴，同時也擔心逼得過緊，萬一用功過頭，再有個三長兩短，一切都無從談起。這樣，不敢嚴格管教他，同樣在情理中。這樣的矛盾似乎被賈政和王夫人各有所側重地分擔著。但如果只看到賈政對著寶玉嚴的一面，王夫人對寶玉的寬的一面，也是失之簡單的。因為在賈政的威嚴背後，是有時無奈（例如寶玉挨打這一幕），有時慈愛的情感和態度（例如寶玉試才題匾額），而對王夫人而言，仁慈與寬容的背後，有著絲毫不亞於賈政的嚴厲態度。不過是，賈政的嚴厲是對著寶玉本人的，而王夫人的嚴厲是針對著寶玉周圍人的，採取的是一種近乎「清君側」的手段。這種態度在小說中貫穿始末，所以還在黛玉剛進賈府時，就叮囑他別去搭理寶玉，一直到後來指斥金釧，驅逐晴雯，無不採取同一策略。其實，

王夫人的嚴厲，在與襲人的一段對話中可以見其大概，當襲人在寶玉挨打後，也以她的類似「清君側」的建議符合了王夫人固有思路時，王夫人突然把襲人視為了自己的知音，對她推心置腹說起了自己的苦衷：

> 由不得趕著襲人叫了一聲「我的兒，虧了你也明白，這話和我的心一樣。我何曾不知道管兒子，先時你珠大爺在，我是怎麼樣管他，難道我如今倒不知管兒子了？只是有個原故：如今我想，我已經快五十歲的人，通共剩了他一個，他又長的單弱，況且老太太寶貝似的，若管緊了他，倘或再有個好歹，或是老太太氣壞了，那時上下不安，豈不倒壞了。所以就縱壞了他。我常常掰著口兒勸一陣，說一陣，氣的罵一陣，哭一陣，彼時他好，過後兒還是不相干，端的吃了虧才罷了。若打壞了，將來我靠誰呢！」說著，由不得滾下淚來。（第三四回）

一句「先是你珠大爺在，我是怎樣管他」，似乎表明了她的嚴厲。而此後表白自己的無奈，似乎也挑明了離去的賈珠給寶玉的生活帶來的持續影響。

四、隱性人物的時空跨度

　　在我們分析隱性人物時，我們並沒有探究這些人物存在的具體時空，也就是說，我們沒有進一步區分，當作者提及他們時，他們的藝術生命，究竟是進入到小說劃定的一個具體時空裏，與顯性人物曾經共時地生活著，還是他們在小說以外的、情節本身無法觸及的另一個世界裏生活的。也許，從最根本的意義上來說，這樣的區

分並無意義，因為《紅樓夢》作為一本小說，在結構上具有相當的特殊性。雖然它的真正起點是在小說第三回，在林黛玉進賈府才開始，但是，在第一回，作者起筆於女媧煉石補天，似乎已經把小說世界延伸得漫無邊際，與宇宙洪荒共同展開了。但我們同時也不妨有另一種區分，就是當有些人以他們的死亡而隱退到小說展開的鮮活世界的背後時，另有些人，他們即便鮮活生動，也沒有真正出現在小說的前臺，似乎是技巧上的一種側面烘托的手法，勾勒了他們的大致風貌。寧國府的賈敬甚至是一度讓賈寶玉心儀的傅秋芳，就是這樣的人物。

賈敬要到小說的第六十三回才去世，之前，他常年待在道觀修煉，但與寧府日常生活有著若隱若現的聯繫。側面烘托的手法，在這裏用得最徹底，哪怕是在為他慶生日壽辰，也不例外。

雖然關於他生日慶壽的集中的描寫是在第十一回「慶壽辰寧府排家宴」，但在第十回，就先寫到了賈敬的兒子賈珍去觀裏為父親即將到來的生日磕頭請安事。不過，這一請安的場面，並沒有直接出現在小說中，而是通過賈珍與其兒子賈蓉的對話，轉述了出來。而賈敬對賈珍的交代，也已經大致安排了自己生日這一天，眾人的主要活動方式。小說第十一回寫到這一天到來時，賈珍再安排賈蓉去見賈敬，還由賈蓉帶回賈敬的話，使得這種側面的著筆，是立足於兒孫兩代不同的角度，其表述時態度也有很大差異，從而給讀者的感受也自有不同。不過，經由賈珍父子的轉述而把賈敬帶到現場的感覺畢竟比較鬆懈，主人不在，反客為主的慶壽宴會多少讓人覺得有點掃興。這種掃興，倒不是說眾人對賈敬有多少期待，包括他自己的兒女，似乎也並沒有把賈敬真正放在心上，所以生日當天，賈珍不去賈敬那兒，說是為了聽從賈敬的話，其實，他的內心深處，也未必真有多少虔敬在。但老主人不在場的日常生活所透露的鬆

懈，特別在需要主人出場的聚會中得到了強調。無怪乎邢夫人和王夫人要說，來此為賈敬慶壽，倒是像自己過生日了。而鳳姐的一番話，似乎別有一番解釋。她說「大老爺已經修煉成了，也算得是神仙了。太太們這麼一說，這就叫『心到神知』」，王熙鳳的意思，似乎是為賈敬過生日，他不在場也不要緊。這樣的解釋雖然幽默，但畢竟只具有修辭性的意義。這一切也只有在人們的心理感覺上，才體現出意義。我們清楚，當賈敬從繁華的寧國府舞臺退出去時，寧國府的生活並沒有因此而終結，當賈珍等一幫人把寧國府鬧得翻了過來時，已經根本沒把賈敬等放在眼裏，所以賈珍等在其父生日時所安排的一套慶壽，就完全是形式化的東西了。以後在為賈敬服喪期間，一味與尤氏姐妹胡纏，對他們而言，就好像十分自然。這樣，賈敬的潛在性，通過言語或者感覺帶給前場人的聯繫，表明了存在於小說世界的一種獨特方式。作為技巧意義上的側面描寫就不簡單是一種表現的方式，也是描寫對象介入或者說疏遠生活的獨特方式。

但也不排除另一種情況，即就人物本身來說，並沒有積極介入或者疏遠生活的問題，只是由於小說揭示的主要生活圈未能把有些人容納進來，而小說中的上場人物又偏偏要提及他們、牽掛他們，才構成我們所謂的隱性人物的存在方式。

小說中的傅秋芳就是這樣的典型。據小說第三十五回交代，傅秋芳是賈政門生傅試的妹妹，因傅試仗著妹妹才色過人，想靠她連姻豪門，輕易不肯許人，遂把傅秋芳的婚姻大事耽擱到二十三歲尚未出閣。賈寶玉雖與傅秋芳並不相識，只是聽人傳說她才貌雙全，遂有了一份遐思遙愛的虔誠之心。致使對傅家來的兩位老婆子都不敢怠慢，恐薄了傅秋芳。然而，傅家兩位老婆子來的時候，正巧寶玉在哄玉釧喝蓮葉羹，當寶玉心裏念著傅秋芳轉而只顧與兩位老婆子說話時，無意間，伸手把蓮葉羹給打翻了，自己的手被蓮葉湯燙

著了，卻忘記了自己的手，反而一個勁問玉釧，「燙了那裏了？疼不疼？」這讓玉釧和兩個老婆子都覺得可笑。但是，他們，特別是兩位老婆子，無法理解潛在人物在寶玉心中的真正意義。在這一段情節中，玉釧背後的受委屈的金釧，老婆子背後的傅秋芳，對寶玉的心理產生了交替的作用，此前還在為哄玉釧而處心積慮，接下來卻因為聽老婆子的話而忘記了當下的玉釧的存在。他的出神是那麼自然，直到打翻了蓮葉羹，才讓他又重新注意起玉釧，自己燙著的手，包括他整個的自己，是不存在的。如果說金釧確實有過一個真實的存在，而玉釧也確實是實實在在的令人可愛，但那兩位老婆子卻理應引起寶玉的厭惡的。他們離去時譏笑寶玉的呆氣，更說明了他們與寶玉的心理距離。然而，因為一個從未見過面的傅秋芳的潛在作用，寶玉居然可以聽他們的閒聊而聽得出神，一時間，忘記了一個現實的當下世界，這說明，在潛在人物的作用下，寶玉的心靈世界是可以走得多麼遙遠。

五、幽深的人物世界

我們討論隱性人物，是藉助於顯性人物的言語或者心理來曲折一探其究竟的。但絕不僅僅意味著，我們只能從顯性人物角度，來看隱性人物可能的意義。從思維方式來看，我們也要從隱性人物自身，來發現其應有的意義。我們認為，不是簡單地把隱性人物作為活躍在小說前臺的背景來看待，而是以逆向的，從顯走向隱的方式來揣摩一個隱性人物的世界，引發我們對一個無從親見的世界的想像，成了理解《紅樓夢》的方式之一。德國哲學家黑格爾在批評謝林的絕對哲學時，曾經引用過一個精彩的比喻，說在黑暗裏一切牛

都是黑色的[6]。不錯，承認這一事實，就不等於我們非得要把所有的牛都放到光明中來。如果思辨的哲學需要一種透明的氛圍的話，文學有時候恰恰以其不可探究到底的朦朧和黑暗，來引起讀者的閱讀興趣的。只不過，這一朦朧、黑暗的世界也並非全然無從想像，或許，正是其隱晦的存在方式，給了我們讀者以充分想像的餘地。其見仁見智，正不可一概而論。

例如，賈雨村的妻子嫁與雨村時，雨村不過是個窮書生，其含辛茹苦，對雨村獲得功名的期盼，也可以想見。孰料還在雨村進京途中，就相中了嬌杏，一旦得中，就馬上把她娶回家，且很快產子，其獲得雨村的寵愛，也在情理中。那麼，作為苦守在家的妻子，她又是怎樣看待這一切的呢？她會因此而鬱悶？會染病？她繼嬌杏產子後很快染病身亡，這究竟純然是身體的原因，還是起因於心理？但如果於心理毫不相關，或者竟如邢夫人得知賈赦納妾而欣欣然有喜色，這不是也有可能的嗎？

再如賈敏，王夫人說她未出閣時，是「何等的嬌生慣養，何等的金尊玉貴」。但就現在我們看到的賈府登場人物中，雖然公子小姐不在少數，而真正顯出嬌生慣養、金尊玉貴的，似乎也只集中於寶玉一人，其餘眾人，似乎都被寶玉的金貴所掩蓋了。再就聰明而言，黛玉的機靈無人可及，賈敏之敏似乎是黛玉的先天因子，而黛玉的弱不禁風，似乎也與賈敏的早夭聯繫起來，這一切匯聚於一人，我們又該如何來想像賈敏年幼時在賈府的生活狀態？我們是否能從寶玉、從黛玉的生活中，來想像賈敏於萬一呢？

還有賈珠，也該是錦衣玉食長於婦人之手的，那麼，他之如此努力讀書，是出於賈政王夫人等人的催逼，還是他本來的自覺自願？

---

[6] 參看（德）黑格爾著，賀麟、王太慶譯《精神現象學》，商務印書館，1983年版。

在他過早走向生命終點的一刻，望著青春的妻子和年少的兒子，除了痛苦，還有些微的悔恨嗎？

小說一開場，賈敬已是在道觀靜修了，但是他果真靜心了嗎？我們看到，黛玉進賈府，與賈府眾姐妹見面時，惜春年齡尚幼小，最多不會超過五六歲吧。她是賈珍的胞妹，而賈珍已經有了兒媳，賈珍與惜春相差歲數也夠大，正可以說明賈敬在進道觀前，其性生活延續得相當漫長，那麼，他之入道觀，與他這樣的生活方式，有沒有某種關聯呢？因為厭倦而出世？還是想通過短暫的避世進修來獲得更長久的入世的本領？而惜春對人世那麼的冷漠，難道是因為承繼了賈敬的遺傳因子？還是賈敬的入觀靜修給了她以行動的暗示？

那麼，傅秋芳呢？對於哥哥傅試的如此勢利，她心中憤怒而又無奈嗎？她知道寶玉心儀於她嗎？如果果真知道了寶玉的心思，並且知道自己年齡要比寶玉大好多歲，她又會有怎樣的感歎呢？還有與藕官你恩我愛的蕊官，還有蕊官等等，她們曾經有怎樣的生活方式和內心世界啊！

當我們還無法真正參透《紅樓夢》中，被刻畫得相當豐滿的主要人物時，作者又還把一個更難以把握的隱性人物世界暗示給我們看。從而向我們表明了，閱讀《紅樓夢》，對我們的想像力是有著多麼大的挑戰。

第八章　論《紅樓夢》中的城市與鄉村

　　古代白話小說的蔚為大觀，是與宋元市民生活的展開息息相關的。城市、城市裏的市民生活，理應成為白話小說表現的重要對象。不過，在白話小說的巔峰之作《紅樓夢》中，城市與城市裏的市民都處在一個邊緣位置，深宅大院賈府裏的貴族兒女，構成小說人物的主體。雖然賈家的寧榮二府都在京城裏，他們的老宅，以及與他們相關聯的王、薛、史其他三家也都在富庶的金陵石頭城，不過，都市以及相關城市的特殊場景，卻很少被表現為小說人物的直接活動環境。主要人物都是在與外界封閉的居所裏活動，即便出行，那種概覽式的敘述，一瞥式的描寫，成了《紅樓夢》中，展示城市景觀的主要方式。與此相似的是，更為遙遠的鄉村，作者雖予以了一定的關注，但同樣沒有構成小說表現的主要對象。若隱若現穿插在小說中的城市和鄉村，統攝在紅塵這一總體觀念中，顯示出作者的特殊價值取向。

一、不同人物視角中的城市背景

　　在《紅樓夢》中，城市，最先是作為紅塵，作為榮華富貴地，與通靈寶玉所處的大荒山無稽崖的對立面而被引入的。只不過，當通靈寶玉被一僧一道攜入袖內，允諾要帶它去昌明隆盛之邦、詩禮簪纓之族、花柳繁華之地、溫柔富貴鄉安身樂業時，作者並沒有馬上來寫它的安身之地，那京城神州，而是宕開一筆，寫到了地處東南的姑蘇城，以及姑蘇城裏的鄉宦甄士隱。

　　對於敘事上的這種枝蔓，學術界已經有過太多的探討。認為甄家的小榮枯是顯示賈府的大榮枯，認為甄士隱和賈雨村有著多層意義上的對比，認為甄英蓮預示了女性命運的悲劇，認為賈雨村和嬌杏的故事是對才子佳人小說的扭曲模仿，凡此等等，不一而足。但是，從城市角度，來探究城市以及城市人的日常生活在作品中顯示的意義，還較為少見。也許，有些關於甄家與賈府描寫的對比式研究，也只有把各自的城市背景納入到研究視野，那種潛在的特殊意義才會得到比較充分的揭示。

　　城市的意義，首先在地點上得到確立。

　　我認為，作者把姑蘇城在作品中標舉出來，所謂「當日地陷東南，這東南一隅有處曰姑蘇，有城曰閶門者，最是紅塵中一二等富貴風流之地。」[1]並進而寫姑蘇城裏的甄家，並不僅僅是為了先期勾勒賈府衰敗的一段輪廓。其中，作為地點的意義，至為明顯。這種明顯的意義，還不局限於作者所明示給讀者的，是僅僅表現為紅塵中富貴風流地的代名詞。關於《紅樓夢》中的地名，可以大致分作兩類。其一是以現實生活中歷史名城為依據，直接沿用人們在生活已經慣用的地名。即便有些別稱，但在史書上也歷歷可考，從而能夠喚醒人們記憶中的相關聯想。如第一回中提到的姑蘇城，如第二回提到的維揚，以及以金陵石頭城代指的南京，如第六回以長安代指的京城；其二是作者借用或者杜撰一些地名，以諧音的方式，帶給人們一些意義上的聯繫，如第二回提到賈雨村本貫湖州，甲戌本夾批以為諧音「胡謅」[2]，他入京城後，又住在興隆街（第三十二回），

[1]　《紅樓夢》第一回，第 3 頁，岳麓書社，2001 年 9 月版，此書所據乾隆抄本百廿回《紅樓夢稿》為底本重排出版，本章引文均以此版本為依據，下不一一注明。

[2]　轉引自陳慶浩，《新編脂硯齋重評石頭記輯校》，第 23 頁，中國友誼出版公司，1987 年，本章引用脂評皆轉引此本，下不一一注明。

甄士隱住的十里（勢利）街仁清（人情）巷，封肅的本貫大如州，第六十六回，賈璉娶回尤二姐後，鳳姐乘賈璉外出辦事害死了尤二姐，而賈璉前往之地，卻是平安州。關於第二類，由於這些地名或者並非主要人物的活動區域，或者其諧音大抵被脂批點明，這裏暫不予以討論，而主要是對第一類地名以及相互關係，作些分析。

小說中的人物，主要活動在京城。當大荒山的通靈寶玉思凡心切地來到紅塵時，其追隨在賈寶玉左右也是相宜的，因為在當時，京城的繁華，畢竟是其他任何城市所無可比擬的。不過，作者並沒有以一種客觀的敘述立場來對都市的繁華做林林總總的描寫，而是讓不同人物漸次登場，使這種繁華，在不同人的觀察視角中，顯示出不同的意義。

其一，在一僧一道的出家人眼光裏，都市是紅塵，是俗世，是富貴，是激蕩凡心的風流地，是文化文明的積聚場。舉凡與荒蕪對立的種種，在大都市裡皆能找到。由出家人的視角來看，大都市與一般城市，都是作為超凡脫俗的對立面出現的，在這種對立的世界內部，容或有程度的差別，但作為俗世與紅塵的本質性特點，卻是一致的，無差別的。由通靈寶玉的入世，轉而寫姑蘇城，而不是寫通靈寶玉伴隨的賈寶玉所在的京城，我們固然可以說這是宕開一筆，但這種宕開，只是事件上的宕開而不是意義邏輯上的宕開，因為在邏輯上，在一個相對於荒蕪太虛的世界層面上，京城和姑蘇是統一的。所以，作者介紹姑蘇特冠以「紅塵」來界定，並非偶然。理解了這一點，那就是理解了作者寫及城市的大前提。這樣，出現的地名如長安，如姑蘇，如維揚，如金陵石頭城，都是在對立於世外的意義軸上得以互相呼應，並成為《紅樓夢》這一書名的城市大背景。甲戌本夾批以為寫蘇州即是寫金陵，就是看到了這兩者的一

種相似性。儘管他所理解的相似性，更接近素材層面上的，但其邏輯意義上的關聯性，我們也不可忽視。

其二，如果說，一僧一道是以出家人的眼光，來把所有的城市無本質區別地納入同一種價值體系的話，那麼，對於俗世中人來說，城市與城市之間，還是有著各種差別的。不過，這種差別，由於在俗世中的立場不同，其關注點也各異。對於出生姑蘇，客寓維揚，衣食無憂的林黛玉來說，京城是作為一種繁華的景觀而映入她眼簾的。第三回，寫她進京投奔賈府時，說是「自上了轎，進入城中，從紗窗向外瞧了一瞧，其街市之繁華，人煙之阜盛，自與別處不同。」雖然判斷京城繁華的獨特性，但也沒有投下過多的關注目光。而對於汲汲功名，流落在姑蘇葫蘆廟裏的落難書生賈雨村來，京城是他實現出人頭地的夢想世界，也是他可能一展宏圖的始發站。一旦他得有盤纏進入京城時，他就要匆忙趕去。（得中功名後，落難時住過的姑蘇城，則成了他不願回首的傷心地。）而對於在為衣食掙扎的鄉野之人劉姥姥來說，對京城的理解，又是一番光景。用她的話來說，「如今咱們雖離城住著，終是天子腳下。這長安城中，遍地都是錢，只可惜沒人會去拿去罷了。」從實用性角度看，劉姥姥對京城的理解和賈雨村並無太大的區別，只不過，劉姥姥對於京城的豐富性比賈雨村理解得更為直接與簡單，只停留在富庶這一點上。

二、三地城市的對照性

城市的豐富意義，既在不同人的視角中錯綜呈現，也是在城市的點與點之間得到互相映射。在確立賈府所處的北方京城這一活動地點同時，作為江南的兩大城市，也不時得到聯繫，其一是姑蘇，另一是南京。近年來，由於學術界對城市研究投注了較多的熱情，

古代歷史的雙城現象以及文學作品中的雙城意象得到了關注[3]。但是，具體到《紅樓夢》來說，問題似乎要比東京和西京，或者南京與北京之類的雙城意象更為複雜。

作者在確立北方的京城作為人物活動的基本點後，並沒有簡單地從江南遴選出一個城市，來進行一南一北的互相呼應。而是同時提及了江南兩大城市，南京和姑蘇，來加以對照，形成一種鼎足而三的態勢，那麼，這種對照究竟有怎樣的意義呢？

南京，作為賈府的發跡地，體現出在京城為官做宰一干人等的鄉土之根，也代表著歷史上的四大家族曾有過的全面繁榮。所以，一方面，當賈政痛打寶玉惹怒了賈母，賈母可以大聲吆喝回南京老家來威脅賈政。另一方面，王熙鳳，也可以在與賈璉的奶媽聊天時，來誇耀他們王家以往在南京接駕時的富庶與榮光。而這一老宅，在賈雨村眼光裏，又顯示著別樣的意味：

> 去歲我到金陵地界，因欲遊覽六朝遺跡，那日進了石頭城，從他老宅門前經過。街東是寧國府，街西是榮國府，二宅相連，竟將大半條街占了。大門前雖冷落無人，隔著圍牆一望，裏面廳殿樓閣，也還都崢嶸軒峻；就是後一帶花園子裏面樹木山石，也還都有蓊蔚洇潤之氣，那裏像個衰敗之家。

雖然賈雨村強調的是賈府的不衰敗，但其敘述的內容卻被冷子興演說的衰敗主題所籠罩，於是，門前的冷落無人，與六朝遺跡作為一個廢都的氣氛協調起來，為京城中的賈府，營造了一個特殊的歷史參照點。

3　孫遜、葛永海，〈中國古代小說中的雙城意象〉，文載《中國社會科學》，2004年第 6 期。

　　如果說，江南的石頭城相對於京城更是具有歷史的意義，是時間的參照，那麼姑蘇則更多的是地域性的、空間參照。

　　按理說，本貫姑蘇的林黛玉來到京城，已經對京城的繁華做了定評，似乎很難再讓別的城市與之相提並論。但是，恰恰是姑蘇，卻成了久在京城的賈府中人的嚮往地。

　　林黛玉的父親林如海病逝揚州，由賈璉帶著黛玉撫柩回姑蘇老家。及至賈璉回來，在鳳姐面前談及香菱的美貌時，鳳姐把嘴一撇，道：「哎！往蘇杭去了一趟回來，也該見些世面了，還是這麼眼饞肚飽的。」一個久住在京城的人，把去蘇杭視為是見世面，雖然這話不能十分當真，但至少也說明了，蘇杭這樣的城市在他們心目中的地位。或者說，在當時，即便有京城這樣的地方，把繁榮富庶集聚在一起，使得其他城市無可比擬，但是，對於京城裏的人來說，還有一個他鄉異地的神奇性，讓他們存有念想。異地的女子，也許會更具誘惑性。所以，當元妃省親需要準備演戲班子時，賈府也是派賈薔等去姑蘇採辦教習和演戲的女子的。

　　故鄉總是把人心收攏來的，他鄉是把人心放飛出去的。南京和姑蘇，就是生活在京城的賈府中人的故鄉和他鄉。

　　當然，城市，不僅僅是一種景觀，不僅僅是一種意象，城市中生活著的人，構成了城市的靈魂，當他們離開各自生活的城市而進入到新的環境時，原有城市留在他們各自身上和心靈的烙印，似乎並不能如同他們走出地界一樣的完全擺脫。

　　金陵石頭城和姑蘇，作為與京城對照的故鄉和他鄉，是相對於小說中展示的賈府總體而言的，具體落實到主人公賈寶玉，還有與之相對應的林黛玉和薛寶釵身上，那種個性的差異，是否也還或多或少反映出作者的地域性認識？畢竟這種認識，是符合人們對兩種城市中人差異的一般認識的。也就是說，林黛玉的風流嫋娜中體現

出的靈秀氣，與薛寶釵的鮮豔嫵媚中所體現的端莊氣，是與姑蘇城
和石頭城兩個城市各自的風貌息息相通。在第五章，我曾探討了賈
寶玉周圍女性的情感糾葛問題，認為就金陵十二釵正冊上的人物
言，薛寶釵、林黛玉還有史湘雲和妙玉圍合在一起，構成了以賈寶
玉為中心的感情方陣。並進而分析了在性格文化的相似相異基礎
上，一種狹隘意義上的男女之情的特殊交流方式。其實，我也同樣
可以引入這四位女性的城市地域性特徵，來比較他們在個性上的相
似或者相異。例如，從出生地來說，蘇州人妙玉和黛玉可以成為一
組，而金陵人史湘雲和寶釵可以歸入另一組，那麼，妙玉和黛玉的
孤僻、使性子，或許不僅僅是因為兩人後來都成了孤兒，家庭無助
的環境決定了人物的性格，一個更大的蘇州城的地域性環境，是否
也或多或少對兩人性格的形成，起到一點加減乘除的微妙作用？甚
至讓我們猜測，這其中是否也有著作者本人對城市人物性格的一種
模式化認識？而薛寶釵和史湘雲共有的那種豁達大度，是否也多少
透露著石頭城曾經作為帝王之都的器局和韻味？

三、外面的世界

對於賈府所處的京城，作者雖然從不同角度概略描寫了它的富
庶和繁華，但直達皇都的帝王威儀，在元妃省親這一幕中，給了令
人難忘的展示。在這裏，賈府、街市與皇宮，依次形成一個統一的
禮儀空間，一次元妃出宮的省親活動，彰顯了京城與其他城市的差
異。但是，這種嚴謹的禮儀空間的展開，街市的闃寂無人，在城市
的日常生活中並非是一種常態，是與人們所認識的街市繁華、人煙
輻湊的景象相背離。也正是基於這種認識，作者對待城市繁華的認
識變得相當複雜，這種複雜性，在第一回中已經定下基調。在寫到

姑蘇城的繁華熱鬧時，首先提及了它的觀賞娛樂性。說是甄士隱「見女兒越發生得粉裝玉琢，乖覺可喜，便伸手接來，抱在懷內，鬥他玩耍一回，又帶至街前，看那過會的熱鬧。」然而很快，這種熱鬧裏的不安定，人群的魚龍混雜，給他們家帶來了災難。因為元宵看燈，英蓮被歹人拐賣，而接下來，也因為巷子裏人家比鄰而居，使一場失火，殃及大半個街巷，把士隱住所，燒個精光。城市繁華必然導致的安全問題，在賈府人的心中始終是揮之不去的。所以，高牆構成的一個森森壁壘，把賈府與外面的世界隔離開來。年紀尚輕的賈寶玉每次單獨外出，都會在府內引起一陣騷動。在《紅樓夢》裏，作為城市的最熱鬧景觀，例如鬧元宵，是在賈府，特別是在更幽深的大觀園裏展開的，平日裏，主人公的活動，也基本局限在大觀園範圍內。即便出門，很少有對街市的描寫，或者說，街市和市井人物，並不能引起賈府主要人物的興趣。賈寶玉出賈府上學，去襲人家，去馮紫英家，到北門外祭奠金釧，到西門外天齊廟活動，都沒有留意到城市的景觀。因為賈府已經把城市繁華的精粹吸納進來，似乎不需要再看城市景觀。在城市裏，賈府自身就是景觀。第二十九回，寫賈府去清虛觀打醮，出行隊伍，引起了市人的圍觀：

> 那街上的人見是賈府去燒香，都站在兩邊觀看。那些小門小戶的婦女，也都開了門在門口站著，七言八語，指手畫腳，就像看那過廟會的一般。只見前頭的全副執事擺開，一位青年公子騎著銀鞍白馬，彩轡朱纓，在那八人轎前領著車轎人馬，浩浩蕩蕩，一片錦繡香煙，遮天壓地而來。

在這裏，城市裏的大眾，與賈府中人，雖然在同一個城市裏，但依然被分割成了兩個世界，只能遠觀，卻無法靠近。不同於市井中人

對賈府的好奇，賈府中人倒是更願意把目光投向更遠的鄉村，鄉野之人劉姥姥的到來，才激起了賈府上下的許多人興趣。

此前，當鳳姐寶玉等隨秦可卿的出殯隊伍去鐵檻寺時，途中經過一處農莊歇息，書中寫道：「村姑莊婦見了鳳姐、寶玉、秦鐘的人品衣服，禮數款段，豈有不愛看的？」而村裏一個叫二丫頭的，也引起了寶玉的關注，以致隊伍出發後，寶玉居然產生了要跟二丫頭去的念頭。我們當然可以說這是賈寶玉喜歡女孩子的特殊脾性使然，但是，當這樣的描寫與劉姥姥進大觀園，以及最後，當鳳姐的女兒巧姐很可能是隨劉姥姥來到鄉村開始一種全新的生活時，鄉村與城市、鄉村與城市中的賈府對照的意義，才充分體現了出來。

關於巧姐，因為詠歎其命運的曲詞為〈留餘慶〉，使得我們理所當然把鄉村而不是城市作為賈府上層人物的退身地。無論是賈寶玉眼中的二丫頭，還是眾人面前的劉姥姥，鄉野之人的純樸、勤勞，都容易令人產生對鄉村的好印象。但如果說作者想據此確立起城市和鄉村的對比，讓一個鄉村的寧靜、安定與城市的喧騰、混亂作對比，要在賈府的封閉世界崩潰過程中，在一個開放的更大世界中，在鄉村和城市的兩個空間裏，做出一種價值上非此即彼的選擇，似乎還過於簡單了。

四、多元化的價值取向

還在第一回，當姑蘇城裏的甄士隱經受一連串磨難時，他們首先是以離開城裏，投靠鄉村的丈人封肅作為退身之計的。但這種退身，並不能讓甄士隱有任何的悠哉遊哉。封肅家中雖是殷實的，但為人卻極不厚道。甄士隱拿出變賣家產的銀子來托他置辦些田地，他卻是以「半哄半賺」的方式，收走了銀子，只與他些「薄田朽屋」，

致使甄士隱度日艱難，更別說是像以前在城裏，能以「觀花修竹、酌酒吟詩為樂」，過神仙一樣的生活。而對於甄家的敗落，封肅雖有一定責任，但他卻是當面說現成話，背後說埋怨話，更不用說去主動幫助他，為改善他家的生活起一點積極作用。農人的那種單純，田園的詩意，至少在甄士隱從城裏退居到鄉下的生活環境裏，沒有絲毫體現。而後來，作者寫劉姥姥二進大觀園，固然給大觀園的生活帶來了新鮮，帶來了活力，但是，母蝗蟲般的大嚼，品茶的牛飲，在寶玉臥榻上的不堪入目，讓鄉野的野蠻、粗俗和大觀園的精緻、詩意發生了碰撞。不過，這樣的碰撞還不算直接、不算正面。因為賈寶玉對老婆子的嫌棄和對女孩子的鍾情，使得劉姥姥所代表的鄉下，總是有點偏差，我們也很難想像，如果不是劉姥姥而是二丫頭來到大觀園時，曹雪芹該會用怎樣的一副筆墨來描寫她。二丫頭紡線時一派天真爛漫，一旦來到大觀園，這種純樸的詩意和貴族式的精緻的詩意，是否會有所衝突？如果不衝突而能夠協調，又會是以怎樣的方式協調起來？問題不在於作者沒有展現出這樣的畫面，而是他根本就沒有去充分放縱類似的想像。二丫頭如驚鴻一瞥般出現，再也沒有重現的機會，而在近景，代替二丫頭的，讓我們看得更仔細的，是如走入瓷器店的母牛般的劉姥姥，走進了大觀園。作者這樣設計，是因為它對鄉村生活的遠景，還沒有充分的認識和體驗嗎？對這種生活方式，沒有充分的信任和認同嗎？還是他本來的目的就只想強調大觀園與村俗的反差的？

　　那麼，城市呢？賈府中人固然把賈府與外面的世界深深隔絕，在城裏構建起不同、不通於市井的一個新世界。但城市的市井社會倒也並不能夠一概抹煞，並不總是呈現負面性。在第二十四回，當貧窮的賈芸到作買賣的舅舅家借錢遭冷遇時，似乎讓我們聯想到城裏人的沒心沒肺，但是，賈芸的街坊醉金剛倪二的仗義相助，又改

變了我們的認識，使得我們無法把城裏的風俗用世態炎涼來簡單概括。在第八十回，天齊廟中的江湖郎中老王道士雖以倒賣海上方為糊口手段，但他信口胡謅開出的一貼醫治夏金桂妒嫉的醫妒方，卻極具市井智慧，也不能不令人刮目相看。

賈府包括建築在賈府宅基上的大觀園曾經作為一個相對獨立的世界，在小說中充分展開，當這一世界趨於衰落時，封閉式的世界也漸次被打破，外面的世界，城市和鄉村，似乎並沒有理所當然成為接納賈府後人的退身地，前景的暗淡與曖昧，似乎讓作者放棄了簡單的價值判斷。在現實中，無論何時何地，「眼前無路」與「身後有餘」，總是並存著，「好」與「了」似乎也總是交織在一起。

其實，在作者理性化的總體設計中，城市與鄉村並不能成為主人公的最終歸宿，男主人公之於佛門，通靈寶玉之於大荒山，他們各自的出發地，所謂的真正故鄉，把一切屬於紅塵中的種種，都看成了異地他鄉。只是在紅塵中，時與地，都是有差異的，都是個性化的一種存在。所以，並不是紅塵中的絕路，把人逼向一條佛門的故鄉路，而是身後有餘時就趕緊退身的態度，才把人引向了佛門。如同作者暗示我們的，甄士隱出家後賈雨村突然救星般降臨，給了甄家重振的機會時，甄士隱已經把重振的機會先期放棄了。我們有多少讀者似乎在歎息甄士隱出家過早，喪失了以後讓賈雨村來報答的機會，但恰恰是甄士隱的這種「過早出世」，才使得佛門的智慧得以彰顯。反過來說，一個不在絕望中出家的人的視角，才把紅塵世界表現得更加豐富多彩；一個對好與了的統一性有透徹覺悟的人，才不會把紅塵看得那麼單一。對紅塵的總體性理解是如此，對紅塵的種種特殊變相，對城市，對鄉村的理解，也是如此。佛門的智慧，也因此轉化為把握歷史具體化的一種智慧。

第九章　論《紅樓夢》對情節衝突的特殊處理

　　如果小說是以表現衝突為情節的核心的話，那麼在《紅樓夢》一書中，作為對傳統寫法的種種打破，其對衝突的處理藝術也顯示了作者獨特的藝術匠心。

　　當然，對某些論者而言，這一論題也許本無深究的必要，因為這部小說取材於日常生活而表現出來的平淡無奇，使得衝突的相應匱乏恰成了作品的一大特徵[1]。但這只是一種似是而非的看法。事實是，題材的日常生活化不但沒有取消衝突的存在，而使衝突更為深化和複雜化了。在一定程度上，《紅樓夢》的作者正是藉助於對衝突特殊處理的藝術手腕，才給小說增添了耐人尋味的無窮魅力。

　　細細品味這種魅力，並且闡釋這種魅力的產生根源，正是本章的目的所在。

一、寶玉挨打的層次解析

　　日常生活的平庸與瑣碎雖然構成了作品的主體，但是，在前八十回裏，也存在著大起大落的情節衝突的高潮，像第三十三回的「寶玉挨打」即是。不過，即使在這次所謂的大事件中，作者對衝突的處理也有了全新的變化。這種變化，是與衝突雙方當事人的特定身份以及相關的背景緊密相關的。

---

[1]　如新近發表的一篇論文〈試說《紅樓夢》的庸常之美〉（周義），即以「雞毛蒜皮」的事件和「缺少衝突」的結構來對之作概括的分析。文載《紅樓夢學刊》，2002 年第 2 輯。

　　我們知道，衝突是力量大致相等的兩方的作用與反作用[2]，其戲劇性也由此產生。但是，在當時的社會中，作為一個傳統價值維護者的賈政和叛逆者的賈寶玉兩人之間的力量是無法相提並論的，這不但因為前者正統、後者非正統，而且，父與子的身份就表明了前者具有絕對的優勢，賈寶玉除了老老實實等著挨打外，並無衝突和戲劇性可言。明清時代的普遍狀況是：子孫不孝被父母毆打致死的，可以從寬甚至不予追究法律責任。父母向官府告子女忤逆的，無需提供證據，因為父母的身份就決定了他們不可能有錯[3]。

　　於是，要使衝突充分展開，要有大致相等的反作用力，就要把衝突的另一方予以替換。這樣，本來是賈政和寶玉的衝突，依次變換成與門客等身邊人、與夫人、與賈母的三重衝突。

　　第一、賈政與門客等身邊人的衝突。

　　這裏所說的門客等究竟姓誰名甚，書中都沒有提及，但是並非意味著不重要就可省略，因為門客的作用在這裏不可替代。賈政身邊有小廝，但小廝並不代表衝突的另一方，他們只能聽命於賈政，既不敢違抗他而不打寶玉，甚至都不敢往裏傳信，而寶玉也必得被痛打，不痛打不足以顯示衝突之劇烈，當然也不能因此被打死，所以，只有在旁加一組門客身份的人物，既可勸，又畢竟勸不住，才將王夫人等一一引出。這一層，又可細分為喝令小廝打、自己奪過板子來打、門客奪勸無效這樣三小層。氣氛是越來越激烈，因為令別人替他打尚屬常態，而親自動手則已經失態，門客的勸解反而讓他預示寶玉將來行為的可怕後果。賈政在毒打寶玉的過程中居然「淚

---

[2] （美）韋勒克、沃倫著，劉象愚等譯《文學理論》，第 243 頁，三聯書店，1984 年版。

[3] 瞿同祖，《中國法律與中國社會》第一章之第二節「父權」，中華書局，1981 年版。

流滿面」，顯示出他對寶玉的深深的絕望，此時，門客實已無作為之可能，才轉入衝突的第二階段。

第二、賈政與王夫人的衝突。

王夫人的出場有一夾敘，所謂「不顧有人沒人，忙忙趕往書房中來，慌的眾門客小廝等避之不及」，寫出了當時的場面，渲染了緊張的氣氛，也使我們理解在當時社會中，男性客人須迴避主家女眷的習慣。而賈政見到王夫人，反而打得更屬害，以發洩對她們嬌慣兒子的不滿。王夫人語言和動作始終是協調的，先是抱住了板子來勸，她的勸，一上來先說寶玉該打，然後從賈政一貫莊重嚴肅的角度，要他不要這樣失態，這樣就跟前文呼應起來，同時，又抬出老祖宗來要脅，當然也是為下文賈母出場作伏筆。這一招不管用，就抱住賈政來求，說明他們母子的相依為命，最後，既然賈政要勒死兒子，她只能跟寶玉一塊去死，於是就「爬在寶玉身上大哭起來」，在程乙本中，寫的是「抱住寶玉放聲大哭起來」。有人認為，前者描寫好，因為爬到寶玉身上可以顯示王夫人要擋住賈政的板子的心理。但實際情形更為複雜，抱住寶玉確是要保護他，而爬到他身上，既有保護他的意思，更有要死就讓我們母子倆死在一塊的表示，這樣的表示，可憐和「撒賴」是兼而有之的。事情到了這一步，賈政「不覺長歎一聲，向椅上坐了，淚如雨下」。文章至此，衝突的緊張稍稍緩和，王夫人也有機會來細細看視寶玉挨打的情形。由哭寶玉而想到賈珠，再由哭賈珠而回到寶玉，王夫人說的「若有你活著，便死一百個我也不管了」。有論者認為，這是以退為進，表面上是貶寶玉而褒賈珠，實際上是提醒賈政，長子已經夭折，你還要次子的命嗎？從而突出了寶玉的不可替代性，迫使賈政把對王夫人、對賈

珠乃至李紈的情分與寶玉的命運聯繫考慮，把賈政逼到了無奈的
地步[4]。

第三、賈政與賈母的衝突

賈母的出場可以說恰到好處。如果說門客的奪勸相對賈政來說
是處於劣勢的，那麼王夫人的到來，把寶玉的命運放到一個更為廣
闊的背景，使衝突處於一種相持階段，那麼賈母的到場則使衝突發
生了戲劇性的逆轉。

賈母出場，先有丫環說，再有老祖宗聲音從窗外傳來，跟王夫
人出場有明顯的差異，因為讓賈政王夫人等及時迎出去，組織成一
個新的衝突空間，這樣，挨打的寶玉就被暫時隔離開來。而在這之
前，王夫人的出場並不能使賈政立即停止打寶玉，所以，他們三人，
必定要在同一空間展開。但賈母一出現，賈政必然會停止動手，如
果此時寶玉在賈母的視野中，她必定要去看，看了必定要哭個不了，
於是，再要重新展開與賈政的衝突，就要另外進行鋪墊，豈不麻煩？

賈母的語言，咄咄逼人，似乎毫無理性可言，但卻句句話外有
話，我們不妨來細細分析一下：

一則曰：「先打死我，再打死他，豈不乾淨了。」

這話似乎讓賈政和讀者都感覺莫明其妙。賈政打寶玉，王夫人
就說先勒死我，現在賈母也來湊熱鬧，也要先死。說的話倒是跟王
夫人的話遙相呼應，就是不像王夫人說這話時，是從邏輯上推論下
來。但賈母說的「豈不乾淨」其主語是雙向的，既指自己，意思是：
寶玉為我心頭肉，我先死，看不到寶玉受苦，就不會再痛苦，所謂
眼不見為淨，豈不乾淨？也指賈政，意為：我不死，我不忍心看寶
玉受苦，必定要妨礙你動手，除非我死了，你動手也爽快俐落，你

---

[4]　王蒙，《紅樓啟示錄》，三聯書店，1991 年版。

也豈不乾淨？但現在既然賈母還沒死，所以她出來說要大家乾淨，其實就是說，現在你我也只能不乾淨了。（下文有「大家乾淨」、「你心裏乾淨」等語可證。）

再則曰：「你原來是和我說話！我倒有話吩咐，只是可憐我一生沒養個好兒子，卻叫我和誰說去？」

這話也是一語雙關。由於賈政既是父親又是兒子的雙重身份，使聽話者覺得這話既可以站在賈政的立場上，他沒養個好兒子；也自然可從賈母的立場上理解，她也沒養個好兒子，這樣說來，賈母和賈政倒可以同病相憐了，只是因為賈政的雙重身份，使這樣的同病相憐變成辛辣的諷刺。由於賈政事先沒有向賈母告知此事，甚至也禁止家人往裏傳話，其實也等於取消了賈母的發言權，所以，賈母所謂的不知向誰說，也暗指賈政不給她機會說。賈母這話一說，賈政跪下去，再一次流淚，似乎他有了滿肚子的委屈。

賈政說不再打寶玉，賈母認為他是賭氣，並認為這是厭煩他們，乾脆讓人備轎馬回南京去。這當然也是賭氣。其實賈政未必賭氣，但賈母偏要認定他是賭氣，並且自己也要賭氣，那意思說，如果你要賭氣的話，我還賭氣不過你嗎？

賈母又對王夫人說：「你也不必哭了。如今寶玉年紀小，你疼他；他將來長大成人，為官做宰的，也未必想著你是他母親了。你如今倒不要疼他，只怕將來還少生一口氣呢。」這話正是神來之筆。第一，旁敲側擊，分量極重。第二，把閒置在一邊的王夫人一起納入到場面中來，照顧了前後文，也豐富了衝突的因子。第三，也可以把賈政徹底地冷落在一邊。終於使賈政叩頭認罪，衝突趨於緩和。

二、錯位式的衝突與心理衝突之本質

　　對於這一場大衝突，我們可以從兩方面來加以總結，如果把賈政視為一方，寶玉視為另一方，則這樣的衝突可以說以王夫人抱住板子作為轉捩點，寶玉之挨打從劇烈到緩和再到平靜。但是，從另一方面看，由於家人的一再介入，使賈政雖然停止動手，但內心的衝突、其所承受的心理壓力卻越來越大。也是以王夫人抱住板子為轉捩點，其心靈的衝突是一潮高過一潮。這樣，不但寶玉挨打的緩和並沒有使讀者心理放鬆下來，反而更加緊張了。所以，丫環簡單的一句「老太太來了」，讓我們讀者不由得要摒住呼吸，看老太太究竟如何開口。直到老太太把注意力集中到寶玉身上，我們才為賈政輕輕舒了一口氣。

　　作為一種場面描寫，我們應該注意其中的層次展開方式：既有縱向的一波三折，也有面上的拓展，人物一個個插入，有時需要組合，如王夫人、賈政和寶玉；有時，就需要分割，如賈母進入時，先把寶玉分割出來，然後到最後，匯聚到一起，把場面拓展到極限而收場。

　　「寶玉挨打」本是以寶玉為讀者關注的焦點，也是作者需要著力刻畫的。但是，既然寶玉在這整個過程中，處在絕對的被動狀態，之後又很快昏死過去，從而情節的展開自然而然地把展現賈政的心態變化作了中心，對這種心態的豐富性，我們不妨用他的淚水作一概括。他的憤怒、他的絕望、他的無奈、他的悲哀、他的至孝、他的委屈、他的可憐、他的後悔，凡此都生動活現。在《紅樓夢》全書，還沒有哪一回，賈政的性格、心理得到了這麼豐富的展現。只有在尖銳的矛盾中，在紛繁複雜的人事關係中，人才會這麼地具體

化為獨特的「這一個」。或者，用馬克思的一句老話說：人就其現實性言，是社會關係的總和。

前文提及，賈政與寶玉本無戲劇化的衝突可言，但由於替換，使我們讀者有戲可看，那麼曹雪芹是為了要增加文章的戲劇色彩，才來設計這樣豐富的層次嗎？原因並非這麼簡單。

賈政痛打寶玉甚至於要其死，可說是為了家族的榮譽，是為祖宗除去一個不孝子孫，但也有自私心在作怪，所謂「禍及於我」；王夫人苦苦哀求，有愛心的成分，但也有那一時代女性需要依靠兒子的自私心作怪。而賈政與賈母的衝突，則把孝的悖論演繹了出來：兒子對長輩的絕對服從，使賈寶玉無法對賈政論理。賈政可以對門客說一番寶玉可能發展到弒君殺父的地步；但面對賈母，同樣也無法跟她論理，更不能扣她這樣的大帽子。賈母也不追問寶玉究竟所犯何事，反正賈政打賈母的心頭肉，就沒有體諒賈母的心情，動手之前不稟報，還存心瞞著，是眼裏沒有賈母，不論寶玉是非，賈政先已經不孝，不孝的人去管教不孝子，有比這更荒謬的嗎[5]？曹雪芹將賈母引出，不僅僅是為了讓戲好看，也要讓我們發現一個恪守傳統倫理的賈政的自相矛盾處。也正因為他自相矛盾，因為他從一個盛氣凌人的衛道士變成了低頭認罪者，其結果發生了一種戲劇性的逆轉，我們也覺得這是好看的。所以，在偉大的文學作品中，思想的深刻和藝術的機智往往是連接在一起的。

就表面看，寶玉挨打的原因有兩個，一是蔣玉菡事件，一是金釧兒事件。但這只能說是事件的導火線，是淺層的原因。而深刻的原因，是寶玉對仕途經濟之道的拒絕，也就是他去見賈雨村前，指責史湘雲說混帳話時的態度。因為有這深刻的原因作底子，所以賈

5　參見馮其庸編《八家評批紅樓夢》中收錄的洪秋蕃評論，第 802 頁，文化藝術出版社，1992 年版。

政見到寶玉，沒事也要來氣，更何況有事呢？金釧兒事件大半是賈
環的誣告，但賈政因為已經在怒火中，所以也就沒有細細追問，這
也就是把這事放在最後寫出的原因。前文有「不許動。回來有話問
你」的吩咐，下文就以賈政氣極，「也不暇問他在外流蕩優伶、表贈
私物，在家荒疏學業，淫辱母婢等語」來照應。也是以概述作一
小結。

　　寶玉挨打後，一般的評論者讓讀者注意眾人的探訪，這裏的眾
人，重點是薛寶釵和林黛玉[6]，他們的交叉出現，正可以比較兩人在
賈寶玉前的不同言行，也為我們分析比較兩人的性格提供了方便。
然而，從最重要的意義講，作為衝突的另一方，賈寶玉事後的態度
究竟如何，理應成為焦點所在。賈政毒打他，並沒有使他收心，反
倒是由於挨打後眾人的關懷，使他感受了強烈的溫暖，這樣，挨打
後的反響，對寶玉而言，用他自己的話來說，就是「死也情願」。這
樣的心理，是賈政萬萬想不到的。既給賈政的行為後果添上了最具
諷刺性的一筆，同時也讓我們恍然，曹雪芹表現衝突的獨特性還不
是一種簡單的替換，而是更為複雜的一種時空移位，換言之，作為
賈寶玉和賈政之間的真正衝突，並不是在同一時空裏展開的，賈政
毒打寶玉時，寶玉痛苦地承受著，卻並沒有把他內心深處的感受吐
露給賈政；而當賈寶玉發出那樣令人感動的誓言時，賈政早已離去。
作為維繫雙方同一衝突的作用與反作用，卻是在不同的時空裏發生
的。如果他們之間還存在著衝突的話，這樣的衝突只能說是一種間
接的、內化的衝突，在這一衝突中，由時間鏈維繫起的回憶因素發
揮了至關重要的作用，面對著當下一刻的狀態所發出的應對，也許
只是過去某件事的迴響。由於衝突是以一種單向流動的方式內化為

---

[6]　蔣和森在《紅樓夢論稿》中的論述是較有代表性的一篇論文。

人物獨自心態的一種潛流，所以在「寶玉挨打」的正面式衝突對照下，內化式的衝突被許多讀者有意無意地忽視了，而這，恰恰是《紅樓夢》處理衝突最具本質意義的地方。正由於這一處理衝突的特殊方式，才使表現寶玉挨打這樣的急風暴雨式的大變故與日常生活中最為平淡、最為瑣碎之事的藝術處理發生了某種勾連，並且是其將日常生活的瑣碎提升至詩的境界的秘密所在。

三、日常生活的詩化秘密

關於在日常生活瑣碎之事中表現衝突的特殊方式，我們選《紅樓夢》第三十六回「繡鴛鴦夢兆絳芸軒・識分定情悟梨香院」來做一剖析。

如果以回目表明的那樣為這回的核心內容，其繡鴛鴦一事的時間是在夏天的中午，薛寶釵意欲尋寶玉閒談消解困倦，到得寶玉房內，不想寶玉睡著了，而襲人則坐在他身旁，為他繡肚兜上的鴛鴦戲蓮圖案。襲人見薛寶釵到來，因為自己繡得時間長，脖子太酸，就讓薛寶釵略坐坐，她自己出去走走。留下的薛寶釵「只顧看著活計，便不留心一蹲身，剛剛的也坐在襲人方才坐的所在；因又見那活計實在可愛，不由得拿起針來，替他代刺」。此時，林黛玉和史湘雲得知了襲人被提升為寶玉侍妾的消息，相約前來道喜，尚未進門，林黛玉隔著窗戶，看到薛寶釵坐在寶玉床頭刺繡的一幕，掩口而笑，史湘雲念及薛寶釵平日裏對自己的善意，就悄悄把林黛玉拉走了。而在屋內的薛寶釵才剛繡了幾朵蓮花的花瓣，忽見寶玉在夢中喊罵說：「和尚道士的話如何信得！什麼是金玉姻緣，我偏說是木石姻緣。」薛寶釵聽了這話，不覺怔了。

　　這裏，恰恰是由於襲人的暫時離去，使屋內留下寶釵一人，而前來給襲人道喜的林黛玉和史湘雲一時也失去了進屋的動力，從而就把來自於寶玉夢中的關於金玉姻緣與木石姻緣的激烈衝突留給了寶釵一人去體悟。耐人尋味的是，關於金玉姻緣，前文中曾經不時有人提及，既讓常常是有意識回避自己婚姻問題的薛寶釵也因證實了自己的金玉姻緣而滿心喜悅，如書中第八回所示；甚至也曾一度使賈寶玉立場不穩、心搖神迷過，如第二十八回。相形之下，木石姻緣卻幾乎無人道破，只是當故事進展到這一回，才第一次讓賈寶玉從夢中喊出。所以，有學者認為金玉姻緣是四大家族中的權勢者精心製造出來的一種輿論和神話，是有一定道理的。而此刻，當這種強大的輿論對賈寶玉構成一種心理壓力而不得不要以另一種婚姻關係與之抗衡時，他在夢中喊出的木石姻緣，與其說這是與金玉姻緣的一種尖銳對立，毋寧說是一種心理的平衡更為妥切，因為，在日常生活中，在他清醒的時候，他儘管可以與同伴進行情感交流，但一旦涉及到婚姻，他是無力進行實際的抗爭的。這樣，他不得不把這種衝突內傾化、心靈化。庚辰本脂批對此段描寫加以評論，以為「絳芸軒夢兆是金針暗度法」。這裏所謂的暗度法，既可以聯繫到將來，預示了金玉姻緣不可能有美好的結局，但我們也可以認為是著眼於當下的一刻，著眼於當下的那種微妙的內化衝突。當賈寶玉在夢中否定了金玉姻緣時，他是無法計及夢境之外人的反應的，這樣，本來是發自他內心的那種自我衝突，卻又在他毫不知覺的情況下，傳遞到當事人的另一方薛寶釵這邊了。同樣，作為夢境之外的薛寶釵，她也無法對賈寶玉的這種態度做出任何實質性的表達，當然，如果不是夢境將兩人隔絕開來，以她慣有的修養，她也不可能與賈寶玉進行當面的論理，但是，那種旁敲側擊的反應，我們還是有機會看到的，而現在，卻只是一種簡單的近似於麻木的反應——

「怔了」。對於這種「怔」，清代著名的評點家張新之曾在此夾批云：
「金玉姻緣之說，書中屢見，木石之說，三十六前無有也，即在寶
黛自亦不知何所謂木石，乃夢中喊罵和尚道士，和尚道士豈任受乎？
在釵繡鴛鴦方畢而聞此言，何能不怔？」[7]張新之的觀點可以理解
為，書中人物對木石姻緣毫不知曉，如此空穴來風的說法令寶釵發
怔，這是一；其二，寶釵正在繡鴛鴦，其蘊含的特殊意義，似乎已
經使坐在寶玉身邊的寶釵沉浸於一個妻子的角色中，而突如其來的
對金玉姻緣的拒斥，自然使寶釵有一種當頭棒喝的發怔。這樣的解
釋雖帶有很大的懸測成分，但也不能說沒有一點道理，如果我們認
同於第一層理由，那麼，我們可以想像，在一個已經有明確指向的
金玉姻緣與無從捉摸的木石姻緣之間產生一種抗衡，這會給薛寶釵
的內心世界帶來多少起伏的波瀾，那樣一種對手的不明朗（雖然薛
寶釵在表面上要常常有意識把自己置身於局外），會耗費薛寶釵的多
少心思去努力猜測呀。但類似的內心活動，我們是難以予以坐實的，
一如我們無法把賈寶玉的夢中世界加以清晰勾勒。至於張新之論及
的第二層理由，卻值得我們在此做進一步的探討。

　　我們知道，在此之前，是襲人坐在賈寶玉的床頭身邊來為他繡
這一鴛鴦戲蓮的肚兜的，這樣一個特定的位置，這樣的一個特別的
圖案，其內涵的意蘊是不言而喻的，也恰恰是在這一回，襲人的侍
妾身份得到了正式的承認。其互相間的呼應關係是顯而易見的。而
她的暫時離去，使這一特殊位置成了一個空缺，薛寶釵對這一位置
的填補，也就特別意味深長，作者似乎有意要提醒我們注意這一事
實，所以，就特別以「不留心」、「剛剛」、「不由的」類似的字眼，
把薛寶釵所處的位置以及她的舉動，突顯到我們讀者面前。就薛寶

---

[7]　馮其庸編，《八家評批紅樓夢》，第 868 頁，文化藝術出版社，1992 年版。

釵而言，不管她是否有沒有意識到她是多麼不適於這樣的位置和舉動，更不論她是否已經不自覺地沉浸於一個妻子角色，其行為本身的可笑特別是與她一貫的行為之矛盾、自相衝突，都會直接注入讀者內心中。面對作者為我們讀者展現的此情此景，也無怪乎清代的評論家洪秋蕃要發一聲感歎說：「噫，此何所在，而可蹲身坐乎？寶釵一身精細，到處留心，行影之間，也必籌度行走，以避嫌疑。而況孤男曠女，枕席帷床，反至漫不經心乎？」[8]正是由於這一道理，林黛玉從窗戶外見此情景不由得暗暗好笑，也就十分自然了。不過，因為史湘雲念及薛寶釵對她的種種好，不但沒有參與到林黛玉的偷偷嘲笑中，而是把林黛玉從窗戶外拉開了，中斷了這種偷笑的擴大化和明朗化，使這種偷笑既不為身處其間的薛寶釵所察覺，也使這種衝突再一次轉入林黛玉的內心世界，所謂「林黛玉心下明白，冷笑了兩聲」。如同夢將賈寶玉與薛寶釵所處的不同世界作了一個隔與不隔的單向的反應，窗戶也將薛寶釵與林黛玉等人的環境做了一個似斷非斷的單向的投射，使賈寶玉、林黛玉、薛寶釵在其各自的內心世界產生了一種深刻的衝突，並在自身毫無知覺的情況下，將一種衝突傳遞到他人的內心，猶如波紋一樣一圈一圈蕩漾開來，並最終撞擊到讀者的心壁上，飛濺起朵朵的浪花來。使讀者在生活的最平靜的水面上感受了其內在的深廣與豐富。

　　然而，在這一相對完整的「繡鴛鴦夢兆絳芸軒」段落中，其顯示出的意義尚不止於此。正是在這一天晚上，當賈寶玉得知了襲人被確立為自己侍妾的身份時，興奮之中，說出了他希望死後能葬在一群姑娘眼淚中的願望。若干天後，當賈寶玉在梨香院裏親眼目睹了賈府十二優伶中的齡官對賈薔的一片癡情後，再一次讓作為旁觀

---

[8]　馮其庸編，《八家評批紅樓夢》，第 881 頁，文化藝術出版社，1992 年版。

者的寶玉產生了無窮感歎，其回到襲人身邊時，重新提及一群姑娘眼淚之事，以齡官對賈薔的癡情糾正了自己曾有的那種自我中心主義的色彩，並且對襲人說，自己當日對她的一番話純粹是一廂情願，他能獨得一個人的眼淚也已經不錯了。而襲人對他的言語完全是丈二和尚摸不著頭腦，根本沒有加以理會。但她沒有想到的是，就在這幾天的時間裏，她的地位在賈寶玉心中是怎樣發生了一個微妙的變化，因為當他領悟到不能獨得一個人眼淚時，那種在冥冥之中對那唯一者的猜測，使襲人成為他的侍妾的短時間興奮一變而為冷漠了。當然，在這一回中，作為一個女子與賈寶玉關係的確立，襲人起到的還只是一種穿針引線的作用，她留下的那樣一個空缺的特殊位置，給了薛寶釵一窺賈寶玉隱秘內心的機會，而賈寶玉的內心再一次流露，也是由襲人的「位置」所引發，在當事人並不知情的情況下，同樣給了局外人以感情上的打擊。從這點上說，薛寶釵在絳芸軒，與隨後的賈寶玉在梨香院，不但在事件的結構上有著平行性或者說同構性，而且在意義上也有著互為聯繫和互為隱喻似的關聯。當作為毫不知情的賈寶玉給了薛寶釵一次無法論理的打擊後，他自己到梨香院也來領受了這樣的打擊並加以細細品味，他當然也無法對身處其間的齡官進行論理，只能把感歎如獨白一樣對襲人去傾訴。這樣，雖然這一回中，前後的事件看似並無必然的關聯，但是讓局外人來感受衝突的這一特殊方式在前後的相似性，以及人物所處地位的戲劇性變化，互相拓展了描寫的深度，成了曹雪芹表現日常生活瑣碎之事的有效手段。

　　從更廣闊的視野來說，這一回又是在一定程度上對寶玉挨打後的感受的再一次迴響，當寶玉因其挨打看到了他再一次成為眾人關注的焦點，感慨萬千說出為這些人死也值得，並且以死在這大眾的眼淚中而感滿足時，齡官的行為將寶玉推出了被關注的中心。從這

一意義上說，《紅樓夢》對衝突的藝術處理，就是對書中人物的內心感受的不斷的校正。這，或許就是《紅樓夢》描寫詩化的真正秘密。

第十章　相術、人體語言學和紅樓夢的肖像描寫

一、相術理論對古代小說創作的實際影響

　　俄國形式主義批評家什克洛夫斯基有句名言：文學的發展不是父子相繼而是叔侄相承。我們即以古代文學中一個並非無足輕重的門類——人物的肖像描寫而論，同一創作領域的理論家們很少提出過多少益人心智、給人啟發的高明見解，而當作家們在對人物的容貌、神態、姿勢、服飾等展開描寫時，常常是直接或者間接地接受了古代影響甚大、源遠流長的相術理論的啟迪。

　　有關相術的一些基本觀念在先秦已經流行，並且對人的日常生活起到了微妙的影響。在秦漢儒家的典籍以及一些史書中，人的外貌與命運往往被有意識地加以一併考慮，《史記・五帝本紀》即為一例[1]。東漢的王充，以懷疑舊說著名，但對此，卻也作為事實加以記載，《論衡・骨相篇》中說：

> 傳言龍顏，頼頊戴午，帝嚳駢齒，堯眉八采，瞬目重瞳，禹耳三漏，湯臂再肘，文王四乳，武王望陽，周公背僂，皋陶馬口，孔子反羽。斯十二聖者，皆在帝王之位，或輔主憂世，世所共聞，儒所共說，在經傳者較著可信[2]。

而王符在他的《潛夫論・相列》中，對相術理論撮其大要進行了說明，所謂：

---

[1]　《史記・五帝本紀》中，關於五帝的種種神異之相並未被納入正文，但是太史公的「百家言黃帝，其言不雅訓」一句，即已透露個中消息。

[2]　王充，《論衡》，上海人民出版社，1974年版。

人之相法，或在面部，或在手足，或在行步，或在聲響。面部欲溥平潤澤，手足欲深細明直，行步欲安魂覆載，音聲欲溫和中宮。頭面手足，身形骨節，皆欲相副稱。此其略要也[3]。

　　相術理論影響之於人物的肖像描寫首先在於它為作家的描寫提供了一種思考的維度，為全面而又深入展示肖像的各個側面建立了一個基本的框架。就人體本身言，我們的描寫似乎大抵接近王符提出的四方面：面部、手足、行步、聲響。儘管對個別作家來說，他們在創作時或許有所側重，但相術作為滲透至日常生活的思維模式，其對作家的肖像描寫之影響，即使不是一種直接的移植，也構成了一種潛在的文本而發生了效應，這種影響之普遍，可能是任何一個頗具獨創性的作家都無法免除的。這裏我們試以《紅樓夢》中「黛玉進賈府」一段為例，曹雪芹藉助黛玉的眼光對賈府眾姐妹等人的一番描寫每每為世人所稱道，被贊之為善於變換筆法，他對迎、探、惜三姐妹一組人物作了外貌描寫後，以「後院中有人笑聲，說：『我來遲了，不曾迎接遠客！』」寫出了鳳姐的個性，再以「只聽外面一陣腳步響」寫出寶玉的獨特性，其視角，實也是從「面容」、「聲響」、「行步」三方面著筆，細究起來，倒也未曾超越一般相術理論規範之畛域。又如，魯迅先生在《故鄉》中對閏土手的描寫，幾乎成為肖像描寫講義中的經典事例[4]，而相手，正是相術的一個重要組成部分。其實，魯迅先生在小說創作中，對人物的肖像描寫一向重視，其對相書也頗為熟悉，有些文章，像《花邊文學》中的〈北人與南人〉[5]，就是依據了相書上的理論原則來加以發揮的，所以說，

3　王符，《潛夫論》，中華書局，1985 年版。
4　《魯迅全集》第一卷，第 482 頁，人民文學出版社，1981 年版。
5　《魯迅全集》第五卷，第 435 頁，人民文學出版社，1981 年版。

相術理論至少在形式思維上或多或少影響了一些大作家的人物描寫恐怕不會讓人有太大的驚訝。

　　一個更為顯而易見的事實是，相術理論還在內容實質上對人們的肖像描寫產生了較大的影響。相術的精神實質在於超越時空的限制，打破天與人、自然與社會的隔離，將一些抽象的、錯綜複雜的訊息，如人的內在氣質、在社會上的沉浮和遭遇等等，變為一種可以被感官所能捕捉的當下的聲像，也正是在這當下的一刻，人體的自然屬性、他（她）的容貌特徵成了發散種種訊息的透明體，正因為此，相術曾被列為「神秘學」之一種，也就是說，是把人世命運的神秘轉化為不神秘的學問。相術起源於人對自我及其周圍世界認識、把握的衝動，其思維的展開方式，這種理論在具體操作時，並不能逾越推測、聯想的界限，然而這種現實中的局限在文學創作中卻得到了克服，將人的肖像跟人的身世、性格、命運聯繫起來的可能性在作品中經由作家的生花妙筆而變成了一個已然存在的事實，作家正是通過種種前後呼應的精心設計，才使自己變成了一個洞察一切的先知先覺者，一個可以操縱別人生活軌跡的命運之神，中國古代小說全知視角占主流的傾向在人物的肖像描寫中已經見出分曉。相術理論影響了小說創作，而創作中的肖像描寫又為這種理論提供了強有力的例證。在唐代小說中，將肖像與人物身世聯繫起來的描寫比比皆是，最富有戲劇性的莫如《太平廣記》卷一百一十七所錄的「裴度」一則，其內容大致謂：裴度之相稍異於人，相工謂其「若不知貴，即當餓死」，而其時面容中並未顯露出貴人的跡象。一日遊晉山寺，拾得貴重之玉帶犀帶，歸還失主，這些物品原是失主用以搭救入獄之老父的，失主感恩不盡。後再遇同一相工，「相者審度，聲色頓異，驚歎曰：『此必有陰德及物，前途萬里。』」後來裴度果然位極人臣。至於《三國演義》中，劉備從一個無立足之地

的流浪者終於成為能夠與曹操、孫權分庭抗禮的一方之主，據作者說來，其相貌本身已經向人們作了預示：「兩耳垂肩，雙手過膝，目能自顧其耳，面如冠玉，唇若塗脂。」而在《金瓶梅》第三十四回，吳神仙眼中的李嬌兒，所謂：「額尖露臀並蛇行，早年必定落風塵。假繞不是娼門女，也是屏風後立人。」本來就是從相書《麻衣秋潭月論女人》中的一段，即：「頭尖額窄鼻勻紋，雀鼠蛇引顧後頻，頭小露臀肩背聳，不為婢妾必風塵」以及《鬼谷相婦人歌》中的一段「有媚無威舉止輕，此人終是落風塵。假若不是娼門女，也是屏風後立人」拼湊在一起的產物[6]。

二、古代小說家對傳統相術的吸納和超越

由於人物的外貌與人物的性格、命運之聯繫在相書中被考慮得過於簡單或近於武斷，並作為一種一成不變的模式為人所普遍遵循，反映到小說創作領域，肖像描寫幾乎成了難有例外的套語，如形容青年才子無非是「貌若潘安，才若子建」，形容貴族小姐則滿紙「羞花閉月，沉魚落雁」，而凡寫奸詐之徒則是「鼠耳鷹腮」等，寫妒婦則必曰「黃髮黧面」，諸如此類，不一而足。正是在這樣的文學背景下，作為最具獨創性的作家曹雪芹握筆在手時，有意識地將此類套話作為描寫的對立面，在《紅樓夢》中，我們看到，作者或者將大美人史湘雲寫成說話有咬舌頭的毛病，弄得「愛」「二」不分，把稱寶玉的「二哥哥」說成「愛哥哥」；或者將奸詐小人賈雨村描寫成一副難得的貴人相：「生得腰圓背方，面闊口方，更兼劍眉星眼，直鼻權腮」，或者乾脆渾寫一筆，如介紹惜春時所謂「身量未足，形

---

[6]　卜鍵曾在《金瓶梅學刊》上有專文討論此問題。

容尚小」。此類錯綜的而不是單一的筆法，都曾受到過評點家脂硯齋的激賞。其作為對傳統描寫的反對，也意味著對相術理論的一種反撥。而這種反撥，當然也是在以相術理論作為參照的對立面而作出的。

不過，當脂硯齋對湘雲的「愛」「二」不分加批云：「可笑近之野史中，滿紙『羞花閉月，鶯啼燕語』，殊不知真正美人方有一陋處，如太真之肥、飛燕之瘦、西子之病，若試於別個，不美矣。」似乎這樣一來，又把一種描寫推進了公式化的桎梏，其作為思維的邏輯終點仍不免有概念化的嫌疑，作為一種理論的總結，直接而又獨斷的成分使其離科學的藝術規律仍有一定的距離。

從藝術自身的表現角度來看，描寫視角的日趨豐富也給描寫帶來了活力和新意。如同我們在前文指出的，相術理論影響下的人物的肖像描寫，是以全知視角為表現方式的，但是，隨著對人物描寫的進一步深入，作品中的人物對周圍世界的認識，他們觀察世界認識世界的特定立場日益得到作家的關注，這樣，從人物特定立場出發的限知視角也在小說《紅樓夢》中得到了較廣泛的運用[7]。

一般認為，藉助於引入人物的限知視角，在肖像描寫中擺脫相術理論的負面影響並不為《紅樓夢》所獨創，例如，脂硯齋就曾對此類的限知視角予以點破，在《紅樓夢》第二十六回，敘述賈芸去大觀園探訪寶玉，引出了對襲人的一段頗具特色的肖像描寫：

> 說著，只見有個丫鬟端了茶來與他。那賈芸口裏和寶玉說著話，眼睛卻溜瞅那丫鬟：細挑身材，容長臉面，穿著銀紅襖兒，青緞背心，白綾細摺裙。——不是別個，卻是襲人。那

7　參見（英）盧伯克著、方土人譯，《小說創作技巧》，上海文藝出版社，1990年版。

　　　　賈芸自從寶玉病了幾天，他在裏頭混了兩日，他卻把那有名
　　　　人口都記了一半。他也知道襲人在寶玉房中比別個不同。

此段文字，脂硯齋批註云：「《水滸》文法，用的恰當，是芸哥眼中
也。」這裏所謂的「《水滸》文法」是指敘述者在作品中用陌生人物
的限知視角來對襲人作出的具體描寫，這種筆墨在《水滸》中運用
得相當廣泛，例如在《水滸傳》第九回，用作品人物的限知視角展
開具體描寫的一段文字：

　　　　忽一日，李小二正在門前安排菜蔬下飯，只見一個人閃將入
　　　　來，酒店裏坐下，隨後又一人閃入來。看時，前面那個人是
　　　　軍官打扮，後面這個走卒模樣，跟著也來坐下。

對此，金聖歎的批語是：「『看時』二字妙，是小二眼中事。一個小
二看來是軍官，一個小二看來是走卒，先看他跟著，卻又看他一齊
坐下，寫得狐疑之極，妙妙。」

　　就《紅樓夢》這段文字而言，整個部分可以作三層來看，第一
層，是以賈芸這樣一個陌生者的眼光感知的襲人的外貌和打扮；第
二層，是根據這樣的外貌，賈芸內心所作出的判斷，這就是說，視
角從人物的外視流向人物的內視，不過，到這裏，視角仍局限在賈
芸的一己之身；第三層，由全知的敘述者出場，對賈芸以往的行徑
作了追述，從而解釋了賈芸何以能認出襲人的原因，一個「也」字，
將作為一個大觀園的局外人的知識水準融入到敘述者已提供的訊息
層面上。我們再來看《水滸傳》中的這段文字，雖然其作為一個陌
生者的眼光觀察的流程比《紅樓夢》的這段文字要更為冗長，李小
二對這二位陌生者的人名的獲悉，是後來由林沖告知的，而讀者似
乎也並沒有從敘述者那兒獲得更多的訊息，在這一過程中保持著與

李小二大致相當的有限訊息。但接下來，由於敘述者插入的一段議論式的韻文，對這一事件的意義作了點評，所謂：「潛為奸計害英雄，一線天教把信通。虧殺有情賢李二，暗中回護有奇功。」從而使讀者的感知視角超越了作品人物的限知視角，對事件有了一種宏觀上的把握，這當然是由於敘述者的突然介入而獲得的結果。此段文字的總體結構層面，卻是兩層，而不是《紅樓夢》中關於襲人肖像描寫的三層。作這樣的區分相當重要，因為從我們前文所舉出的關涉到相術的描寫例子來看，其基本結構也分成情狀與判斷兩個層面，而判斷又往往是從對當下狀態的一種超越，從限制轉成了全知，就如同在《水滸傳》第三十八回，宋江與李逵初次見面，文云：

> 宋江看見了吃了一驚。看那人生得如何？但見：黑熊般一身粗肉，鐵牛似遍體頑皮。交加一字赤黃眉，雙眼赤絲亂繫。怒髮渾如鐵刷，猙獰好似狻猊。天蓬惡煞下雲梯。李逵真勇悍，人號鐵牛兒。

這裏之「看」，雖是以宋江起頭，但在宋江尚未知悉他姓誰名甚的前提下，卻在最後將其姓名外號一併提出，而將這樣的似乎來自於陌生人的眼光最終為一種全知視角所籠罩。但從賈芸對襲人的判斷看，卻是以他已有的生活經驗作理解基礎的，保持了人物視角的自足與圓滿，再由敘述者以回顧他以往的經歷作解釋，就顯得真實可信且十分自然。相比之下，宋江看李逵這一段的描寫，就未能在前後保持住應有的協調。當然，曹雪芹對於《水滸傳》的超越還不僅於此。他表現得遠為靈活和深刻，在《紅樓夢》中，關於賈寶玉的肖像，是在林黛玉進賈府與賈寶玉初次相見時，從林黛玉眼中展現出來的，而林黛玉，儘管在其父聘賈雨村作她的私人教師時已經出場，之後進賈府，也與眾人一一見面，但唯獨要等到賈寶玉回來，

藉助於賈寶玉的目光，才使得我們有機會對林黛玉的外貌有了細緻的觀察，這不僅是因為林黛玉在賈寶玉的以後生活經歷中佔據了一個重要的位置，而且，也是向讀者清楚無誤地表明了，從賈寶玉的第一眼開始就有對林黛玉真正的關注，這種關注是與眾人的「無視」形成鮮明的對照的。這樣的特殊設計，顯然有別於許多小說都是習慣於把人物初次出場，就把他的肖像加以窮形盡相地介紹的做法。也是在這一回，曹雪芹還改造了受相術影響的肖像描寫的兩層式結構的內容實質，當他從林黛玉的目光中對賈寶玉的肖像做了詳盡的描寫後，理應轉入傳統的下判斷的第二層結構，但是，作者卻筆鋒一轉，寫道：

> 看其外貌最是極好，卻難知其底細。後人有〈西江月〉二詞，批寶玉極洽，其詞曰：
> 無故尋愁覓恨，有時似傻如狂。
> 縱然生得好皮囊，腹內原來草莽。
> 潦倒不通世務，愚頑怕讀文章。
> 行為偏僻性乖張，那管世人誹謗。
> 富貴不知樂業，貧窮難耐淒涼。
> 可憐辜負好韶光，於國於家無望。
> 天下無能第一，古今不肖無雙。
> 寄言紈絝與膏粱，莫效此兒形狀。

在這裏，一句「難知其底細」，有意阻斷了從局限於限知視角的外表觀察而推及其內心世界以及個人命運的可能，並且，不是以全知的敘事者的插入，而是引入一個瞭解了發展歷程的「後人」的立場，對寶玉的頑劣等品性以及未來的「於國於家無望」作了總結。有人以為，這是敘事者自己的一種寓褒於貶，其實不然。我們只要將作

品中其他人物與此評價作一比較，就可知道，來自世俗的、具有傳統價值觀的人物與所謂的「後人」之詞有驚人的相似處。所以，不是從敘述者的立場，而是從世俗的眼光出發所下的斷語，與林黛玉對其的初次印象大相徑庭，從而一方面，既說明了作為真正知音的林黛玉在賈寶玉生活中的不可替代性，也在一個互為矛盾衝突的評價中，來逐漸勾勒出賈寶玉的多側面的性格特徵，並且也把讀者引入這樣一種衝突中，來作出自己的判斷。將相術影響下的定命式描寫變成了一種固守現實的未完成性和不確定性，從而在實質內容上較為徹底地擺脫了相術理論的負面影響。

三、相術的符號學與社會學分析

　　時至今日，在符號學、人體語言學等等有關人體非語言表達方式的研究逐漸發展起來時，探討人物的肖像描寫與顯示人物的生理、心理、社會等方面的特性變得更加合理、科學。武斷的描寫被剔除，知其然不知其所以然的描寫可以得到更為合理的解釋，理論的全面化、深刻化為人物的肖像描寫提供了一個更為廣闊的前景。例如，美國的麥克曼在其 1978 年出版的一本關於「面部訊息」的專著中，對構成面部整體的各種因素進行了條分縷析，其大致的分類即有：

　　　　靜態的——有變化但非常緩慢。包括骨骼結構、大小、形狀，
　　　　　　　　　及眼睛、眉毛、嘴巴的位置，或皮膚色素等等。
　　　　緩慢的——變化稍快，包括凸出、凹陷、鬆弛、傷痕、皺紋、
　　　　　　　　　斑點等等。

> 迅速的——變化非常迅速，包括動作、氣色、泛暈、出汗以
> 　　　　及目光注視方向。瞳孔大小，頭部定位等線索。
> 人工的——包括眼鏡、化妝品、整容、假髮等等。……[8]

上述種種被用於判斷個人同一性（種族、性別、親緣）、氣質、個性、儀表、對異性的吸引力、智慧、健康狀況、年齡、心境、情緒等一系列訊息。在西方，這方面的著作真可謂汗牛充棟。一個對這類研究多加留意的人都會為自己在進行人物肖像描寫產生啟發，並把相術理論中的合理部分奠定在一個更為科學的基礎上。

　　從人體語言學的立場來對傳統相術進行清理，我們首先可以對其已經確立的判斷結構作出社會學意義上的新的解釋。事實上，隨著歷史的變遷，相術本身也在這方面作出了相應的調整，馮夢龍在《廣笑府·方術部》中，就曾記錄下這樣一則故事：

> 一卜者善揣摸，素稱前知，晚年多不驗，其子曰：時勢不同也，欲驗甚易耳，父使次日試之。子晨起，見大風雨，意今日必無人矣。俄有求卜者，即問曰：「汝東北方來乎？」曰：「然。」「汝姓張乎？」曰：「然。」「汝為尊妻卜乎？」亦曰：「然。」卜畢而去，父驚問，何以知之，子答云：「今日乃東北風，其人面西而來，故肩背俱濕也，且其來甚早，手尚執燈，明寫清河字，非張姓而何？」父曰：「是則然矣，何以知其為妻卜也？」曰：「如此風雨，起黑早來卜，不為老婆難道為爺娘不成？」

8　參見（美）拉普卜特著、黃蘭谷譯，《建成環境的意義》，中國建築出版社，1992 年版。

在這裏，其關於求卜者行動的方向之類的判斷，僅僅是來自於相術師對自然現象的一種敏銳觀察的話，那麼，結尾一句最為關鍵性的斷言，可說是把握住了時代的脈搏，從而在一句看似戲言的話語中，透露了相術可能蘊含的深刻的社會歷史學意義。同樣，在相術這方面，其對人的聲音的抽象層面的特別關注，由於普泛的社會調查工作的介入，使得我們也可以對其價值作出新的估價。據國外的一項資料顯示，當代女子發出的聲音較之過去更為低沉，這是女子的地位較之過去有了大幅度的提高，所以才使得她們在無需提高音量的前提下，也能引起旁人的注意。我們由此想到，在《紅樓夢》中，林黛玉的聲音的高調與薛寶釵的低調處理，以及王熙鳳從開場起就有的高張的聲勢，未嘗不蘊含著與其實際地位的相背離的那種辯證關係。

不可否認，與符號學、人體語言學相比，相術理論有其虛妄的一面，但是，意識到相術理論的武斷和膚淺是一回事，用更為科學的視角對其深入研究又是一回事。站在今天的立場上，我們不能以一種簡單的方式，指出其荒謬可笑處，然後用符號學、人體語言學來一概予以替換。因為相術的基本理論之深入人心，也不是我們一下子就能全部拋棄的。對我們而言，更為可取的做法是，要探究它在人們的生活中尤其是對人的心理到底產生了怎樣的微妙的影響。舉例來說，《五代史評話》中記載，相術之士曾預言後周開國君主郭威臉上的雀狀刺痕銜著禾菽，便是作天子的時候。後來「郭威頸上患疽且駐軍封丘治療，三日而愈，頸邊所刺雀兒，果與珠上禾菽相及。柴夫人令郭威覽鏡道：『您曾記得咱爺爺見相術說，您雀兒銜著禾菽時分，必為天子，今雀兒廝近了，富貴來迫，公千萬自愛，毋辜咱父親的期望。』」在這段敘述中，柴夫人的一番話，正道出郭威的心思，為最終登基作了信心上的保證。這種以迷信式的預告影響

到事件的發展方向被英國哲學家波普稱之為「俄狄浦斯效應」，對歷史事件的前因後果加以探究時，把這樣那樣的種種神秘理論予以一併考慮，也許正是我們客觀分析歷史和社會之表現。類似的例子在日常生活中我們也能發現。而在《紅樓夢》中更不乏此類的例子。

　　即以上舉的《紅樓夢》中對賈雨村的肖像描寫來看，當作者以筆刻畫出他的一種貴人之相時，並不是靜態的、藉助於敘述者的全知視角來直接展現的，而是將這種相貌放在了甄士隱家中的丫環嬌杏眼中來突顯，從而讓這種相貌給嬌杏帶來的一種心理反應，促使她忍不住多看了賈雨村兩眼。如同甲戌本眉批指出的：「這方是女兒心中意中正文。」而賈雨村是因為胸中有了太多的才子佳人小說的那種模式，才把這多看的兩眼誤解為是嬌杏對他的鍾情，認定了嬌杏為他風塵中的知己，從而不敢稍加耽擱，急迫趕往京城，一舉中榜。極具諷刺意味的是，當賈雨村與她的「風塵中的知己」嬌杏重逢時，並決定要娶她時，嬌杏已經忘記了賈雨村究為何人。相術理論如同其他的潛在的文本一樣，在人們的日常生活中發揮了能動的作用。對於曹雪芹來說，不管他是否清楚地意識到這一點，至少，當他進一步把肖像描寫從單純的全知視角的立場拓展開來時，老套的描寫獲得了全新的意義，產生出一種反諷式的藝術效果，使得人物連通其整個的社會生活內容得到了更為廣闊和深刻的表現。與此十分相似的例子，在稍稍早於《紅樓夢》問世的《儒林外史》中也能看到，在這部著作中，作者是以他的嚴謹的寫實態度，純白描的藝術手法比較徹底地擺脫了肖像描寫中的俗套，但是，第十回中，寫到魯小姐與蘧公孫的新婚之夜，道是：「此時魯小姐卸了濃裝，換幾件雅淡衣服，蘧公孫舉眼細看，真有沉魚落雁之容，閉月羞花之貌。」對此，評點家黃小田以為：贊小姐之貌，還他小說俗套，以無關正文，若細寫便是浪費筆墨。這樣的評論其實並沒有領悟到作

者的真正用意，因為蓬公孫自詡為才子，而他的胸中同樣也橫亙著才子佳人的命定模式，所以，當魯小姐下嫁於他，他的真切感受除了對那種模式作出由衷的呼應，還會有其他的感覺和思考嗎？

可以說，不是對相術理論的絕對拋棄，而是理解其在社會中的實際影響，對肖像描寫的俗套採取一種反諷式的運用，曹雪芹和他的同輩人達到了小說藝術在那個時代所能達到的最高峰。

第十一章　論《紅樓夢》人物的醉態描寫

　　作為一部旨在表現人們日常生活的鴻篇巨製，《紅樓夢》對人物的飲食內容和方式有過廣泛而深入的描寫，這種描寫，不但在一定程度上反映出當時各階層人們的生活習慣與價值觀念，而且，其蘊含的禮儀制度、文化心理，也在飲食方式的展現中顯露出來。全面討論《紅樓夢》的飲食文化，已成為紅學研究中延伸出的一個旁支，並不時有論文甚至論著發表，如山東畫報出版社近年相繼推出的《紅樓飲食譜》、《紅樓美食》等書。在論及《紅樓夢》的飲食時，有些學者對構成人們飲食一部分的飲酒習慣也進行了一些論述，但是，儘管就《紅樓夢》本身言，由飲酒帶來的一種醉態的描寫，佔有不少篇幅，卻鮮有學者予以充分關注，並進行深入討論。

　　從傳統文化這方面看，對酒的態度相當曖昧，一方面，文人大多有飲酒的習慣，也留下了許多酒中仙人的美名，如魏晉南北朝時的陶淵明、劉伶，不但喜歡飲酒，還留下相關的詩文，還有唐朝的大詩人李白，曾經在〈將進酒〉一詩中直言不諱地說：「古來聖賢皆寂寞，惟有飲者留其名。」而當他痛苦時，表現更願意消磨在酒醉的狀態中，所謂「但願長醉不願醒」。至於杜甫也有所謂的〈飲中八仙歌〉等等。但另一方面，在傳統的儒家以及對普通百姓頗具影響的佛家來看，飲酒都不被視作是一種值得誇耀的行為，佛家的五戒中就有戒酒，因為酒能亂性，所以飲酒的行為常常也會導致了違反了儒家的「仁義禮智信」這「五常」中的「智」。更何況在傳統觀念中，有所謂的「萬惡淫為首」，而「酒為色媒」的說法，又把飲酒引

向了非道德的可能性。這樣，不但是飲酒的自身行為，乃至其帶來的其他後果，都會在一部分人心目中遭到貶斥。

不過，對曹雪芹來說，我們已經從敦誠的詩歌中，瞭解到他嗜酒如命的特點[1]，那麼，當他在進行《紅樓夢》創作，把人物的飲酒作為表現人物生活的一個重要方面是並不奇怪的。關鍵在於，他是如何來處理這不同人物的飲酒方式以及後果？傳統文化以及他個人的認同感在多大程度上影響到他筆下的人物的醉態描寫？這樣的描寫在作品中顯示了怎樣的意義？由此又反照出作者的怎樣一種心態？這些，都是足以引起我們興趣、並需要進一步加以具體討論的。

一、醉中人的胡鬧

關於《紅樓夢》的醉態描寫，我們最先是從書中一個似乎無關緊要的人物中領略到的，那就是寧國府的奴才焦大。

在第七回中，王熙鳳帶了寶玉等去寧國府聚會，晚飯後，送客人秦鐘的差派了焦大去。焦大雖是奴才，但自恃以前救過寧國公的命，蠻橫貫了，根本不願出這趟夜差，正巧喝醉了，就在屋外開罵。先是罵總管，說話已無邏輯可言，會說出「咱們紅刀子進去白刀子出來的話。」正罵在興頭上，賈蓉送鳳姐的車出去，眾人喝他不聽，賈蓉就罵了他兩句，又使人把他捆起來，想不到他連主子也一併罵起來，亂嚷亂叫說：「我要往祠堂裏哭太爺去。那裏承望到如今生下這些畜牲來！每日家偷狗戲雞，爬灰的爬灰，養小叔子的養小叔子，

---

[1]　一粟編，《古典文學資料彙編‧紅樓夢卷》，第一冊，第 1 頁，中華書局，1963 年版。

我什麼不知道？咱們胳膊折了往袖裏藏。」[2]但最終還是被眾人拖到馬棚裏，塞了一嘴的馬糞土塊才算了事。

從小說總體佈局來看，《紅樓夢》開始時，情節的進展，對賈府的交代，似乎都是有意識地站在一個邊緣化的立場，是從旁人、下人、遠道而來的人的視角加以切入的。所以，第二回的冷子興，第六回的劉姥姥，再加上第七回的焦大，都以自己的邊緣性的角色介入到故事情節的內部，從而對賈府作著橫看成嶺側成峰的或具體或籠統的觀照。當然，就他們的身份來說，相互之間也有著顯而易見的差異，就是從冷子興的疏遠漸次進入到焦大的密切，而觀照也因此更加深入，即先是冷子興的籠統印象，然後是劉姥姥的直接感受，直到這一次，焦大藉著醉罵，把賈府的榮國府內部的鮮為人知的一面也翻了出來。具體說來，這樣的醉罵，顯示了兩方面的意義：其一是對賈府發家史的一種回顧，焦大醉罵自然要擺譜，但既是醉罵，自然是抒情式的表達，也不會有多少邏輯可言。而藉著尤氏與王熙鳳等人的敘述，把他們以往發家的艱難作了概要式的回顧，與焦大的醉罵構成了呼應關係。其二，是對現在寧府醜陋一面的揭露。所謂「爬灰的爬灰，養小叔子的養小叔子」。其行為的亂倫帶來的衰敗之象，自然跟先祖創業的艱難聯繫起來，其意義也只有在互相比照中才得到突顯。所以，焦大醉罵的兩方面內容，又是有內在邏輯聯繫的。但，這畢竟是醉話。因為雖然大家都心知肚明，特別是對寧府的醜陋一面，但處在清醒狀態的人，是不會去說的。一個大家族的體面，大家都在心照不宣地維護著，盡量避免去在這體面上捅一個窟窿。我們看到，當焦大在屋外開罵時，王熙鳳和寶玉也準備離開。書中寫到

2 《紅樓夢》，第119頁，人民文學出版社，1988年版。

> 鳳姐起身告辭，和寶玉攜手同行。尤氏等送至大廳，只見燈
> 燭輝煌，眾小廝都在丹墀侍立。那焦大又恃賈珍不在家，即
> 在家亦不好怎樣他，更可以任意灑落灑落。因趁著酒興，先
> 罵大總管賴二[3]。

這裏，焦大醉罵的狀態，出現在「燈燭輝煌，眾小廝都在丹墀侍立」這樣的畫面中，讓人感到一種尖銳的不和諧。而這樣的不和諧，是因為醉鬧打破了小廝們的肅立。從而把肅立掩蓋著的一面，鬧騰到表面上，並因為焦大的醉，換來了我們讀者的醒：使我們沒有被賈府這表面的華麗所掩蓋，使讀者的頭腦更清醒，目光更敏銳了。

　　緊接著，我們看到了作品中主要人物賈寶玉的一種醉態。第八回，在薛姨媽家，用糟鵝掌鴨信下酒吃，吃的心甜意暢，想不到他奶媽李嬤嬤一再阻攔他，還用賈政要檢查他功課來恐嚇他。這過程中，雖有林黛玉代他出頭，把李嬤嬤狠狠挖苦了一陣，但畢竟心有不快，窩在心裏，等喝得有些醉意先去賈母房中，賈母知他已在薛姨媽家用過飯，又喝了酒，即命他迅即回自己屋子睡覺。賈母見奶媽李嬤嬤沒跟著，就問她的行蹤，眾人雖答了，但賈寶玉卻一邊離開，一邊「踉蹌回頭道：『他比老太太還受用呢，問他作什麼。沒有他，只怕我還多活兩日。』」顯見得他對李嬤嬤已有怨氣，只是賈母沒在意，或許他已走開，所以要回頭才能向賈母說，也許賈母只當是醉話，因為他此時路已經走得「踉蹌」，更何況這話說得沒頭沒腦，而且很誇張的，更像是醉話了。而回到自己的屋子絳芸軒時，先問晴雯自己早起寫的字在哪裡。晴雯笑道：「這個人可醉了。」原來寶玉出門時吩咐把字貼門鬥上的。回來就忘了，可見晴雯說得沒錯，從而提醒我們，他還在醉中。晴雯貼字，手都凍僵了，寶玉為他渥

3　《紅樓夢》，第 118 頁，人民文學出版社，1988 年版。

手，又問起在東府吃飯，把晴雯愛吃的豆腐皮包子給她送來的事，原是為了討好她，想不到晴雯告訴她，這包子被李嬤嬤拿走了。其間，林黛玉來過又走了，正好茜雪上茶，他讓林黛玉先吃，眾人都笑說：「林妹妹早走了，還讓呢。」眾人雖沒直接說他醉，但那醉意讓他腦子不清，說了如此糊塗話。接下來是喝茶，大概沒喝出什麼味來。於是就問早起沏下的茶，說是這種楓露茶，三四次後才出色的，怎麼又新沏了來？然後茜雪回說那沏下的茶給李嬤嬤喝了。寶玉突然大發雷霆：

> 將手中的茶杯只順手往地下一擲，豁啷一聲，打了個粉碎，潑了茜雪一裙子的茶。又跳起來問著茜雪道，「他是你那一門子的奶奶，你們這麼孝敬他？不過是仗著我小時候吃過幾日奶罷了。如今逞的他比祖宗還大了。如今我又吃不著奶了，白白的養著祖宗作什麼！攆了出去，大家乾淨！」[4]

到這裏，那種忍著的不滿和若隱若現的醉意突然匯聚在一起，來了個總爆發。我們回過頭來重檢前文，才發現作者把他的醉意一路細密地寫下來，都是為強有力地表現這一醉態作鋪墊的。從另一方面說，只是事情發展到這一步，他的怒氣才可能完全爆發出來。之前，他既不能直接與李嬤嬤頂撞，而在回到絳芸軒，得知李嬤嬤吃了他留給晴雯的包子，還是不知道該向誰去發怒，只是當茜雪給他端來新沏的茶，並說原來的茶給了李嬤嬤喝時，他以前忍下的怨怒、找不到發洩對象的鬱悶，都有小丫環茜雪來一併承擔了。甚至他手裏的茶杯，也成了體現出氣力度的最佳道具。也就是說，摔壞的茶杯、被潑了茶水並受到指責的茜雪以及要求被攆出去的李嬤嬤，構成了

4　《紅樓夢》，第 131 頁，人民文學出版社，1988 年版。

他發怒時指向的三個不同層面的具體對象，雖然主要矛頭是針對李嬤嬤，但受損最重的是最無辜的茶具，這種怒氣順著空間依次向週邊傳遞，並漸傳漸弱，當不在場的李嬤嬤感受到這種怒氣時，她不過是聽說寶玉醉了而已。這樣的一種醉鬧，似乎並無多少實際效果，充其量也就是自我發洩一通罷了。當寶玉的發洩藉著醉意爆發出來後，在襲人等勸解下居然很快就睡著了，使借醉意而爆發的怒氣也同樣被嗜睡的醉意所消解。但，寶玉這一醉鬧，畢竟讓茶具遭殃，也讓茜雪無端受了委屈，這樣的事發生在有著博大情懷的賈寶玉身上，多少讓人覺得有些意外，所以，甲戌本的脂批有一段詳細評語，對賈寶玉的行為作了解釋，其語略云：賈寶玉天生的情種，其對世上無情之物都會用一段癡情去體貼，此番責問茜雪要撞嬤嬤，實在是大醉的緣故，以後也沒有發生過第二次，所以不應把他與薛蟠等紈綺子弟同樣看待[5]。這番辯護從醉酒入手，雖然有一定道理，但我們也不可忽視賈寶玉的歇斯底里的另一面，即他的越過情的常態而進入「不情」的另一面。在第三回林黛玉進賈府時，他就有摔玉的舉動；第三十回，他又猛踢了開門稍遲的襲人（儘管事先並不知道來開門的是襲人），諸如此類，不一而足。這樣，在這一回中，雖然給我們為賈寶玉辯護找到了酒醉的好理由，倒不如說，在特定的誘因下，賈寶玉也會以一種歇斯底里式的一鬧，把他內心積澱起的委屈或者壓抑，無端遷怒於他人的，並通過這一釋放，而使自己再次回歸於寧靜，並靜靜等待著下一次的爆發。醉鬧後很快平靜地入睡，或許可以看作是對他「愛博而心勞」（魯迅語）的一次調節，由此也似乎成了他生活狀態的一種濃縮。

---

[5]　陳慶浩編，《新編石頭記脂硯齋評語輯校》，第 192 頁，中國友誼出版社，1987 年版。

　　不過，不論是焦大的醉罵，還是寶玉的醉鬧，都局限於小範圍，影響並沒有及於賈府全體。而在第四十四回，王熙鳳生日宴上，王熙鳳和賈璉之間藉著醉酒的打鬧，才驚動了賈母，演繹成一場大的風波，讓賈府上下許多人都被捲入。

　　在王熙鳳生日宴上，因為大家都來向王熙鳳進酒，過了量，王熙鳳「自覺沉了些，心裏突突的似往上撞，要往家去歇歇。」趁人不防時離席，只有平兒跟來扶著她走，想不到一回家，就發現賈璉在屋裏與鮑二的老婆偷情。且隔門聽見他們在贊平兒，以為平兒素日裏對她也有怨言。書中寫此時的鳳姐是：「那酒越發湧了上來，也並不忖奪，回身把平兒先打了兩下。」然後踢門進屋與鮑二妻子廝打，間或返身打平兒，打得平兒有怨沒處訴，只得以打鮑二家的來出氣。當這三個女的打作一團時，作者的筆才緩過來，寫及在場的賈璉，說他「也因吃多了酒，進來高興，未曾作的機密，一見鳳姐來了，已沒了主意，又見平兒也鬧起來，把酒也氣上來了。」結果也把平兒來踢罵，平兒發了急，跑出去要尋死，鳳姐又撞在賈璉懷裏要以死相威脅，氣得賈璉拔了牆上的寶劍，要一齊殺了，自己償命，圖個乾淨。書中寫他是「倚酒三分醉」，逞起了威風。到事情鬧到賈母處，被她喝住時，她勸解鳳姐，也是以酒做由頭，說鳳姐「多吃了兩口酒，又吃起醋來。」而其他人在勸解滿腹委屈的平兒，醉酒的理由，仍被突顯了出來，如寶釵勸說平兒的話，「素日鳳丫頭何等待你，今兒不過他多吃一口酒。」而下一天，賈璉向老太太賠罪，說是「昨兒原是吃了酒，驚了老太太的駕。」作者寫鳳姐的心理活動，也是愧悔酒吃多了，給平兒沒臉。

　　在這一過程中，酒或者說醉酒在其中扮演了一個重要角色。因為醉酒，王熙鳳要突然回家歇息，然後發現賈璉的秘密，也因為醉酒，賈璉「未曾作的機密」，以致輕易讓王熙鳳發現，並逮了個正著。

雖然賈璉慣於沾花惹草，但「酒為色媒」，似乎也是選在這酒後與人偷情的好機緣。至於後來，王熙鳳的哭鬧、賈璉的撒潑，作者似乎都在暗示我們，這些都與醉酒有必然的聯繫。這樣，由於醉酒，人物之間平日裏維持的那種溫情脈脈的關係被突然打破了。作為這場鬧劇中最無辜的受害者，平兒與王熙鳳的親密有如非同一般的奴才與主子的關係，突然露出了它辛酸的一面，而賈璉在王熙鳳面前慣有的那種謹小慎微低聲下氣的態度，也突然變得剛烈起來，一個似乎在醉酒的非常態下的人們的行為，卻更直接讓我們看到了那樣的制度下，人與人的關係本質。所以，當薛寶釵在勸解平兒，一方面拿酒來說事，為王熙鳳的粗暴蠻橫找藉口，另一方面，又理所當然地說「他可不拿你出氣，倒拿別人出氣不成？」說得這樣明白無誤且毫無掩飾，似乎前面硬要找一個醉酒的理由已經多餘。當大家都把矛頭指向醉酒時，像賈母那樣以酒來開玩笑，像寶釵那樣以酒來勸解，像賈璉那樣托酒來向賈母賠罪，也像王熙鳳那樣為自己粗暴對待平兒找心理安慰時，對無辜者的關切，對這一人際關係的本質性的「瞬間透視」，卻硬是被掩蓋下去了。

二、醉臥的劉姥姥和史湘雲

在《紅樓夢》中，作者描寫醉酒中人的狀態也並不總是將它置於人物的群體中間，雖然藉此能夠更容易透視人與人之間的關係以及進一步說明在動態關係中的人物性格，但是，醉酒中人的吵鬧，畢竟只是一種表現形態。在日常生活中，因醉酒反而更靜默或者乾脆昏睡的，也大有人在。當然，也有的醉酒中人，醉鬧與昏睡是連在一起的，事實上，在第七回，賈寶玉醉鬧過後，就有一場昏睡。而在有些場合，《紅樓夢》的作者有意識把醉酒帶來的昏睡，作為一

種單獨的場面描寫呈現到我們讀者面前的。其最具特色的，是如下兩個人，其一是劉姥姥。

《紅樓夢》寫劉姥姥酒醉昏睡，是從兩個視角來寫的，先是劉姥姥的主觀視角，寫其誤打誤撞進入一所院子的房間：

> 劉姥姥忽見有一副最精緻的床帳，他此時又帶了七八分醉，又走乏了，便一屁股坐在床上，只說歇歇，不承望身不由己，便前仰後合的，朦朧著兩眼，一歪身就睡熟在床上[6]。

然後，再從尋找劉姥姥的襲人視角來描寫：

> （襲人）進了怡紅院便叫人，誰知那幾個在屋子裏的小丫頭已偷空頑去了。襲人一直進了房門，轉過集錦槅子，就聽得鼾齁如雷。忙進來，只聞得酒屁臭氣滿屋。一瞧，只見劉姥姥扎手舞腳的仰臥在床上[7]。

我們看到，這兩次不同描寫，不但有視角的差異，且所展現出的對象的層次感也是有差異的。在前一段文字中，因為採用的酒醉中的李姥姥的視角，所以除開一連串的動作，這動作本身又是極為笨重的，如「一屁股」、「一歪身」，「前仰後合」等等。就不再有其他更細膩的筆觸，視覺中所看到的「最精緻的床帳」，只是一種籠統含糊的描寫。而從襲人視角展現出的則不然。首先是聽覺：鼾聲如雷；其次是嗅覺：酒屁臭氣；最後是視覺：扎手舞腳地仰睡著。這種差異，當然是醉酒之人的感覺朦朧與醒著的人的清醒感覺的區別在文字上的具體表現。我們當然可以追問，為什麼要對對象作兩次反覆的描寫，如果要說明劉姥姥的酒醉，一次描寫不已經能把事情交代

---

[6]　《紅樓夢》，第 573 頁，人民文學出版社，1988 年版。
[7]　《紅樓夢》，第 574 頁，人民文學出版社，1988 年版。

清楚了嗎？確實，在我上述的酒醉事例中，似乎都沒有像這樣對同一人物會明顯使用雙重視角和反覆的筆法，似乎都是在一次性的事件進展的交代中，來完成描寫的目的的。那麼，這裏表現方式的差異，究竟暗示著怎樣的描寫目的呢？我認為，與其他描寫醉酒狀態的筆法不同，恰恰是把醉酒中人與其他隔絕起來表現有相當關係。如果說，醉酒總可能催生了一種戲劇衝突的話，那麼，在上一節的事例中，這種衝突總是歸結為人與人的衝突，體現出一種社會學方面的意義。而關於劉姥姥的醉態卻不是。她因酒醉而昏睡於寶玉的臥榻，其產生的衝突主要不是在作品中人物間展開的，而是她與環境之間的衝突，儘管這樣的衝突與上一節的人與人的衝突最終都會匯聚到讀者的眼前心裏，產生閱讀感受意義上的衝突，但我們無論從衝突發生學角度還是從閱讀接受角度著眼，我們還是可以把劉姥姥式的醉酒狀態與前述的那種衝突方式做出一基本的區分。因為這一衝突並不如人與人之間展開的那樣有相當的激烈程度，有衝突應該有的那種動作性，這樣，從劉姥姥誤打誤撞進入到賈寶玉臥室後，由襲人的清醒者的視角加以切入，並讓劉姥姥包括讀者被蒙在鼓裏的意識突然清醒，恍然明白劉姥姥究竟身在何處，一種人與環境的衝突感就得到強化。後來，當劉姥姥被喚醒，她以為是哪個女孩子的臥室而向襲人詢問時，襲人的回答，故意用了中間停頓的方式：「這個麼，是寶二爺的臥室。」其曾經給襲人帶來的驚奇與驚嚇，現在也要由劉姥姥來體驗了。不過，襲人畢竟是個有主見有能力的大丫頭，當她把一切安排停當後，能以這樣一種故意賣關子的方式回答劉姥姥的提問，顯見得她已成竹在胸。問題是，作者為何要強調這樣的衝突呢？或者為何不直接描寫劉姥姥就在石頭上打了個盹？因為這是最容易讓人相信的。但是作者卻沒有這樣安排，卻把石頭上

打盹虛擬成安慰別人的謊言，而讓劉姥姥直接昏睡到賈寶玉臥榻上。為什麼？

在第一章，我們曾認為，劉姥姥之進入大觀園，並不簡單是為反映賈府由盛而衰提供一個外在的視角，主要還在於確立了一種新的人生價值觀，這種價值觀因其功利實用且樸素健康而與賈寶玉等人的價值觀產生了對照。但這種對照是多方面的，既有人生哲學的意義，也有審美方面的意義，所以，當劉姥姥的人生價值觀如同給大觀園吹進一陣清新自然之風時，風裏不但帶著泥土香，也帶著糞土味。這樣的複雜狀態，一種審美趣味上的衝突，把人生價值觀的衝突進一步深刻化了，而劉姥姥在賈寶玉臥室的難堪一幕，雖然是最具體的，但也因此獲得了形而上的意義。而這樣的意義，就劉姥姥自身而言是沒有清醒意識的，她可能會因為誤睡他人臥室而不安，僅僅向旁人聲明自己沒有弄髒床，但卻無法理解這潛在衝突的全部意義。只有在一個外人的視角中，這樣的衝突才便於更直觀化。

不過，將人物隔絕起來所表現的醉態也並不僅僅是為了表現人與環境的簡單衝突，在《紅樓夢》中，史湘雲在賈寶玉壽筵上喝多了酒，醉臥在青石板上，構成與周圍環境的和諧畫面：

> 湘雲臥於山石僻處一個石凳子上，業經香夢沉酣，四面芍藥花飛了一身，滿頭臉衣襟上皆是紅香散亂，手中的扇子在地下，也半被落花埋了，一群蜂蝶鬧嚷嚷的圍著他，又用鮫帕包了一包芍藥花瓣枕著。眾人看了，又是愛又是笑，忙上來推喚挽扶。湘雲口內猶作醉語說酒令：「泉香而酒洌，玉盌盛來琥珀光，直飲到梅梢月上，醉扶歸，宜會親友。」[8]

8　《紅樓夢》，第 876 頁，人民文學出版社，1988 年版。

把這樣的畫面與劉姥姥對照著看的話，醉中人與其所處的特定空間，確實有衝突與和諧的區別。但作者寫史湘雲的醉臥並不是要用來與劉姥姥對照的。儘管我們曾經把劉姥姥的醉臥與湘雲的歸為同一組，但這樣的分類，僅僅是從人與環境關係著眼的。換一個角度看，如果我們從作品人物層面來看待飲酒的結果的話，似乎都在強調飲酒亂性的結果，似乎都在醉酒的作用下，使人物越出了常規的行為方式，即便如賈寶玉，儘管在不飲酒時，也表現出對已婚女子特別是老婆子的慣有討厭，但這一回中，其醉鬧所表現出的「不情」的一面還是讓曹雪芹的知音脂硯齋做出了一番解釋，以為都是醉酒惹的禍。即便是人物的醉鬧往往更全面而又深刻反映了人物的性格和人物間的關係，但是，這是從作品外部的接受角度得出的看法，至少在作品內部的人物層面看，醉酒更多地是表現出負面的作用。正是在這樣的總體背景下，史湘雲的醉酒才具有了全新的意義。如果說醉酒確實使人心智迷亂的話，那麼在面對繁華似錦的自然界，心智其實是毫無意義的，一個只有在醉酒狀態中的人如湘雲者，才能用酒徹底解除了自己理智的武裝，而把自己身心全部託付給自然，從而與自然融為一體。從而就在作品內部，我們看到了醉酒的全然審美化的積極意義，那麼樣的一種可愛相，讓周圍的眾人簡直不知該如何愛她。也幸虧有這樣的動人一幕，才使我們對嗜酒如曹雪芹者，有了更深切的認識。雖然本來劉姥姥也有類似的在野外睡熟的機會，其與環境的關係未必不和諧，而酒屁臭氣在野外也更容易發散，但作者卻選擇了湘雲。這既看出了作者的價值標準，也能令我們多少揣摩到一點作為嗜酒者的作者對心目中的醉酒者形象的一種理想化的認同方式。

三、以酒醒酒

然而，使問題複雜化的是，我們並不是在自然與社會環境的區別中劃出醉酒的負面與正面的不同後果的。甚至，對於醉酒中人的行為，我們也並不總都有一個比較清晰的價值判斷。

傳統觀念對待酒的曖昧態度曾經給了酒中人以極大的發揮空間，而當紅樓二尤之一的尤三姐在與賈珍賈璉等一同飲酒而把酒的濃烈作用發揮到了極致時，我們突然發現了傳統價值判斷發生了戲劇性的逆轉。

在《紅樓夢》第六十五回中，已經與尤二姐偷情成功的賈璉為著答謝賈珍，竭力撮合賈珍與三姐的關係。藉著喝酒的名義，要尤三姐和賈珍一起喝一杯喜酒。想不到尤三姐毫不退縮，跳到坑上，指著賈璉笑罵一陣，一邊自己喝酒，一邊揪著賈璉的脖子來就灌，說：「我倒沒有和你哥哥喝過，今兒倒和你喝一喝，咱們也來親近親近。」唬的賈璉酒都醒了。而賈珍看勢頭不好想走也脫不了身。接下來，書中寫道：

> 只見這尤三姐索性卸了妝飾，脫了大衣服，鬆鬆挽著頭髮，大紅襖子半掩半開，露著蔥綠抹胸，一痕雪脯，底下綠褲紅鞋，鮮豔奪目，一對金蓮或翹或並，沒半刻斯文。兩個墜子卻似打秋千一般，燈光之下，越顯得柳眉籠翠，檀口含丹。本是一雙秋水眼，再吃了幾杯酒，越發清波入鬢，轉盼流光：真把那珍璉二人欲近不敢，欲遠不捨，迷疑恍惚，落魄垂涎。再加剛才一番話，直將二人禁住。弟兄二個竟全然無一點兒能為，別說調情鬥口齒，竟連一句響亮話都沒有了。三姐兒自己高談闊論，任意揮霍，村俗流言，灑落一陣，由著性兒

> 拿他弟兄二人嘲笑取樂。一時，他酒足興盡，也不容他弟兄
> 多坐，攆了出去，自己關門睡去了[9]。

這一段描寫，常常被論者引用，以說明尤三姐性格的潑辣。但是，對於其中似乎是微不足道的飲酒行為，大家很少予以注意，更不會從具有本質意義的角度，來對尤三姐的飲酒與賈璉賈珍的飲酒作一比照。但作者卻沒有忘記提醒我們，賈璉之所以敢把這大家都偷偷摸摸的事挑明在賈珍面前，是趁著酒興而去的，而當尤三姐一番話以及揪住賈璉強灌酒的時候，賈璉的酒醉狀態卻反而被嚇醒了。倒是尤三姐能夠旁若無人放浪形骸，趁著酒興讓自己的身心徹底放鬆，酒興將自己的情色充分發揮出來，她倒是沉醉在由個人構成一己的酒色世界裏，把賈珍賈璉等放逐到了這一世界的邊緣。賈璉的酒醒是被尤三姐的酒灌出來的，這一近乎悖論式的實際效果，使我們不得不對尤三姐的飲酒狀態，有了一種隱喻式的理解。如果我們很隨便地把放蕩這樣的道德判斷加諸於尤三姐身上時，那麼，我們也要看到尤三姐的特殊醒酒方式，是與以惡制惡的方式互為指涉的，儘管她最終因此付出了沉重的代價，但至少在當時，她並沒有使周圍的惡把她吞沒。但它的意義還不止於此。如同她一度把酒作為防備自己成為別人獵物的武器一樣，傳統中的許多詩人，都是把酒作為對自己心靈的一種保護，當世界以其現實的醜惡顯露在我們面前時，也許我們只能在醉態中，才能維持自己的身心一種和諧吧？只是在這樣意義上，曹雪芹的嗜酒與古代許多文人的嗜酒似乎並無太大的區別。只不過，其他文人抒情式的單一方式，在曹雪芹的筆下人物中展開、裂變為那麼豐富的多樣性，並作為藝術構件，服務於《紅樓夢》這幢宏偉大廈。

---

[9]　《紅樓夢》，第 931 頁，人民文學出版社，1988 年版。

第十二章 論脂評與「警幻情榜」

一、情榜存在的可能性

從《紅樓夢》第五回和脂評透露的訊息來看，原書的結尾處有一張警幻情榜。這張情榜不但對全書的重要女性做了檢閱式的歸結，列出了一份名單，而且對每一位女性，以「情──」這樣的雙音節詞，從人的情感角度，對女性進行了一次細分和評價。這樣，錄入情榜的到底有多少女子？她們排列的次序依據了怎樣的標準？有關每位女子的評語究竟是如何的？這一情榜的出現，在作品中顯示了怎樣的意義，或者說，體現了作者的怎樣創作意圖？更進一步來說，這樣的構思對整個文學史或文化史來說，意味著什麼？都引起了不少學者參與探討。

就已有的研究來看，學者們大致是從考證角度切入，探究警幻情榜一份可能的名錄，因為材料的有限和理解的不同，其得出的結論也大不相同[1]。

雖然筆者也曾斟酌前輩學者的結論，對這份名錄有過一番細較[2]，但就目前來看，真要拿出一份令大家都信服的名單是相當困難的。

首先，情榜中究竟是三十六人還是六十人學術界就有很大的爭議（且不說尚有周汝昌的一百零八人說）。這種爭議的最直接源頭，

---

[1] 參見徐恭時，〈芹紅新語〉，文載《紅樓夢學刊》，1980 年第 1 輯。
孫遜，《紅樓夢探究》，第 50 頁，臺灣大安出版社，1991 年 12 月。
宋淇，《紅樓夢識要》，第 342 頁，中國書店，2000 年 12 月。
[2] 參見拙著《紅樓情榜》，第 29 頁，臺灣時報出版社，2004 年 7 月。

是作品與脂評的不同而引起。看《紅樓夢》第五回，確實只說有三冊，每冊十二人，且各有例說，而對賈寶玉疑惑人數太少，還做了一番解釋，並斷言是「餘者無可錄」。但從庚辰本的第十七、十八回脂批看，似乎應該有五冊六十人。所謂：

> 數處引十二釵總未的確，皆係漫擬也。至末回「警幻情榜」，方知正、副、再副、三、四副芳諱[3]。

　　那麼，他所說的「皆係漫擬」，是否也包括了第五回的文字呢？是否也可說是對多處行文不確定的歸結呢？而且，在第五回中讓賈寶玉看到的金陵十二釵的冊子，是否就完全等同於結尾處的警幻情榜呢？其次，即便是我們確定了人數，比如六十人，我們又以怎樣的標準來對紅樓中的女子進行篩選和對分列五冊的序列進行組合呢？如果我們依據的是人物的身份和地位，那麼，像為迎接元妃省親而買來的十二位演戲的女子其地位角色幾乎一致，且正好是一冊的人數，雖然小說和脂硯齋的點評都沒有明言，但將她們列入地位最低下的四副冊，應該是最不成問題的。但我們也不得不看到，在小說提到的十二人中，芳官、齡官、藕官和葯官，似乎要比另八位遠為重要，關於後八位，書中很少有關於它們的直接描寫（至少在前八十回是如此）。如果僅僅因為身份的相似而被列入，那麼其作為小說的結尾而對人物性格和故事情節的總結性意義又如何體現？同樣的問題也體現在大丫頭抱琴上，既然賈府四姐妹往往要相提並論，跟隨她們的大丫頭抱琴司棋侍書入畫四人似乎也不應拆開來。如果四人一併入冊，那麼於抱琴來說似有不妥。她跟從的是元春，隨元春而入宮，只是在元春省親時，露了下臉，在小說中幾乎看不

3　陳慶浩編，《新編脂硯齋重評石頭記輯校》，中國友誼出版公司，1987年8月，第316頁。本章所引脂評均錄自此書，下不一一注明。

到有何描寫和影響，而且其性質跟元春還不一樣。元春在賈府中露臉不多，與三個妹妹也不好相比，但她的特殊地位，是這一不出場的人物也不時對賈府中人物的行為以及賈府的盛衰發生了深刻的影響，而抱琴顯然不具有這樣隱含位置和潛在作用。

再次，一個更為棘手的問題是，也許在《紅樓夢》原稿，其名單也有個變動過程、比如，俞平伯認為，脂硯齋評語關於香菱在副冊還是又副冊有二種說法[4]，這種矛盾可能表明了作者把她到底列入哪一冊有過猶豫的。而且，提出這一名單在特殊情境下的變動，有時候倒恰恰是能夠反映一類人物的心態的，在這變動中，我們發現，由賈寶玉所看到的女子名錄和其他人提出的名錄會有所不同，也應該有所不同，所以，對任何一張名單我們也不必過於拘泥。如在第四十六回，當鴛鴦在向平兒說心裏話時，連帶舉出自小在一起的丫環，道是：

> 這是咱們好，比如襲人、琥珀、素雲、紫鵑、彩霞、玉釧兒、麝月、翠墨、跟了史姑娘去的翠縷、死了的可人和金釧，去了的茜雪。

從這樣一個特殊視角提出的十二位女子，其名單與從賈寶玉視角看到的一份又有怎樣的微妙關係呢？對類似名單的迷離恍惚，連脂硯齋都要感歎道：

> 余按此一算，亦是十二釵，真鏡中花水中月雪中豹林中之鳥穴中之鼠，無數可考，無人可指，有跡可追，有形可據，九曲八折，遠響近影，迷離煙灼，縱橫隱現，千奇百怪，眩目移神，現千手千眼大遊戲法也。

4　參見《俞平伯論紅樓夢》，第 712 頁，上海古籍出版社，1997 年 12 月。

　　無怪乎脂硯齋要把數處出現的名錄稱為「漫擬」,要提出結尾的那一張可能的情榜名單來進行對照。

　　當然,探究人物的名單還僅僅是第一步,而要由此更進一步,還要對入榜的人物寫下以情為特徵的評語,也可說是把六十人分為五大類別後的下一級分類,也有很大的困難。

　　對人物的分類可以上溯至孔門四科,但從情的角度來對情自身進行細分,較早的大概是王戎的忘情、鍾情和不及情的三分法。周汝昌認為,到馮夢龍的《情史類別》,才有了對情的更細緻的二十四種的分類,並對曹雪芹的情榜評語產生了直接的影響[5]。可惜的是,我們除了獲知脂硯齋透露給我們的寶黛兩人的評語外,其他則無所知曉。我們當然也可以藉助於人物在作品中的表現而懸擬一些,例如,秦可卿可能是「情幻」,金釧是「情烈」,情雯是「情屈」,鴛鴦是「情絕」,夏金桂是「情妒」,齡官是「情癡」,芳官是「情豪」,妙玉是「情矯」,薛寶釵是「情冷」,惜春是「情空」,紫鵑是「情慧」等等。類似的懸擬各位研究者可以根據自己的理解而繼續補充,但對於那些在前八十回幾乎沒有刻畫到的人物就無法杜撰了。除非我們根據自己的生活體悟,來對情進行下一級的細分,但要別人完全接受,如對十二位演戲的依次下一評語,顯然不太可能。

　　基於這樣的困難,我覺得對情榜的探究在考證無法深入的前提下,不妨從另一角度來進行探討,也就是在承認警幻情榜存在的前提下,來探討其特具的思想意蘊。而我這裏的探討是,從脂評入手,看脂評在怎樣的語境中提到了情榜,其提出的情榜包括情榜中人的評語又有何意圖,藉此引發我們的進一步思考。

5　見周汝昌,《紅樓夢與中華文化》,第 150 頁,工人出版社,1989 年版。

二、脂評關於情榜的點評

就現存的脂硯齋評語看，其涉及到的情榜內容，概括地說，主要有三方面的意義：

其一是點出了最末一回情榜的存在及粗略的名單，例如：

第十八回：妙卿出現。至此細數十二釵，以賈家四豔再加薛林二冠有六，添秦可卿有七，熙鳳有八，李紈有九，今又加妙玉，僅得十人矣。後有史湘雲與熙鳳之女巧姐兒者，共十二人。雪芹題曰「金陵十二釵」，蓋本宗紅樓夢十二曲之義，後寶琴岫煙李紋李綺皆陪客也，紅樓夢中所謂副十二釵是也。又有又副冊三段詞，乃晴雯、襲人、香菱三人而已，餘未多及，想為金釧、玉釧、鴛鴦、苗雲、平兒等人無疑矣。觀者不待言可知，故不必多費筆墨。（乙卯夾批）

第十八回：數處引十二釵總未的確，皆係漫擬也。至末回「警幻情榜」，方知正、副、再副、三、四副芳諱。（庚辰本眉批）

其二是特別強調了書中一些重要或者容易被忽視的人物在情榜中的位置，並以情榜中位置的重要，來說明其在正文中應該佔有的重要位置。

例如關於英蓮和黛玉的：

第三回：甄英蓮乃副十二釵之首，卻明寫癲僧一點。今黛玉為正十二釵之冠，反用暗筆。蓋正十二釵人或洞悉可知，副十二釵或恐觀者忽略，故寫極力一提，使觀者萬勿稍加玩忽之意耳。（甲戌本眉批）

第六回：觀「警幻情榜」，方知餘言不謬。（靖本眉批）

又如，關於平兒：

第六回：著眼。這也是書中一要緊人，《紅樓夢》曲內雖未見
有名，想亦在副冊內者也。（甲戌本夾批）

這其中更是強調了寶玉的特殊性：

第四十六回：通部情案，皆必從石兄掛號，然各有各稿，穿
插神妙。

其三，點明了情榜中主要人物賈寶玉和林黛玉的評語並闡釋這
兩人活動的具體場合所顯示的意義，例如：

第八回：按「警幻情榜」，寶玉係「情不情」。凡世間之無知
無識，彼俱有一癡情去體貼。今加「大醉」二字於石兄，是
因問包子問茶順手擲杯，問茜雪撞李嬤，乃一部書中未有第
二次事也。襲人數語，無言而止，石兄真大醉也。余亦云，
實實大醉也。難辭醉鬧，非薛蟠紈絝輩可比。（甲戌本眉批）

第十九回：這皆寶玉意中心中確實之念，非前勉強之詞，所
以謂今古未之一人耳。聽其囫圇不解之言，察其幽微感觸之
心，審其癡妄委婉之意，皆今古未見之人，亦是未見之文字；
說不得賢，說不得愚，說不得不肖，說不得善，說不得惡，
說不得正大光明，說不得混帳惡賴，說不得聰明才俊，說不
得庸俗平凡，說不得好色好淫，說不得情癡情種，恰恰只有
一顰兒可對，令他人徒加評論，總未摸著他二人是何等脫胎，
何等心臆，何等骨肉。余閱此書亦愛其文字耳，實亦不能評
出此二人終是何等人物。後觀「情榜」評曰：「寶玉情不情，

黛玉情情。」此二評自在評癡之上，亦屬圇圇不解，妙甚。（庚辰本、己卯本、戚序本雙行夾批）

第二十五回：玉兄每「情不情」，況有情者乎？（甲戌本夾批）

可以說，這些評語不但確定了情榜在最後一回的存在，而且也把情榜涉及到的主要人物及大致體例都做了交待，而這些有關情榜的評語在小說特定場合的出現，也為我們進一步分析情榜的特殊價值提供了重要依據。

三、古代小說中的榜傳統

在深入分析《紅樓夢》中的情榜價值之始，我們需要先對小說中榜的出現以及其特殊意義作一簡單回顧。對古代白話小說中的榜的現象，孫遜先生與宋莉華曾撰文進行了初步的探討，給了筆者以展開論述的基本立足點。[6]我的論述，可以從如下兩方面來進一步補充。

首先，我們可以認定，榜的傳統是與古代長篇白話小說的發生發展同步的。

一般認為，中國古代長篇白話小說脫胎於宋代的講史平話，而其中的《大宋宣和遺事》，已經具備了榜的雛形。

《宣和遺事》是雜抄了多種筆記小說並以講故事的方式連貫而成。其書從概述歷代帝王荒淫誤國開始，直到寫宋高宗定都臨安結束。中間穿插了宋代奸臣把持朝政致使生靈塗炭的故事，也為寫梁山英雄聚義作了對照。而梁山英雄的登場，就是以近似於榜的形式

6　孫遜、宋莉華，〈榜與中國古代長篇小說〉，文載《學術月刊》，1999 年 11 月。

作了總起。書中寫宋江向劫取生辰綱的晁蓋通風報信而被其情人閻婆惜抓住了把柄，宋江殺惜後為躲避官軍而逃進他家屋後的九天玄女廟中，引出了有關榜的內容：

> 宋江見官兵已退，走出廟來，拜謝玄女娘娘；則見香案上一聲響亮，打一看時，有一卷文書在上。宋江才展開看了，認得是個天書，又寫著三十六個姓名，又題著四句詩道，詩曰：「破國因山木，兵刀用水工；一朝充將領，海內聳威風。」……那三十六人道個甚底？

> 智多星吳加亮　　玉麒麟盧俊義　　青面獸楊志　　混江龍李海
> 九紋龍史進　　入雲龍公孫勝　　浪裏白條張順　　霹靂火秦明
> 活閻羅阮小七　　立地太歲阮小五　　短命二郎阮進　　大刀關必勝
> 豹子頭林沖　　黑旋風李逵　　小旋風柴進　　金槍手徐寧
> 撲天鵰李應　　赤髮鬼劉唐　　一撞直董平　　插翅虎雷橫
> 美髯公朱仝　　神行太保戴宗　　賽關索王雄　　病尉遲孫立
> 小李廣花榮　　沒羽箭張青　　沒遮攔穆橫　　浪子燕青
> 花和尚魯智深　　行者武松　　鐵鞭呼延綽　　急先鋒索超
> 拼命三郎石秀　　火船工張岑　　撲著雲杜千　　鐵天王晁蓋

> 宋江看了人名，末後有一行字寫道：「天書付天罡院三十六員猛將，使呼保義宋江為帥，廣行忠義，殄滅奸邪。」

> 後來，晁蓋戰死，宋江替代其頭領地位，帶其餘人縱橫天下，被官軍招安後，平定了各路寇盜，以封節度使而結束。

在《宣和遺事》基礎上而創作的《水滸傳》，則把這段情節作為一個具有結構意義的情節吸納進自己的創作構思中，用梁山英雄排座次的方式，作了總攬前篇的處理。

　　將梁山好漢的英名昭告於天下，正是在與奸臣誤國的對照中，來顯示出他們替天行道的不尋常的意義。這裏雖沒有以榜來直接命名，但從內容上來看，這裏的排座次，我們不妨把它稱之為是「忠義榜」。此後，明代神魔小說《封神演義》是最早以「榜」的名稱並來構架小說的，這就是所謂的姜子牙最後公佈封神榜作歸結。這樣，書中眾多人物的出場來去，神仙魔怪的鬥法鬥力，萬般頭緒，種種紛亂，都因為斬將封神的線索而獲得了統一。

　　《封神榜》問世以後，「榜」作為長篇小說的結構形式被運用更為廣泛。如《水滸後傳》、《女仙外史》、《說岳全傳》、《儒林外史》、《紅樓夢》、《鏡花緣》等都是較為典型的例子。這樣的榜，從宋代起，一直延續到明清兩代，與古代長篇白話小說的發展歷程相始終。

　　其次，如果說，《水滸傳》中的榜是「忠義榜」，《封神榜》中的「榜」是「神榜」，《儒林外史》中的是「幽榜」等，這一切，有其種種名目的區別的話，那麼，在更本質層面上，我們可以發現，從《宣和遺事》開始，對榜的揭示似乎總與一個神聖性人物相關，同樣，人之入榜而獲得的名號，也有了不同尋常的意味。

　　在《宣和遺事》中，類似於榜的形式是九天玄女揭示的載有三十六天罡星名號的天書。這些名號，特別是每個人物的別號，如楊志的「青面獸」、吳加亮的「智多星」、石秀的「拼命三郎」、李逵的「黑旋風」等等，原只是對人物從某一點上加以突顯，以對人物的複雜性有一直接提示，既適應了不斷流動的江湖中人或者說市民階層，送往迎來互相應酬的需要，也是對敘述有關他們故事的最簡捷的把握。而當這些別號出現在九天玄女的天書上時，神聖性和永恆性得到了確立。歷史的永恆性和人物的凝固性得到了和諧統一。

　　所以，我們不妨說，所謂榜，不單單是《封神演義》中封神才算是神榜，可以說，大多數榜，從廣泛意義上說都是神榜，都是一

種神性的證明，是不朽的追求，而不是人性的展開或者說任憑其速朽的結果。這些榜，都可以納入到神性的系統中去。

在小說中，如果偶爾也有「人榜」出現的話，那也不過是神榜的變種。從《宣和遺事》到《紅樓夢》，長篇小說從題材到表現形式都有了較大發展，但榜的神性這一基本特徵卻沒有大的變化。

從另一方面說，隨著小說創作經驗的積累，塑造人物向著縱深處不斷拓展，人物之間錯綜複雜的關係被理解得更具體、更現實。

在第二回，賈寶玉還未露臉，賈雨村和冷子興在閒聊中，已經從不同的層面，提出了對賈寶玉的不同看法。接下來是第三回，林黛玉進賈府，尚未與寶玉相遇，由王夫人向黛玉介紹寶玉，是所謂的：「我有一個孽根禍胎，是家裏的混世魔王。」而因王夫人的話，黛玉又回憶起自己的母親對寶玉的看法，是「雖極憨頑，說在姊妹情中極好的。」顯然與王夫人的評價有差異，而引出的這樣的讚賞口吻，立即遭到了王夫人的反駁，「若姊妹們有日不理他，他倒還安靜些，……若這一日姊妹們和他多說一句話，他心裏一樂，便生出許多事來。」如此針鋒相對的話，使我們對賈寶玉的形象更不能加以簡單化的理解了。

至此，作者已經藉助於筆下的人物從倫理、哲學、日常生活等不同視角對賈寶玉作了多方觀照，但還不是直接的感知而是間接的介紹。賈寶玉的出場，是由他的真正知己林黛玉來直接感知，在林黛玉看到了他的兩種裝束時，又產生了一見如故的感覺，所謂：「好生奇怪，倒好象在那裏見過一般，何等眼熟到如此。」這是黛玉心理的預期與實際眼見的一種衝突。也使賈寶玉這一形象更趨於迷離恍惚。但作者還不就此甘休，最後，他又引了後人的兩首〈西江月〉來批點寶玉的「天下無能第一，古今不肖無雙」：

> 無故尋愁覓恨，有時似傻如狂。
>
> 縱然生得好皮囊，腹內原來草莽。
>
> 潦倒不通世務，愚頑怕讀文章。
>
> 行為偏僻性乖張，那管世人誹謗！
>
> 富貴不知樂業，貧窮難耐淒涼。
>
> 可憐辜負好韶光，於國於家無望。
>
> 天下無能第一，古今不肖無雙。
>
> 寄言紈絝與膏粱，莫效此兒形狀。

　　而這裏所謂的「後人」，也只代表了小說中的一種觀點，其實與王夫人等的視角並無二致。更耐人尋味的是，這一評價是緊接著黛玉觀察他的目光，「看其外表最是極好，卻難知其底細」而來的，這又使後人之目光與黛玉的發生了衝突。而賈寶玉究竟為何等樣人，卻無法得到確切說明。就這樣，其性格的矛盾本質，從小說一開始就定下了基調。

　　過去，我們總是習慣於以性格塑造上的多元化美學準則，來解釋《紅樓夢》中如同賈寶玉式的性格現象，現在來看，這樣的解釋尚不夠深入。

　　因為我們所看到的，包括別人對他的種種評價和猜測都是現實中的一面、是世俗的一面，是在人與人之間的不同視角的互相碰撞中來折射出他性格的多樣性和複雜性的。在這紛擾的生活表像背後，在這塵俗的視角底部，還有更本質的一面，有更洞穿一切的神聖目光，作者是以其本質的一面，來變幻出現象的許多面的，如同佛一身而幻化出憶萬種變相，或者說，是在現象的充滿分歧的矛盾中，在假相與假相的互相顛覆中，讓本質翻騰到生活的表面，讓神聖的目光把本質的一面照亮在我們的面前。這就是在作品的結尾才

為我們讀者揭示出的謎底，就是警幻情榜所歸納的，評價賈寶玉的，是「情不情」。

脂硯齋在對賈寶玉的評價提出一連串「說不得」後，才引出了「情不情」這樣的評語的。這樣一來，他把自己的點評從兩個層面上予以了展開。第一是緊隨著小說的進展過程，是在世俗的層面，借用賈寶玉周圍人的目光，試圖以理性化、概念化的詞語評價賈寶玉，試圖一勞永逸對賈寶玉下一定論，而這樣做的結果，遭到了脂硯齋的否定，也引起了其自身的困惑。在這一層面所流露的困惑中，又轉出了第二個層面，引入情榜中的評語，力圖改變原有的評價體系。「情不情」的評語，既改變了常人在評價人時所容易採用的道德評價體系，也超越了最終從情感角度給出的「情癡」「情種」這樣的評語，因為相比之下，「情不情」所蘊涵的意義更為深廣。「情不情」這一評語雖被脂評說成是「囫圇不解」，但他還是在第八回的批語中作出了明確的解釋：所謂：「按警幻情榜，寶玉係『情不情』。凡世間之無知無識，彼俱有一癡情去體貼。」就是說，我們首先可以把「情不情」視作是一個動賓結構的短語，前一「情」字是賈寶玉的一種癡情的體貼行為，而後之「不情」，則是「世間無知無識之物」。也因為有對無知無識之物如此之態度，所以對有情之物就不用說了，猶如脂批說的，「玉兄每『情不情』，況有情者乎？」言下之意，這個「情不情」理應把林黛玉的「情情」也包含在內。但這僅僅是脂硯齋解讀出的一層意義。而且如果我們執定了這一層含義，那麼脂硯齋對這一評語的大加讚歎，就有點過甚其詞。其實，脂硯齋以為這一「情不情」是「囫圇不解」，更是強調了其語言本身的複義性，而這種複義性，是在情節進展的不同場合，有多樣化解釋的可能性。而脂硯齋在提出了其一種解釋後，並不是規定了我們解釋的不可更改性，當他暗示我們對賈寶玉的性格不可言說時，也從另一方面暗

示了我們去多樣化的言說的可能。而根據其行為人的不同場合來對人物性格進行判斷，或許這也是符合佛教的「因緣性起」根本命題的吧？所以，在我們可見的脂硯齋對這個詞語的一種靜態式的理解外，我們也可以從賈寶玉這樣的一個鍾情之輩走向出家的道路，來把「情不情」理解為是代表了他性格發展的一個動態過程，一個時間上的變化的展開，是由「情」而走向「不情」。但更進一步，則也可說是在同一空間內的二元對立，是「情」與「不情」的兩種態度的並峙，是肯定與否定的互為衝突。正是這一本質意義上的對立衝突，使得同一個人物在生活中體現的種種變相，有了萬花筒式的目不暇接，也很難讓讀者下一簡單的判斷了。而性格本質屬性上的互相對立，也見證了作者創作人物的一種理性化的思考方式。

四、榜和小說創作的理性意識

在小說中，對人物性格用榜的形式予以凝固，以理性的方式來規定制約人物發展的無限可能，是與小說總體上的理性追求相協調的。

在上文，我們追溯榜這一結構方式的源頭是以《宣和遺事》為基點的。成書於宋代的《宣和遺事》，用現在的標準來看，作為長篇小說實在很粗糙，一部完整小說所要求的結構上的有機性、材料的均衡性、協調性和語言的統一性等因素都不具備。但我們也能從小說中看到作者的一種努力，就是要把多樣化的材料盡可能容納到一種理性的框架內，在歷史沉浮、世事難料的變化中求得一種永恆的規律、一種穩定的保證。在這一點上，宋學中，那種探求宇宙規律的想法和結論在宋以來的長篇白話小說中有了直接的當然也是最粗淺的反映。

《宣和遺事》的開頭，這種影響一目了然：

> 茫茫往古，繼繼來今，上下三千餘年，興廢百千萬事，大概
> 風光霽之時少，陰雨晦冥之時多；衣冠文物之時少，干戈征
> 戰之時多。看破治亂兩途，不出陰陽一理。中國也，天理也，
> 皆是陽類；夷狄也，小人也，人欲也，皆是陰類。陽明用事
> 的時節，中國奠安，君子在位，在天便有甘露慶雲之瑞，在
> 地便有醴泉芝草之祥，天下百姓，享太平之治；陰濁用事底
> 時節，夷狄陸梁，小人得志，在天便有彗孛日蝕之災，在地
> 便有蝗蟲饑饉之變，天下百姓，有流離之厄。這個陰陽，都
> 關係著皇帝一人心術之邪正是也。

寫下《皇極經世》的邵雍，在為類似於《宣和遺事》這樣的小
說確立基本思想框架中，享有提綱挈領的特殊的地位：

> 且說英宗皇帝治平年間，洛陽郡康節先生因與客在天津橋上
> 縱步閒引，忽聽得杜鵑聲，先生慘然不樂。客問其故，先生
> 道：「洛陽從來無杜鵑，今忽來至，必有所主。」客曰：「何
> 也？」先生曰：「不過三年，朝庭任用南人為相，必有更變。
> 天下自此多事。」又曰：「天下將治，地氣自北而南；將亂，
> 地氣自南而北。今南方地氣至矣，禽鳥得氣之先者也。

這一段傳聞插入小說，在整篇小說中顯得有些突兀，但是，在
確立歷史事件的意識框架過程中，把邵雍的故事吸納進來，似乎是
作者有意要把基本框架滲透至內容的肌理。並形成了從人物性格到
情節總體佈局的理性化的基調。這樣的傳統，在以後的小說中得到
了強有力的延續。

　　如毛宗崗本的《三國演義》之開頭結尾概括的：天下大勢，分久必合，合久必分。如此之類，是最典型的理性追求的體現。

　　同樣，當《紅樓夢》是以結尾處的「警幻情榜」對人物的性格和命運作一理性化的歸結時，其在小說的起始和之後的行文，在眾人還在做各自的夢幻時，又總是不失時機地把一種夢醒的理性化的意識提示出來。不論是空空道人的覺悟，一僧一道的點撥，還是深入到小說肌理的秦可卿或者是史湘雲等人物的議論，乃至戲曲的隱喻等，都可以說明這一點。

　　而脂硯齋以一個局外人的清醒立場在相關的段落，也為讀者一一道破了。這不僅僅因為評點家包括（所有的讀者）有對一部小說瞻前顧後的超越具體故事發展的優勢，是比小說中人能夠更容易看到生活的未來，同時，作為與作者對生活經驗的分享，他的評點視角又超越了普通讀者和一般意義上的評點家。

　　所以，儘管他在評點時，顯示出比一般人遠為豐富的感情色彩，與作者同悲喜同落淚，但是，在脂硯齋引用情榜來對人物故事進行評價、說明時，卻顯示了一種比較穩定的理性意識。這不但表現在脂評不止一次來引用情榜中人名錄，要對小說中展開的紛繁複雜的人物關係進行清理，要幫助讀者明確人物在情節中的地位和作用，而且，理性化的態度，使得脂評不但過早把結論性的情榜提前向我們讀者攤牌，而且，他更擔心我們讀者不能把握重要人物的本質特點，擔心我們會被一些表像所迷惑。所以他不但用一連串的「說不得」阻止了我們的判斷，並以情榜中的評語來提示我們，讓我們注意其更本質地一面。同樣，當第八回，賈寶玉在醉中擲杯，問茜雪撞李嬤時，似乎顯示了他貴公子的頑劣性格。在此，脂評特意解釋了其「情不情」的富有人情味的涵意，並反覆強調他是因大醉而鬧，

「非薛蟠紈絝輩可比」。又一次要求我們不能被一種特例所迷惑，而
要從中發現其更具本質性、恒常性的一面。

　　如果說，《紅樓夢》的大旨談情似乎讓小說的情節變得難以捉
摸，讓人物的個性變得飄忽不定時，一張情榜，使小說最終被納入
到理性的框架，並使脂硯齋的理性意識有了基本的依託，也不致讓
我們讀者過於沉迷到紅樓的夢幻中而迷失了方向。在這一條預設的
理性通道上，我們發現了，在《紅樓夢》的創作過程中，不論是作
者自己還是與他的朋友，情與理、夢與醒的對話始終是存在的，情
榜以及脂硯齋在評點時對情榜的充分利用，就證明了這一點。

第十三章　章回小說與《紅樓夢》

一、章回與目錄

　　章回小說最顯而易見的體制特點是分回標目。由於章回小說內容豐富、篇幅較長，作者們一般都把故事情節分為較整齊的若干段落，每個段落稱為一回，每回加上句子對稱的回目，用以概括本回的內容，遂使章回小說因此而得名。雖然章與回意義相彷彿，但古代長篇小說沒有分章的，之所以稱作「章回」，有人以為是一回書大致相當於西方小說的一章，因此而予以命名[1]。但這一稱謂或許不是受西方長篇小說的影響。古代雖未見有將「章」來給長篇分段落的，但卻有將「章回」連用的，如曹雪芹在《紅樓夢》第一回，談起他的創作甘苦和過程，就曾云：「後因曹雪芹於悼紅軒中批閱十載，增刪五次，纂成目錄，分出章回。」說明這一並列結構的詞語，已是當時所慣用。

　　章回小說的體制源於宋人說話之「講史」，而現在所能見到的講史平話正是分出若干段落的，不過其分出的段落稱卷、稱集卻不稱回。《新編五代史平話》的梁史、唐史、晉史、漢史和周史平話都是分為上下兩卷；《全相平話五種》的武王伐紂、七國春秋平話、秦並六國、續前漢書和三國志平話都分為上、中、下三卷；《宣和遺事》則分為元、亨、利、貞四集[2]。卷和回的概念雖在宋人的一書中同時提到，如羅燁《醉翁談錄・舌耕敘引》中既曰「編成風月三千卷」，

---

[1]　石昌渝，《小說》，第 170 頁，人民文學出版社，1994 年版。
[2]　參見《宋元平話集》，上海古籍出版社，1990 年版。

又曰「說收拾尋常有百萬套,談話頭動輒是數千回」,但這裏「話頭」
與「收拾」對舉,似乎意在強調說話者談開場白的千變萬化,與上
文的卷並無太大的聯繫[3]。早期的話本小說中經常提及「回」,如《張
生彩鸞燈傳》中有「欲知久後成得夫婦也不,且看下回分解」的話,
又《李秀卿義結黃貞女》中「難道親事就不成了?且看下回分解」
等等,但也鮮有以「回」來直接分段的。後期的單篇話本小說集成
一集時會將卷和回等量齊觀,如馮夢龍的「三言」皆以卷來稱他編
輯的每一篇小說,凌濛初的「二拍」也是如此,但在李漁的《無聲
戲》中,十二篇小說則依次編定為十二回。但總的來說,「卷」或者
說「集」分段的容量要大於「回」,例如《載花船》六卷演繹六個故
事,而每卷又以三回來進行段落的劃分;《娛目醒心編》共十六個故
事分作十六卷,每卷又根據情節發展的需要,分成或兩回或三回的
不同段落。至於像《鼓掌絕塵》四部中等篇幅的話本小說,分成風、
花、雪、月四集,每集又各分為十回,凡此都可以說明,「回」是「卷」
或者「集」的更小分段單位。

　　而講史平話分段的情形正復相似。如《三國志平話》已經包括
了後來的《三國演義》主要故事情節,其字數也有六、七萬之多,
但只分為三卷,其每卷的故事容量明顯多於後來《三國演義》一百
二十回中的每一回。在《三國志平話》正文中,不時有陰文題目間
隔出的段落,才約略相當於以後的回。如卷上有:「三戰呂布」、「張
飛獨戰呂布」、「呂布投玄德」、「張飛捽袁襄」、「曹豹獻徐州」、「張
飛三出小沛」、「侯成盜馬」、「張飛捉呂布」、「曹操斬陳宮」、「白門
斬呂布」等。而《七國春秋平話後集》中六十三個陰文題目,也相

---

[3]　參見黃霖、韓同文選注,《中國歷代小說論著選》(上冊),第 87 頁,江西人
　　民出版社,1982 年版。

當於後來的六十三回。但總的來說，講史平話中，分回的意識尚未確立。

也有學者認為，長篇章回小說分回標目的形式可追溯至《大唐三藏取經詩話》。該書共有三卷十七節，每節都標目，尤其是列出目錄的順序，如「行程遇猴行者處第二」、「入大梵天王宮第三」、「過長坑大蛇嶺處第六」等，頗近似於後世章回內容的標題順序「第幾回」。不過，十七個標題中殘存十五個，而其中又有九個題目的末尾一字是「處」，似乎是為了跟圖畫相配，所以，這裏的標目作為一種內容概括，不如說和圖畫的關係更密切些。這一點，正相仿於講史平話的圖畫提示。

至嘉靖壬午年間《三國志通俗演義》的問世，表明了近代意義上的長篇小說，即章回小說的開始成熟。其段落的劃分是二十四卷，每卷十則，並標出題目，如卷之一就有「祭天地桃園結義、劉玄德斬寇立功、安喜張飛鞭督郵、何進謀殺十常侍」等十個題目，共二百四十則。這二百四十則的每則內容，才更近似一回。不過，該書的作者也繼承了講史平話的做法，只有卷而沒有回。據此，有學者認為：所謂二百四十則只是現代研究者的說法，並非作者的原意，作者只寫著故事題目，並未標明「第幾回」或「第幾則」的字樣。一直到明末偽託為李卓吾批評的本子出現，才按照早已形成的慣例，把原有的兩則故事合成一回，並明確標出「第幾回」。這樣來看，現在所能見到的最早標明「第幾回」的長篇小說是《水滸傳》。自《水滸傳》之後，中國古代長篇小說雖然仍有既分回又分卷的，如《說岳全傳》分二十卷八十回，但只分卷而不分回的情況就很少見到，這才成了真正意義上的章回小說[4]。

---

[4]　參見寧宗一主編，《中國小說學通論》第二編第五章，安徽教育出版社，1995年版。

　　與分回緊相關聯的是標目。題目是對一回內容之概括,其用詞的典雅凝練和句子的對稱工穩是章回小說回目的共有特性。在這一特性穩定之前,也經歷了一個從用詞的粗鄙到文雅、從單句到偶句、從句式的參差不齊到對仗工穩嚴整。

　　就以《三國演義》來說,從嘉靖壬午本到偽託為李卓吾的評本(即建陽吳觀明刊本)再到毛宗崗父子的改定本,其回目就有了較大的變化。這裏將嘉靖本與毛宗崗評改本的前十回題目作一比較就可清楚。

　　　嘉靖本《三國志通俗演義》　　毛宗崗評本《三國演義》

　　卷之一

　　祭天地桃園結義　　第一回　　宴天地豪傑三結義
　　劉玄德斬寇立功　　　　　　　斬黃巾英雄首立功

　　安喜張飛鞭督郵　　第二回　　張翼德怒鞭督郵
　　何進謀殺十常侍　　　　　　　何國舅謀誅宦豎

　　董卓議立陳留王　　第三回　　議溫明董卓叱丁原
　　呂布刺殺丁建陽　　　　　　　饋金珠李肅說呂布

　　廢漢君董卓弄權　　第四回　　廢漢帝陳留為王
　　曹孟德謀殺董卓　　　　　　　謀董賊孟德獻刀

　　曹操起兵伐董卓　　第五回　　發矯詔諸鎮應曹公
　　虎牢關三戰呂布　　　　　　　虎牢關三英戰呂布

　　卷之二

　　董卓火燒長樂宮　　第六回　　焚金闕董卓行兇
　　袁紹孫堅奪玉璽　　　　　　　匿玉璽孫堅背約

趙子龍磐河大戰	第七回	袁紹磐河戰公孫
孫堅跨江戰劉表		孫堅跨江擊劉表
司徒王允說貂蟬	第八回	王司徒巧使連環計
鳳儀亭布戲貂蟬		董太師大鬧鳳儀亭
王允授計誅董卓	第九回	除暴凶呂布助司徒
李榷郭汜寇長安		犯長安李榷聽賈詡
李榷郭汜殺樊稠	第十回	勤王室馬騰舉義
曹操興兵報父仇		報父仇曹操興師

這裏，題目所指的內容大致相似，但詞句的推敲上卻有了明顯的不同。毛宗崗在其撰寫的《三國志演義凡例》中云：「俗本題綱，參差不對，雜亂無章，又於一回之中，分上下兩截。今悉體作者之意而連貫之，每回必以二語對偶為題，務取精工，以快閱者之目。」嘉靖本與毛宗崗本的區別還不僅僅是句式的單行與駢偶，而且在組成句子的選詞上，嘉靖本主要就用了名詞（包括人名與地名）和動詞，而毛宗崗則在動詞前較多地加以修飾語，「鞭督郵」之前加一「怒」字，使張飛的行為給讀者增添了形象感；而「王允說貂蟬」這一平直的標題，改為「王司徒巧使連環計」，不但將「說」的意義點明了出來，而且用一「巧」字，也顯示了人物性格。此外，就名詞而言，毛宗崗本對一些人物的稱謂多用代語，既避免了過多的重複，在一定程度上也顯示出作者的褒貶態度。如稱劉、關、張三人為豪傑，稱劉備為英雄，稱董卓為董賊，皆是。其實，用代語不止對人物，其他如以「金闕」代指「長樂宮」，給讀者的感覺也就更為雅致。

當然，回目撰寫得最精彩、最具思想藝術魅力的，當推《紅樓夢》。其中的回目，已經遠遠超越了對一章一回內容加以概括的作用，在完成概括內容這一基本功能的同時，對正文起到了或補充、

或延伸、或照應、或深化，或將正文中潛伏的主旨予以挑明、衝突予以尖銳化，或將敘事中散漫的畫面予以凝練化、詩情予以濃烈化，可以說，作者是創造性地運用這一形式發揮了其最大限度的功能。對此，著名紅學家俞平伯有過專文作了詳盡的分析，本文就不再贅言[5]。

　　除開分回標目外，章回小說段落結構內部也有其鮮明的特點。首先是它的結尾，一般都有著「欲知後事如何，且聽下回分解」這樣的套語。章學誠《文史通義》外篇一〈史篇別錄例議〉中有云：「委巷小說、流俗傳奇每於篇之將終，必曰『要知後事如何，且聽下回分解』，此誠縉紳先生鄙棄勿道者矣。而推原所受，何莫非『事具某篇』作俑歟？」章學誠向以史識而著稱，但將章回小說結尾的套語跟史書中的「事具某篇」比附起來顯然失當。「事具某篇」是文筆的省略法，因為涉及到的事實在另一篇中有詳盡的啟述，在此特加以省略而免去重複。例如，《史記・留侯世家》中，鴻門宴前夕，敘述張良請項伯在項羽面前為劉邦說好話，其結果是「及見項羽後解」，並指出詳情，即「語在項羽事中」。而「且聽下回分解」則不存在重複不重複的問題，設計這樣的結尾，主要是為了製造作品的懸念、引起讀者的興趣。把結尾的套語追溯至《史記》類的史書，既不相關，也太遙遠。更為直接的源頭，還是在講史平話中。趙景深曾有論及《七國春秋後集平話》的文章，道：刊本裏已經大量地用著「欲知後事如何，且聽下回分解」這樣的詞句了。他接著舉出了諸如「怎生結末，看帝性命如何？」、「看勝敗如何？」等這樣的過渡句四十九處[6]。其句子雖不如後世的章回小說那麼整齊，但作用也基本相

5　參見俞平伯，〈讀《紅樓夢》隨筆三十三〉，文載《俞平伯論紅樓夢》，上海古籍出版社，1988 年版。

6　趙景深，《中國小說叢考》，第 107 頁，齊魯書社，1980 年版。

同。有些章回小說，結尾也正是不完全用上「且聽下回分解」的句子。如《隋史遺文》第六回的結尾：「只見外邊兩個穿青的少年迎著進來，不知為何？」又第九回結尾：「畢竟不知可尋的著否？」

一般而論，所謂的「要知後事如何」中的「後事」有兩重含義，也可說代表了前後兩回內容間隔開的兩種情形。其一，此事的後部分、結果；其二，此事的後一件事，也就是另一件事。製造懸念和緊張氣氛的主要是指第一種，而第二種純粹是為了情節的自然過渡。第一種情形的例子如《水滸傳》第八回結尾，董超、薛霸押解林沖至野豬林，將林沖牢牢地捆綁在樹上，然後「薛霸便提起燒火棍來，望著林沖腦袋上劈將來」。這一回驟然結束，所謂「畢竟看林沖性命如何，且聽下回分解。」又如《儒林外史》第三回，嚴監生臨死前伸出兩根手指，遲遲不肯咽氣，眾人猜測種種，都不中監生的心思，此時，小妾趙氏「走近上前道：『爺，別人都說的不相干，只有我曉得你的意思。』不知趙氏說出甚麼話來，且聽下回分解。」第二種情形如《水滸傳》第四回，魯達大鬧五臺山後，在寺院裏已無法安身，真長老遂把他打發到東京大相國寺處，臨行前，真長老要贈送他四句偈言。結尾是：「畢竟真長老與智深說出甚言語來，且聽下回分解。」這樣，以幾句延緩說出的言語將智深的故事轉入到另一階段。雖然已不會使讀者疑竇叢生，但畢竟也賣了一個小小的關子。更有不再節外生枝，直接把後事來提問的。如《儒林外史》第十回是敘魯小姐的婚禮，第十一回是敘婚後的日常生活，前後之間在時間上並無緊密的聯繫，作者就在第十回的結尾直接寫上：「畢竟後事如何，且聽下回分解。」

其次，就段落的內部而言，對稱、對比式的結構頗為普遍。西方漢學家浦安迪認為：「分成章回並冠以對偶句標題的文體特徵，便

強調了許多這樣的章回單位要分成平衡的兩半。」[7]如果我們考慮到現在通行的《三國演義》每回都是由原來的兩則故事合併而成,那麼有這樣的特點就不必奇怪。張竹坡在論述到《金瓶梅》的章回結構特點,也說,「《金瓶梅》一百回,到地俱是兩對章法,合其目為二百件事。」[8]

在章回小說每一回中,兩兩相對的事件雖頗為普遍,但比較而言,因相似或者相反的兩件事實的對比引申出的深刻意義,在網狀形結構的小說中更為典型,而在線性結構中往往會得到弱化。因為對比結構在本質上引起的是一種空間層次的拓展和深刻化,儘管事件的相似或相反在時間上也能引起一種前後的對照,但對照所要求的兩者並舉,使得前後對比也要求一種不斷的回顧,如此循環往復,在本質上必然與流動的線性結構相抵觸。所以對仗中雖有流水對,但其運用遠不及一般的正對、反對來得普遍,其意義也較為弱小。如《水滸傳》中的第二回「王教頭私走延安府,九紋龍大鬧史家村」,還有第三回「史大郎夜走華陰縣,魯提轄拳打鎮關西」,雖然回目的對仗也還工整,每回中各敘述了兩件事,但把兩事組合在一起,見不出有多大的意義,只是如接力棒似的將人物依次引出,即王教頭引出史進,史進引出魯達,構成一種在時間上前後相繼的典型的流水對,至於別尋這一對比而產生的言外之意,那就較為困難了。至於網狀形結構的章回小說則不然。例如浦安迪舉出的《金瓶梅》第二十七回「李瓶兒私語翡翠軒・潘金蓮醉鬧葡萄架」,在同一地點,李瓶兒在涼爽的雨後的軟語溫情與潘金蓮藉助酒醉的熱辣辣的宣

---

[7] 浦安迪〈中西文學中的對仗〉,文載《北美中國古典文學研究名家十年文選》,江蘇人民出版社,1996 年版。

[8] 張竹坡,〈批評第一奇書金瓶梅讀法〉,轉引自丁錫根編,《中國歷代小說序跋集》(中冊),人民文學出版社,1996 年版。

洩，形成一鮮明的對比。而在《紅樓夢》中，對比式的結構被運用得更為巧妙。例如，第十五回「王鳳姐弄權鐵檻寺・秦鯨卿得趣饅頭庵」，不僅以對比的方式，概括出了《紅樓夢》中政與情的兩大主線，而且，王鳳姐的恣意弄權與秦鐘的縱情初看毫不相干，但在典故的對照中，即化用「縱有千年鐵門檻，終須一個土饅頭」這一聯，將人的種種隨心所欲歸結為最終難逃一死的無奈。第二十七回「滴翠亭楊妃戲彩蝶・埋香塚飛燕泣殘紅」，在典故指稱的相似人物中，卻有著行為的截然不同：一個是面對陽光和彩蝶，一個是面對落花和流水；一個是恣意地歡娛，一個是盡情地悲傷；一個是專注於自然、專注於自我，一個是注意自然也警惕周圍的環境；一個是從情到情，一個是歡樂中不忘做人的計謀。

又如第三十六回「繡鴛鴦夢兆絳芸軒・識定分情悟梨香院」，在兩件毫不相關的事件中，有著處理日常生活衝突的驚人相似性。首先，衝突是多層次性的，既有直接的，也有間接的。寶玉在夢中所喊出的金玉姻緣與木石姻緣的衝突就是直接的衝突，而齡官與賈薔在梨香院的衝突也是直接的衝突；但衝突並不止於此，寶玉的衝突波及到夢外的世界而在床邊的寶釵心裏引起震動，齡官與賈薔的衝突影響到寶玉引起他深深的感悟，而作為當事人都毫不知覺，形成了間接衝突的一個特色。其次，這兩個衝突又都具有空間性的、多層面的特點。就前部分言，賈寶玉夢中的世界、寶釵在寶玉臥榻旁的世界、甚至還有黛玉和湘雲在窗外的世界，這三個世界既相對獨立又互為聯繫，一方面，每一個世界有其自身的衝突，除寶玉外，還有寶釵的行為跟其一貫恪守禮教之背離，黛玉與湘雲的小小衝突等；另一方面，每一衝突又波及到另一個更大的世界，寶玉影響到寶釵，寶釵影響到黛玉與湘雲，這樣一波一波地蕩漾開來，使小說的容量變得豐富而深廣；同樣，在後部分，空間層次的衝突是更為

巧妙地從籠中戲臺上的雀兒引發，從而波及齡官與賈薔、再波及寶玉。然而，這一回的對比還不僅僅是衝突方式的相似。大觀園向來被看作是寶玉等人的理想世界[9]，對此我不想予以斷然否認。但齡官把籠中雀比作自己在大觀園的境遇，促使我們深思，賈寶玉也只有在遠離大觀園的夢中世界，才能以自己的木石姻緣來與金玉姻緣對抗，而在大觀園，他並無真正的自由可言，之前與之後的一系列較大事件都可證實這一點。於是，籠中雀不僅比況著齡官，也映帶著寶玉，從而使一回中的對比關係得到了淋漓盡致的發揮。對此，我們在此前的相關章節有過較深入探討，這裏不再贅述。

二、《金瓶梅》、《紅樓夢》和章回小說的總體構架

浦江清〈論小說〉云：「長篇在結構上採取了兩種方式。一種是《水滸傳》式的連串法，即是以一個人物故事而連為長本，以後的《儒林外史》、《官場現形記》、《海上花列傳》都如此，在中國小說裏是極普通的結構。另一種是《紅樓夢》式的以許多個人物匯聚在一起，使各個故事同時進展，而一個主要的故事為中心。」[10]現在我們習慣上把前者稱之為線性結構，而把後者稱之為網狀結構。

《水滸傳》和《紅樓夢》固然代表了中國古代長篇小說的兩種典型結構方式，但不應該忽視的是，從《水滸傳》到《紅樓夢》有著從線性結構到網狀結構的清晰發展過程，而《金瓶梅》正是這一發展的過渡橋樑，所以，一部《金瓶梅》包含著從線性結構變為網

---

[9]　余英時，〈論紅樓夢的兩個世界〉，文載《海外紅學論集》，上海古籍出版社，1980 年版。

[10]　參見《浦江清文錄》，第 180 頁，人民文學出版社，1958 年版。

狀結構的真正秘密，剖析這一作品的結構，有助於我們瞭解兩種結
構方式的各自特點。

作為一部有著網狀結構特點的長篇小說，它是巧妙地以一個社
會的最基本細胞——家庭為核心，其中，西門慶一家的興衰構成了
一條縱向的主綱，這個家庭與社會的上下左右聯繫則形成了一條條
眾多的經線；而西門慶和金蓮、瓶兒、春梅等幾個主要人物的命運
構成了一條橫的主綱，其他次要人物的命運則形成了一條條眾多的
緯線，如此縱橫交錯，便形成了一種全方位的網狀結構。

而這一網狀結構的具體運作，在兩個層面同時展開。

第一，故事結構的總體風貌是以元宵節／妓院這樣一種時／空
形式作為價值座標的參照系統。元宵節／妓院既是情節自然發展中
的一種背景或場景，也成為指涉故事主題、解釋人物種種行為的隱
喻。

在《金瓶梅》第六十九回，文嫂向林太太介紹西門慶時，說他
家「端的是朝朝寒食，夜夜元宵」，這雖是當時小說中的習慣套語，
但我們卻不能輕易忽視，因為元宵節，恰恰是作者在處理人物活動
的時間流程中加以精心設計的。《萬歷野獲編・補遺》卷三〈畿輔〉
的「元夕放燈」條引明成祖永樂七年正月十一日聖旨云：「今年上元
節正月十一日至二十日，這幾日官人每都與節假……民間放燈，從
他飲酒作樂快活，兵馬司都不禁，夜巡著不要攪擾生事，永為定例。」
如果從正月十一日至二十日來算，那麼《金瓶梅》一書寫到人物的
活動在元宵內的共有四次，計十回，即第十五回、第二十四回、第
四十一至第四十六回、第七十八回至第七十九回。元宵節是民間一
年四季中最熱鬧的節日，其呈現的普天同慶、群情湧動顯然帶有狂
歡的性質。不過，作者在對這一時間段落加以反覆描寫時，把西門
慶一家表面的繁華、強盛與內在的混亂、脆弱等不可調和的矛盾凸

顯了出來。「元宵節由於它既是新春暖和的象徵，又是在天氣嚴寒時節而加劇了它的矛盾兩可性質」[11]。元宵的燈市儘管光芒四射，但紙糊的燈總經不起風吹。例如第十五回，金蓮合玉樓正在看燈，「忽然被一陣風來，把個婆兒燈下半截割了一個大窟窿……」，而劃過夜空的焰火雖燦爛耀眼，卻仍像作者說的「總然費卻萬般心，只落得火滅煙消成煨燼」。（第四十二回）李瓶兒的生日是元宵節，於是在小說第十五回，也許是出於作者的有意安排，他第一次寫到元宵節。正月十五那天晚上，西門慶的妻妾到李瓶兒那兒看燈並祝賀他的生日，等眾妻妾離去，西門慶又去她那兒幽會，值得注意的是，李瓶兒進西門慶家門後，把財富榮耀都帶了進來，第四十三回，作者寫西門慶的心理活動，西門慶也「心裏暗道：『李大姐生的這孩子甚是腳硬，一養下來，我平地就得此官；我今日與喬家結親，又進這許多財。』」然而，這種表面的榮華富貴轉瞬即逝，隨著官哥兒及李瓶兒的很快去世，西門慶在下一個元宵後離開了人世。耐人尋味的是，自西門慶死亡後，作者再也沒有寫到元宵節，而西門慶去世的正月二十一日，正是書中最後一個元宵節結束的頭一天早上。

　　如果我們將時空坐標軸的另一條空間軸，即妓院跟時間軸——元宵節連起來一併予以考慮的話，這一網狀結構的內在機制可以被認識得更加清楚了。西門慶的閒暇時光主要是在家庭的後花園與妓院消磨的。第十五回，作者第一次提到元宵節時，也提到了妓院麗春院。從家庭關係來看，妓女李嬌兒是西門慶的二太太，李桂姐則是乾女兒，嫖客王三官是乾兒子；另一位妓女吳銀兒則認李瓶兒做了乾女兒。西門慶有時侯也稱潘金蓮、孟月樓為妓女，所謂：「好似一對兒粉頭，也值百十銀子！」（第十一回）評點家張竹坡曾經說過，

---

[11] 參見（美）浦安迪著、沈亨壽譯，《明代四大奇書》第二章第二節，中國和平出版社，1993年版。

西門慶一家的親屬關係都是假的。支撐起這麼一個大家庭的，其維繫的紐帶是財和色，而這兩樣，正是一個妓院的人際關係樞紐。從第十五回起，提及的前三次元宵節西門慶主要是在妓院淫樂，而家裏面也是一片混亂；在第二個元宵節，身為西門慶女婿的陳經濟與西門慶的小妾潘金蓮、還有西門慶曾與之通姦的宋惠蓮調情；第三個元宵節，丫環夏花兒偷金，妓女李桂姐為其說情竟被留用，而夏花兒正是李嬌兒房裏的丫頭；等第四個元宵節，西門慶因縱欲喪身，李嬌兒趁機盜竊家中的財物，第一個拆起了西門慶留下的這一大家庭的牆腳，而她回歸妓院，則表明西門慶這一妓院式的家庭已經崩潰。

　　以元宵節／妓院構成的時／空座標來把握西門慶這一家庭的動態發展，可使我們不致於被紛繁複雜的網狀形結構所迷惑，對情節結構的內在價值有一種深刻而又簡潔的領悟。

　　第二，就具體情節結構的這一層面來看，作為一種網狀形結構，每一部分跟全體都有著盤根錯節的聯繫，具有牽一髮動全身的特點。我們很難從中找到一個相對獨立的部分將其割裂而不傷及其餘，所以如此，是因為作者將日常生活作為他描寫的對象，而生活中發生的事件往往是與之發生聯繫的各色人等合力作用的結果，是他們各種言行的微積分，並非簡單的加加減減，所以，網狀形結構的特色也不得不如此。具體說來，作者往往是把生活中一些大的事件作為網狀結構中的一個個樞紐，把涉及到的其他事件作為一個個細目，來前後貫通、左右鉤連。例如李瓶兒之死，初看似乎純粹是潘金蓮一手造成，但細思卻又不然。書中說：「這瓶兒一者思念孩兒，二者著了重氣，把舊時病症又發起來，照舊下邊經水淋漓不止。」（第六十回）所舉出的這兩種原因，既涉及了金蓮設計害死官哥，又關係到金蓮平時動輒就含沙射影咒罵瓶兒；而後一種原因，則西

門慶顯然有份，因為他在瓶兒孕期（第二十七回）、經期（第五十回）強與之淫樂。另外，據書中透露，早在花太監任廣南鎮守時，就曾經給李瓶兒買過醫治崩漏病的三七藥（第六十二回），根據她與花太監的微妙關係，似乎這一病症也跟花太監玩弄淫器緬鈴有關。至於花子虛在李瓶兒的夢中向其索命，未始不可以視作瓶兒內心深處的良心自責，這就把她進西門慶家的前後言行都聯繫了起來，而金蓮之所以那麼囂張、瓶兒之所以那麼懦弱，這既有兩人性格的不同，似乎也跟他們剛進西門慶家受到的不同待遇有關，如此順藤摸瓜地追蹤下去，必然將書中甚至書外的一些事件也貫串起來。我們再往後看，由瓶兒之死，引出了西門慶悲傷的種種表現，於是應伯爵的勸解、金蓮乃至月娘的妒忌、西門慶因去瓶兒房中守靈與奶媽章四兒的勾搭成姦，甚至由一副棺木而與尚舉人行蹤的前後呼應、以及更後面的「金蓮不憤憶吹簫」等等的情節，如此錯綜複雜卻絲毫不給人以凌亂的感覺，這顯然得歸功於網狀形結構的樞紐與細目的勾連得當。再如宋慧蓮之死。前面既有宋慧蓮種種輕浮的舉動、西門慶利用她的弱點而與之淫樂、潘金蓮心懷妒忌而竊聽、孫雪娥與宋的丈夫來旺兒有私而向其密報宋的私情、來旺兒醉謗西門慶而被來興兒打小報告、西門慶設計陷害來旺兒、孫雪娥與宋慧蓮爭吵等等，在如此紛繁複雜的人物情節作用下，終於使得宋慧蓮自縊身亡。但這一事件並未就此了結，直接的後果是宋慧蓮的父親狀告西門慶反斷送了自己的性命；間接的影響是西門慶藏起了宋慧蓮的一隻紅繡鞋以聊解自己的淫欲之思。結果，這隻紅繡鞋與金蓮在第二十七回中被西門慶性摧殘時丟失的一隻紅繡鞋相混淆，於是宋慧蓮的鞋被秋菊找到送至潘金蓮處，而金蓮的鞋又被小鐵棍兒拾到而又被陳經濟騙取，陳經濟借送回繡鞋之名而趁機調戲潘金蓮，金蓮因惱怒而唆使西門慶毒打小鐵棍兒，自己則親手將宋慧蓮的鞋用刀剁碎丟進

茅坑裏。直至過去了一年多，在第七十二回，潘金蓮與如意兒拌嘴，罵道：「你就是來旺兒媳婦重新又出世了，我也不怕你！」一件事情如此縱橫延伸，實在令人驚歎，更何況宋慧蓮並非書中的主要人物。

　　網狀結構不僅表現在不同的事件、線索能以樞紐和細目的方式縱橫交織起來，而且就同一線索來說，能做到前後照應、脈絡貫通。例如，第七回西門慶迎娶孟月樓時，作者在這一回提及孟月樓的母舅張四也曾想把孟月樓保舉給尚推官的兒子尚舉人作繼室，這只是一筆帶過的話，讀者對此也不會有多大的留意；而在第六十二回，在李瓶兒去世時，這位尚舉人居然又被提及，因他要上京趕考急等錢用，把老父從成都帶回的一副棺木賣給西門慶供瓶兒用；而在第七十七回，尚舉人臨上路，到西門慶家借皮箱，正好西門慶斥退了溫秀才沒人寫祝賀的軸文，讓尚舉人出面舉薦了他小兒的老師。又如宋慧蓮事件中，來旺兒是被西門慶買通官府而將其遞解到老家徐州，而到西門慶去世後，已做起銀匠的來旺兒又來與舊情人孫雪娥約會；還有，王六兒的女兒韓愛姐是被西門慶送給蔡太師的翟管家，到小說臨近結尾而重新露臉，並成了作者筆下的一位理想人物。凡此次要角色的設計安排，足見作者針線之綿密，也顯示了網狀結構的一般特色。

　　如果我們將《紅樓夢》的小說結構與《金瓶梅》的連起來予以考慮的話，網狀結構的特點也就更加清楚。

　　首先，就具體的情節層面而言，《紅樓夢》也是以大的事件作樞紐跟細目式的小事件、小細節貫穿起來，使書中表現出來的現實生活成了一個事事貫通、交相連接的整體，紛繁的線索縱橫交錯、互相勾連，大有牽一髮而動全身的態勢。而樞紐的存在，也使讀者面對錯綜複雜的種種事件有了提綱挈領式的把握。例如，像書中的秦氏喪儀、元春省親、寶玉挨打、抄檢大觀園、寶玉娶親、賈府被抄

等等，正可說是這樣的樞紐事件，如果將這類事件的來龍去脈清理出來的話，我們可以發現前前後後的許多看似互不關連的瑣事在意義上也就有了同一的指向。

其次，在結構的動態運行中，《紅樓夢》也確立了它的獨特的時空座標。在時間向量上，它也是以元宵節作為一個價值的參照系統[12]。在展開賈府的生活畫面之前，作者先寫了甄家一段榮枯史，而其生活的轉捩點，乃是在元宵節丟失了英蓮。同樣，在賈府的整個衰敗過程中，元宵節也成了作品中時間的大關目。從全書看，第一次寫到元宵節是第十七、八回，「榮國府歸省慶元宵」，這是「一件非常喜事」，它使賈府表面的繁華達於極點，但盛極而衰，從另一角度看，未必不是衰的預兆；第二次寫到元宵節是「榮國府元宵開夜宴」，整個夜宴卻為一種沮喪的情緒所籠罩，鳳姐所說的笑話，即人們放爆竹後一哄而散，卻有個聾子尚不知覺，更是其中的點睛之筆，它是全書中「盛」境的終點，也是「衰」境的開端，或者確切點說，是內在的「衰」翻騰到表面而為人們易於所見。而據脂批及一些紅學家的推測，第三個元宵節當是元春的夭折以及賈府從此的一敗塗地，所謂「好防佳節元宵後，便是煙消火滅時」。值得注意的是，元宵節中的大變故，幾乎都是跟一個女性的命運相關。在《金瓶梅》中，出生於元宵節的李瓶兒跟西門慶一家的榮辱與共、休戚相關，而在《紅樓夢》中，英蓮之與甄家、元春之於賈府也當有此理解。這樣，元宵節在作品中提供的不僅僅是人物活動和事件展開的時間向量，它有著廣泛的隱喻性以及對作品肌理的極強的滲透力。再從空間角度看，《紅樓夢》中也確定了一個價值取向，那就是賈府中的大觀園。大觀園因其與太虛幻境的相似而顯示了它的隱喻

---

[12]　參見周汝昌，《紅樓夢與中華文化的分析》，工人出版社，1989 年版。

性[13]，大觀園也是為了元春的緣故而興建，於是，時空的隱喻性價值藉助於一個情節結構中的特殊人物而滲入到事件發展的內部。作為一種網狀結構，《金瓶梅》和《紅樓夢》都把元宵節作為特定時間向量的價值座標儘管有些偶然，這裏《紅樓夢》對前者的借鑒顯而易見，但是，特定的時空座標在網狀結構中的一般意義卻不應被忽視，正是這一座標的存在，使讀者不至於迷失在縱橫交錯的網狀情節層面，把自己的感知提升到一個簡潔的形而上層面，從而對種種的事件之意義作出大致正確的判斷。

　　當然，以網狀結構來概括《金瓶梅》這部小說的特點尚不充分。因為就小說的整體而言，網狀結構以嚴密的形態開始運作是集中在小說的第二十回至第八十回。在第二十回以前，複雜的家庭關係尚在醞釀，而到第八十回後，這一家庭已趨於崩潰。基於這一特點，有些學者把《金瓶梅》稱為是一部「小說中的小說」[14]。其實，小說中間的六十回與其前後四十回的分野，也就是網狀結構與線形結構的區別，或者說，是從線形結構逐漸進入網狀結構，再從網狀結構回歸到線形結構。

　　我們知道，《金瓶梅》原是從《水滸傳》中武松殺嫂的一段故事敷衍開來的。而在《水滸傳》中，情節結構的演進都是呈典型的線形狀態而發展，也就是浦江清所謂的「以一個人物故事引起另一人物故事而連為長本」，例如相對完整而又順次連接的魯智深和林沖的故事、武松的故事、宋江的故事等等，所以如此，這即是作品在世代累積的過程中，一部長篇有著眾多梁山好漢故事湊合起來的痕跡，也跟作品的總體風貌密切相關。《水滸傳》塑造的都是一些替天行道的英雄，是理想化的產物，帶有濃烈的傳奇色彩。而傳奇人物

---

[13] 見夏志清，《中國古典小說導論》第五章，安徽文藝出版社，1988 年版。
[14] 石昌渝，《中國小說源流論》，第 24 頁，三聯書店，1994 年版。

的特點正在於不受現實社會生活所制約，所以他們能乾淨俐落截斷任何加之於他們身上的羈絆，朝著既定的目標勇往直前，於是，對一個普通人來說，發生於他身上的各色人等的合力作用，對一個英雄來說就失去了效用。所以，當《金瓶梅》的作者要展示日常生活中的普通人的故事，要構架起一個網狀結構時，不能不將武松小心翼翼地撤換下來，以他誤傷李外傳被判刑流放而使一個小人物西門慶正式上場。當西門慶出場行動時，他既忙於物色佳偶，也在為組織起網狀結構的家庭而奔忙。儘管他家中已有一妻二妾，但吳月娘總理諸事送往迎來，即使偶有閒暇，也常看經念佛；李嬌兒管賬，孫雪娥下廚房，各司其職，並不能形成一錯綜複雜的人際關係。於是西門慶先娶孟月樓、繼娶潘金蓮、再娶李瓶兒，把一批有閒女子娶進來，而金蓮又是那麼地好淫善妒，瓶兒又是那麼地占盡優勢，於是一波又一波的衝突，終於將這張網給牽動了起來。而在這衝突中，孟月樓雖持不介入態度，但也是必不可少的一個人物，因為衝突的發生往往是間接而非直接，所以孟月樓成了這場衝突的緩和或緩衝地帶，從而使這張網的線索變得更加迷離。需要指出的是，西門慶將潘金蓮娶進門過程中，由於孟月樓的插入而竟將金蓮之事延誤，意在表明財與色在西門慶胸中的交互作用，但何以李瓶兒不能與孟月樓進西門慶家的次序互換？這一方面由於李瓶兒自身的背景複雜，會將金蓮延宕得無法迅速娶來，更由於從心理上講，後來者對先到者總會構成一種壓力，因為對一個淫棍來說，他總是不滿足於已有的才要另覓新歡，所以一等李瓶兒進門，從二十回起，這一網狀結構才以西門慶的家庭為核心，真正開始全方位的啟動。有意思的是，正是在第二十回，西門慶發誓要遠離妓院，好好待在家裏，而在第八十回，西門慶去世後，妓女出身的李嬌兒盜財回到妓院，從而使西門慶家庭的運轉以離開和進入妓院為起訖了。

　　我們說前二十回的發展是為了完成後面的網狀結構的正式運轉，以此作為一種目標和歸宿，就如同《水滸》中各個英雄的行動有梁山聚義作為歸宿和指向。而就其自身言，其展開的方式仍是較為典型的線形結構，作為網狀結構的主體——西門慶家庭，在前二十回還沒有佔據小說的主要舞臺，西門慶雖是書中的主角，但在前二十回，情節的發展是以一個個女性為主體的相對封閉的故事，類似《水滸》的以一個人物故事引起另一個人物故事的線形的單向流動。將《金瓶梅詞話》前二十回的回目列舉出來就可以了然這一結構的特點：

第一回	景陽岡武松打虎	潘金蓮嫌夫賣風月
第二回	西門慶簾下遇金蓮	王婆子貪賄說風情
第三回	王婆定十件挨光計	西門慶茶房戲金蓮
第四回	淫婦背武大偷奸	鄆哥不憤鬧茶肆
第五回	鄆哥幫捉罵王婆	淫婦藥鴆武大郎
第六回	西門慶買囑何九	王婆打酒遇大雨
第七回	薛嫂兒說娶孟月樓	楊姑娘氣罵張四舅
第八回	潘金蓮永夜盼西門慶	燒夫靈和尚聽淫聲
第九回	西門慶計娶潘金蓮	武都頭誤打李外傳
第十回	武二充配孟州道	妻妾宴賞芙蓉亭
第十一回	潘金蓮激打孫雪娥	西門慶梳籠李桂姐
第十二回	潘金蓮私僕受辱	劉理星魘勝貪財
第十三回	李瓶兒隔牆密約	迎春女窺隙偷光
第十四回	花子虛因氣喪身	李瓶兒送奸赴會
第十五回	佳人笑賞玩月樓	狎客幫嫖麗春院
第十六回	西門慶謀財娶婦	應伯爵慶喜追歡

　　我們發現，從第一到第十二回，除開第七回迎娶孟月樓是一個插曲外，其故事的主體基本上圍繞潘金蓮而展開，活動的舞臺也是以她家為中心，是從潘金蓮立場出發，與三位男性的矛盾糾葛，即潘金蓮與武大、與武松、與西門慶。從第十回開始，武大被毒死、武松被發配、金蓮終於得以進入西門慶家，於是「妻妾宴賞芙蓉亭」，以此歡會來為這前十回的故事告一段落。從第十一回，對金蓮在西門慶家的行為稍作交代，從第十三回起，情節迅速轉向以另一個女性為主體，也就是李瓶兒的故事，同樣是李瓶兒之家佔據了舞臺的重要位置，同樣是跟三位男性的矛盾糾葛：李瓶兒與花子虛、與蔣竹山、與西門慶；直至第十九回，李瓶兒進入西門慶家門，從第二十回開始，讓習慣於逛妓院的西門慶與妓院鬧翻，這樣，主要人物都以西門慶家庭為舞臺，真正開始了網狀結構的情節啟動。在前二十回中，構成原有衝突的人物因子並未全部進入網狀結構，他們的使命因其各自對應的女性離開了原有的舞臺而終結，例如武大和武松；花子虛和蔣竹山。只是到八十回以後，當西門慶的去世使網狀形家庭的運轉走到了終點，情節結構又重新回歸到線形結構時，武松才又一次露面。還有吳月娘的遠行、陳經濟的流浪，尤為重要的是春梅的出嫁與遊玩，在這裏，人物的行動又一次變得單純，看不到人物之間的錯綜複雜的關係和影響，有的只是以一個人物的故事引出另一個人物故事的縱向的推進。

　　考慮到《金瓶梅》這部小說是較為典型的把兩種小說結構方式相容並包於一體，那麼，其書名《金瓶梅》也不妨從兩個層面來加以理解。第一，金瓶梅是將三位女性的姓名各取一字連綴而成，在時間維度上，有著先後相繼之意義，那麼，潘金蓮、李瓶兒、春梅這三人就代表著在書中，有他們三人各自為中心的一段故事，這正好對應了此書的線形結構之部分，即，從第一到第十二回，是潘金蓮的故事；第十三回到第二十回，李瓶兒的故事；從第八十一回到結尾，則是以春梅為中心的故事。第二，金瓶梅這三字代表著一個整體，其三人連同西門慶等其他人構成的一錯綜複雜的網狀關係，是在第二十一回至八十回有充分的展開。

　　根據《金瓶梅》書名提示出的人物組合關係，我們可以發現，它為剖析以後的章回小說兩類不同的結構，提供了一把通用的鑰匙。

三、章回的單元組合

　　章回小說中分出的每一回，雖是整體的一個部分，但也具有相對的完整性，尤其從體制上看，每一單回似乎更近似於是整體的一個縮影而非斷片，最明顯的標誌，就是小說整體的開頭有開篇詩或詞，結尾有結尾的詩或者詞，而對每一回小說言，開頭和結尾往往也有詩詞句子。

　　先看全書。

　　這種開篇詩詞或起於作者對人世滄桑的感慨。

　　例如《三國演義》的開篇詞：

滾滾長江東流水，浪花淘盡英雄。是非成敗轉頭空：青山依
舊在，幾度夕陽紅。……白髮漁樵江渚上，慣看秋月春風。
一壺濁酒喜相逢：古今多少事，都付笑談中。

類似意思的開篇詞也見於《儒林外史》開頭：

人生南北多歧路，將相神仙，也要凡人做。百代興亡朝復暮，
江風吹倒前朝樹。……功名富貴無憑據，費盡心情，總把流
光誤。濁酒三杯沉醉去，水流花謝知何處？

至於《紅樓夢》的開篇詩，則把這種感慨轉向了對自己的創作，
所謂：

滿紙荒唐言，一把心酸淚。都云作者癡，誰解其中味？

或者以詠歎歷史上相近的事例來起興。如《金瓶梅》的開篇詞：

丈夫隻手把吳鉤，欲斬萬人頭。如何鐵石，打成心性，卻為
花柔？請看項籍並劉季，一似使人愁。只因撞著，虞姬戚氏，
豪傑都休。

《水滸傳》的開篇，既有詞又有詩。其詞是對人世的感慨，同
於《三國》等，其詩則用對太平盛世的歌詠，引出奸臣誤國、英雄
起義，世界從此不得安寧的內容，也屬起興之一種，例如：

詞曰：
試看書林隱處，幾多俊逸風流。虛名薄利不關愁。裁冰及剪
雪，微笑看吳鉤。評議前王和後帝，分真偽佔據中州，七雄
擾擾亂春秋。興亡如脆柳，身世類虛舟。見成名無數，圖形
無數，更有那逃名無數。霎時新月下長川，江湖變桑田古路。

訏求魚緣木，擬窮猿擇木，恐傷弓遠之曲木。不如且覆掌中
杯，再聽取新聲曲度。

詩曰：

紛紛五代亂離間，一旦雲開復見天。

草木百年新雨露，車書萬里舊江山。

尋常巷陌陳羅綺，幾處樓臺奏管弦。

人樂太平無事日，鶯花無限日高眠。

或者以開篇詩詞來直接點明作品的主題。如旨在宣揚成仙主題的《綠
野仙蹤》，其中心在開篇詩中已經表露：

休將世態苦研求，大界悲歡靜裏收。

淚盡謝翱心意冷，愁添潘岳夢魂羞。

孟嘗勢敗誰雞狗，莊子才高亦馬牛。

追想令威鶴化語，每逢荒塚倍神遊。

就結尾而言，其作用大致有三種：或由主題而引發評論，或引
發進一步感慨而與開篇詩詞遙相呼應的，或概括全文內容予以總結。

由主題引發評論的，如《醒世姻緣傳》的結尾詞：

交友須當交好人，好人世世可相親。請君但看胡無翳，不恨
前生拐騙銀。……相解救，道緣因，冤家懺悔脫離身。若非
佛力神通大，定殺區區狄小陳。

又如，《金瓶梅》的結尾詩：

閒閱遺書思惘然，誰知天道有迴圈。

西門豪橫難存嗣，經濟顛狂定被殲；

落月善良終有壽，瓶梅淫佚早歸泉；
可怪金蓮遭惡報，遺臭千年作話傳。

結以感慨性的詩詞而與開篇詩詞遙相應對的，如《紅樓夢》的結尾一絕句：

說到心酸處，荒唐愈可悲。由來同一夢，休笑世人癡。

這裏，續書者對開篇詩的追問以自己的理解在結尾詩中作出了回答。還有像《儒林外史》的結尾詞句：

記得當時，我愛秦淮，偶離故鄉。向梅根冶後，幾番嘯傲；
杏花村裏，幾度徜徉。鳳止高梧，蟲吟小榭，也共時人較短
長。今已矣！把衣冠蟬蛻，濯足滄浪。……無聊且酌霞觴，
喚幾個新知醉一場。共百年易過，底須愁悶？千秋事大，也
費商量。江左煙霞，淮南耆舊，寫入殘編總斷腸！從今後，
伴藥爐經卷，自禮空王。

主題與開篇詞相近，但由於引入第一人稱「我」而把一種泛泛的感慨具體化了，使其中飽含了人生的全部經歷與理解。

至於用詩詞來概括全書內容的，如《三國演義》的結尾，所謂「後人有古風一篇以敘其事」云云，這裏就不舉例了。

下面再看單回。

其回前詩詞主要有兩類內容，一類是對本回的故事情節予以概括評論的，如《水滸傳》第六回的回前詩：

萍蹤浪跡入東京，行盡山林數十程。
古剎今番經劫火，中原從此動刀兵。

相國寺中重掛搭，種蔬園內且經營。

自古白雲無去處，幾多變化任縱橫。

還有像《禪真逸史》第五回的回前詩：

財物從來易動人，偷兒計畫聚群英。

窖中覓寶擒奸釋，仗下留情遇俠僧。

談佛忽然來活佛，觀燈故爾乞餘燈。

夢中彷彿相逢處，何異仙槎入武陵。

再有一類就是與回中內容並無多大關係，詩詞的主題是泛泛的抒情與議論的，如《水滸傳》第三回的回前詩：

暑往寒來春復秋，夕陽西下水東流。

時來富貴皆因命，運去貧窮亦有由。

事遇機關須進步，人到得意便回頭。

將軍戰馬今何在，野草閒話滿地愁。

至於《金瓶梅》第二十九回的回前詩也是如此：

百年秋月與春花，展方眉頭莫自嗟。

吟幾首詩清世慮，酌二杯酒度韶華。

閒敲棋子心情樂，悶撥瑤琴興趣賒。

人事與時俱不管，且將詩酒作生涯。

就回末詩言，固然有以完整詩詞作結的，如《綠野仙蹤》的回末詩，都是七言絕句，但更多的則是以一聯詩句或者駢對的句子而非完整的詩詞作結，詩句都以「這正是」、「有分教」等固定的套語引起。其內容大多緊扣故事情節，或者是對當回的內容予以概括、評論和感歎，或者是對下一回的作一預示。前者的例子如《禪真逸

史》第三十四回結尾「路逢狹處難回避,事到頭來不自由」,又三十五回結尾「殺氣轉為和氣暖,愁顏相逐笑顏開」;後者的例子如《儒林外史》第五回的結尾「只因這一句話,有分教:爭田奪產,又從骨肉起干戈;繼嗣延宗,齊向官司進詞訟。」《水滸傳》第四十一回的結尾:「宋江不慌不忙說出個去處。有分教:槍刀叢裏,再逃一遍殘生;山嶺邊旁,傳授千年勳業。正是:只因玄女書三卷,留得清風史數篇。」

單回的這種以詩詞或者詩句構成內容起訖的形式,似乎是整部小說的具體而微。

四、總括全書的楔子設計

許多章回小說的開頭部分都有一段開場白,通常是一段故事,或稱為引首、或稱為楔子,用以導入正文。

關於楔子,學術界有兩種不同的觀點。一種意見認為,章回之「楔子」即是話本小說之「得勝頭回」,是一種事物的兩種名稱;另一種觀點則認為兩者完全是不同性質的。後者的主要理由是,話本小說的「得勝頭回」源於宋人之「說話」,這一體制保留在話本中,就成為正文前一段可有可無的小閒文,這段閒文既與正文關聯但又不屬於正文。而章回小說的「楔子」的體制則起於元雜劇,是構成全劇情節的一個有機組成部分,不同於話本小說中的「得勝頭回」,可增可減也可刪[15]。

---

[15] 王國維,《宋元戲曲考》,收入《王國維文集》第一卷,第 385 頁,中國文史出版社,1997 年版。

　　其實，據我看來，話本中的得勝頭回與章回小說中的楔子是有聯繫又有區別，或者說，章回小說中的開場白，是得勝頭回向楔子的發展和合二而一。

　　本來，在明人那裏，這兩個概念是可以通用的。明人錢希言《戲瑕》中談及章回小說《水滸傳》時云：「詞話每本頭上，有請客一段，權做個得勝頭回，此正是宋朝人借此形彼，無中生有妙處。……即《水滸傳》一部，逐回有之，全學《史記》體。文待詔諸公暇日喜聽人說宋江，先講『攤頭』半日。」又天都外臣本的序中，也云：「故老傳聞：洪武初，越人羅氏，詼詭多智，為此書，共一百回，各以妖異語引於其首，以為之豔。嘉靖時，郭武定重刻其書，削去『致語』，獨存本傳。」再有，周亮工《因樹屋書影》卷一引金壇王氏《小品》云：「此書每回前各有楔子，今俱不傳。」這裏的「得勝頭回」、「致語」、「攤頭」和「楔子」指稱的是同一對象。這樣的混稱，也並非完全誤用。

　　從體制的起源看，話本小說的得勝頭回固源於宋人之「說話」，而章回小說的又何嘗不是？「說話」中小說科的得勝頭回與講史科的講史開篇開始都有導入正文的一段閒文。宋人小說《錯斬崔寧》正文之前，先寫了一個魏鵬勝的故事，所謂「這回書單說一個客人，只因酒後一時戲笑之言，遂至殺身破家，陷了幾條性命。且先引下一個故事來，權做個得勝頭回」，之所以引魏生的故事，是因為也是一時戲言，導致災禍。而《五代史平話》只是從開天闢地起，概述歷代的王朝興廢，再引入五代的故事。至於《三國志平話》開頭，以司馬仲相去陰間斷獄，判被劉邦陷害的韓信、彭越、英布三人投生為曹操、劉備和孫權，以三分漢家的天下完成了果報。這一開頭，為全書的展開定下了主題和總的框架。後期的章回小說從體制來說，是講史科的延伸和發展，也吸納了小說科的頗多經驗，而不論

是哪一科，其作為開場白的體例特點也被許多章回小說所遵循。所以，在百回本的《水滸傳》開頭有「引首」，從宋代的開國皇帝趙太祖，說到仁宗朝，以此逐漸引入梁山好漢故事。在《醒世姻緣傳》的開頭有「引起」，從孟子的君子有三樂，引出要再添夫婦和睦之第四樂，從而展開悍婦故事之主體。《金瓶梅》的第一回開頭，先敘述劉邦、項羽無奈寵姬的故事，再敘述作品的英雄難過美人關、女人是禍水的正傳。就上述三例來看，其「引首」的性質也是跟正文內容關聯但又不屬於正文情節的有機結合部分，其作用是對全文的主題起著概括、預示的作用並以此引入正文。

但隨著時間的推移，章回小說的開場體制又從元雜劇那裏汲取了營養。

元雜劇的體制特點一般是四折加一個楔子。楔子或者置於全劇的開場，如關漢卿的《竇娥冤》，或者置於折與折之間作過場，如高文繡的《黑旋風雙獻功》。王國維云：

> 普通雜劇，大抵四折，或加楔子。案《說文》六：「楔，櫼也。」今木工於兩木間有不固處，則斫木楔入之，謂之楔子，亦謂之櫼。雜劇之楔子亦然，四折之外，意有未盡，則以楔子足之[16]。

楔子置於劇首的，頗近似於「說話」的「得勝頭回」，但也有所區別。從現有雜劇來看，楔子中演繹的內容都與全劇關聯。以關漢卿的雜劇來說，或交代劇情的起因，如《竇娥冤》楔子中，敘述的是竇天章為籌款進京趕考，將女兒竇娥賣給蔡婆作媳婦。摺子中的內容是敘竇娥冤死，最後中舉為官的竇天章為女兒平反申冤。或者

---

[16]　參見王學奇等校注，《關漢卿全集校注》，河北教育出版社，1990年版。

是介紹全劇的主要人物，如《蝴蝶夢》中的楔子並無情節，僅僅是介紹了全劇涉及到的王老漢夫婦和他們的王大、王二、王三這三個兒子的身份、志向。《拜月亭》的楔子則更短，只交代了主要人物在戰亂背景中的出場。

跟「說話」中的「得勝頭回」比較，就可知道，雜劇楔子中的內容跟全劇確是一不可分割的部分，但只是故事層面上的，而在主題層面上，許多楔子並不能起到綜覽全書、敷陳大意、預示中心的作用，而這在許多「說話」的「得勝頭回」和講史開篇中，卻有這個作用，就這一點而言，章回小說中延續「說話」傳統的「引首」，其意義反比雜劇中的楔子來得大。

自金聖歎批改《水滸傳》，將原來的第一回「張天師祈禳瘟疫·洪太尉誤走妖魔」從正文中分離出來稱為「楔子」用以替換原來的「引首」，一方面，使得楔子跟正文的聯繫更為緊密，成為情節的有機組成部分，另一方面，又增添了足以概括全文的內容，這樣，「說話」中的開場白體制和雜劇中的楔子特點這兩股傳統在章回小說中被捏到了一塊，於是，「得勝頭回」稱「致語」、稱「攤頭」、稱「豔段」、稱「引首」、稱「引起」、稱「引子」、稱「緣起首回」、稱「楔子」，就不再是概念不清、概念誤用的問題，而標明了一種體制上的優化組合。

以後的章回小說，在楔子或者近乎楔子的第一回乃至前幾回中，在確立揭示主題、概括全局的前提下，與主體情節的關聯上，顯示了兩種傾向：即既有跟主體情節無直接聯繫的楔子，如《儒林外史》第一回「說楔子敷陳大義，借名流隱括全文」，是以鄙視功名富貴的王冕之高潔來反照正文中醉心於功名的文人舉子之醜惡。又如《兒女英雄傳》的「緣起首回：開宗明義閒評兒女英雄，引證古今演說人情天理」，藉敘述劉邦的徒有英雄之氣而無兒女之情，唐明

皇的徒有兒女之情而無英雄之氣，來引出正文的將兒女英雄集一身的主人公。

此外，也有頗多的章回小說的楔子是跟正文情節有直接的關係。如《女仙外史》的第一回，《鏡花緣》的前六回，《說岳全傳》的第一回，等等。特別是《紅樓夢》的前五回，借情節的進展中，將甄家影射賈府，又交代木石前緣，以及神遊太虛幻境，從而將主題、將情節的發展大趨勢、將主要人物的命運以及他們的性格特質都一一作了暗示，在楔子這一體制上，綜合了以往小說的全部經驗，並作出了自己獨特的貢獻。

第十四章　論古代才子佳人小說的歷史譜系

　　歷史上的才子佳人小說，有廣義和狹義之分。廣義的才子佳人小說，是有關古代一切有文化的青年男女的自主戀愛的敘述，既涉及了文言，也同樣包括白話。而狹義的才子佳人小說，雖也敘述古代有文化的青年男女的自主婚戀，但範圍限定在明末清初的白話小說。我們的論述，以廣義的才子佳人小說為討論對象。

一、才與德的離合關係

　　才子的稱謂雖可說是古已有之，但在上古社會中，其基本的含義，乃是指德才兼備之人。例如，《左傳》「文公十八年」中提及的「高陽氏有才子八人」，就是因為他們「齊、聖、廣、淵、明、允、誠、篤」，故「天下之民謂之八愷。」[1]如果說有才幹的男子在當時得到世人稱譽的話，那主要是由於他們的德行足以令人折服，此種「太上立德」的人生目標，把評價人的標準也導向道德一途。大家知道，在兩漢的徵辟制度下，以仁孝禮讓著稱於鄉里，是入士的主要途徑，取士以仁孝禮讓或者說道德為依據，遂使名教成為豪族屢世必須奉行的標準與賴以自豪的門第的標誌。

　　不過，這一評價才子的標準，在魏晉時代發生了重大裂變，這其中，曹操昭示天下的人才政策起到了重要作用。

---

[1]　楊伯峻，《春秋左傳注》，第 636 頁，中華書局，1981 年版。

　　曹操對才子的看法，集中反映在他的「求才三令」中，其大致說：「有行之士，未必能進取；進取之士，未必能有行。陳平豈篤行，蘇秦豈守信？而陳平定漢業，蘇秦濟弱燕。由此言之，士有偏短，庸可廢乎？」又說：「不仁不孝而有治國用兵之術。唯才是舉，吾得而用之。」[2]

　　在這裏，道德與才幹被曹操生生地拆解了出來，雖然其措辭中的「未必」似乎並不表示分離的絕對性，但最終落實到「唯才是舉」的唯一性，很自然把道德標準排除在外了。他這一主張，我們既可說是他思賢若渴，急於要不拘一格來羅致天下人才，但於其出身寒門，一向輕視道德修養不無關係，為人奸詐之名由此而來。即便他也曾對當時不見仁義禮讓之風，有所感慨[3]。

　　曹操的祖父曹騰是宦官，父親曹嵩是曹騰的養子。並沒有值得可以驕人的門第，但關鍵的問題還不在於此。如同陳寅恪所點明的，寒門與豪族的差異，並不盡在於家族歷代是否有為官為宦的榮耀，也在於是否重視儒家的道德修養[4]。曹操把求才的道德標準離析出去，對才子的衡量取更為寬鬆靈活的態度，正是受其階層意識決定的。而其對才子的重新界定，又在接下來的清談議題中，得到了進一步的回應。

　　清談前期中有一核心問題「四本論」，與才子中德與才的標準密切相關。

　　《世說新語》載：

　　　　鍾會撰《四本論》始畢，甚欲嵇公一見，置懷中，既定，畏其難，懷不敢出，於門戶遙擲，便回急走。

---

[2]　轉引自《魏志・武帝紀第一》，第 32 頁、44 頁，中華書局，1959 年版。
[3]　見其〈修學令〉，轉引自《魏志・武帝紀第一》，版本同上。
[4]　參見陳寅恪，《唐代政治史述論稿》，第 72 頁，上海古籍出版社，1978 年版。

又劉注曰：

> 《魏志》曰：會論才性同異，傳於世。四本者，言才性同，
> 才性異，才性合，才性離也。尚書傅嘏論同，中書令李豐論
> 異，侍郎鍾會論合，屯騎校尉王廣論離[5]。

這裏的所謂性者，即是仁孝道德的為人標準。

　　本來，東漢以前的士大夫大多以仁孝道德（性）為本，推廣至
於治國用兵之術（才）為末，為用，性與才，應該說是相同的一「物」
之兩面，即便可以分離為不同的兩物，但也總是聯合在一起的。此
所謂「才性同」、「才性合」也。但魏晉以後，主張性與才的相離甚
至於相背的觀點暢行起來，而這一觀念，在竹林七賢人中，特別是
領袖人物嵇康阮籍那兒得到了自覺體現，公然宣稱「禮豈為我輩
設？」而對傳統道德命題提出了挑戰。這樣，從曹操制定的國家政
策到名士的清談討論，一直到他們的親身實踐，對許多才子來說，
原本不言而喻的才與德的關聯性得以顛覆，一種越名教而任自然的
全新的才子形象在歷史舞臺中紛紛登場，並在相應的小說中留下了
濃重的一筆。以後，有關才子概念的種種變異，大多表現為依仗才
情向禮教乃至功名富貴的背棄。

　　阮籍和嵇康作為新興的才子典型雖然具有廣泛的知名度，這一
知名度，是跟關於才子的理論探討的自覺聯繫在一起的，也體現了
才子概念的深刻裂變，而從歷史實踐來看，這一裂變似乎應該更往
前追溯。不妨說，被後世視為典型、被人仿效的最初享有盛名的才
子佳人，應該是漢代的卓文君與司馬相如。《西京雜記》共有六段涉
及他們的文字，其卷二中一則具有相對完整性的是：

5　余嘉錫，《世說新語箋疏》，第 195 頁，中華書局，1983 年版。

　　司馬相如初與卓文君還成都，居貧愁懣，以所著鷫鸘裘就市
人陽昌貰酒，與文君為歡。既而文君抱頸而泣曰：「我平生富
足，今乃以衣裘貰酒。」遂相與謀，於成都賣酒。相如親著
犢鼻褌滌器，以恥王孫。王孫果以為病，乃厚給文君，文君
遂為富人。文君嬌好，眉色如望遠山，臉際常若芙蓉，肌膚
柔滑如脂，十七而寡，為人放誕風流，故悅長卿之才而越禮
焉。長卿素有消渴疾，及還成都，悅文君之色，遂以發痼疾。
乃作〈美人賦〉，欲以自刺，而終不能改，卒以此疾至死。文
君為誄，傳於世[6]。

這些文字，包括其餘五則，都是圍繞著司馬相如之才以及與卓文君
的婚戀而展開的，當才與婚戀互為因果時，其越禮蕩閑的道德問題
就突顯了出來，或者說，在才子概念本身的裂變中，對戀情的追求
才是這種裂變的最生動體現（在其他傳說中，有司馬相如彈奏〈鳳
求凰〉琴曲以誘惑卓文君的情節），也構成此後許多才子佳人小說中
的才子行為的原動力。

二、唐代妓女身份的佳人與才子之關係

　　司馬相如和卓文君雖是才子佳人早期的典型形象，但此稱呼在
世上廣泛流傳，還是要到唐朝。如同唐代李隱《瀟湘錄・呼延冀》
中的女主人公在給才子呼延冀的書信中所稱的：「妾既與君配偶，諸
鄰皆謂之才子佳人。」[7]

---

[6]　《西京雜記》，卷二第三十八則，第 11 頁，中華書局，1985 年版。
[7]　《太平廣記》，卷三百四十四，第 2726 頁，中華書局，1961 年版。

之所以把才子與佳人聯繫起來加以指稱，是因為這一現象在社會上普遍存在。反映到小說中，便是才子佳人小說的大量湧現，並構成了大致穩定的敘事模式。

唐代小說從文體上言，是傳奇體成熟的時期，而這種成熟，是跟才子佳人小說題材的成熟，才子與佳人形象的多姿多彩以及由此展開的雙方感情的複雜動人是分不開的。這其中，有四篇傳奇小說，具有相當的代表性。

首先是〈遊仙窟〉[8]。

作為篇幅最長問世較早的唐傳奇小說，〈遊仙窟〉在情節上並無多少曲折離奇處，似乎還當不起「奇」字這樣的概括。不過，恰恰是最為簡單的情節模式中，概括出了以後唐傳奇中，有關才子佳人小說雙方關係的基本展開方式，雖說後來者的情節會更複雜些，細節會更生動些，情感會更深沉些，反映出的社會生活畫面會更廣闊些。但大致的故事框架，似乎不再有大的變化，似乎都是在此基礎上的加減乘除。

在這篇小說中，作者採用自敘的方式，敘述一位奉王命出使的才子張生，投宿一處有所謂「仙女」崔十娘居住的「神仙窟」。住宿當晚，張生很輕易地就被崔十娘的美貌所打動，於是向十娘投贈詩歌，張生所投贈的詩歌既讚美她的美貌和才藝、又試探、撩撥其情懷。十娘開始拒絕、最終接納，於是成就一夜之歡。雖則二人在床頭海誓山盟，但一夜過後，因為王命在身，張生不得不與崔十娘灑淚告別。我們看到，其基本的展開模式，表現為四個階段：一位有王命在身或者赴京趕考的才子偶然相遇一位美麗且多才多藝的佳

---

[8]　汪辟疆校錄，《唐人小說》，第 23-44 頁，上海古籍出版社，1982 年版。

人；才子對佳人表示愛慕之意（往往通過詩歌來傳遞）；佳人被才子打動，未及談婚論嫁即與之有如入仙境的幽會；最後是無奈的分離。

在上文，我們雖曾把司馬相如和卓文君作為才子和佳人的最早典型，他們私下結合的方式，與唐傳奇小說的才子佳人故事模式相當接近，但正是唐傳奇中的基本上都是戀而無婚的結局，才顯示了唐傳奇才子佳人小說的自身特色，也使得〈遊仙窟〉這部小說具有了較早的典範意義。

在唐代，類似於〈遊仙窟〉那種不圓滿的結局，有著深刻的社會歷史原因，這裏難以對此詳細討論，我們僅撮其大意，作一簡述。對此原因的分析，我們可以先從「遊仙窟」的名稱談起。

中國向來有「遊仙」之說，其原初的主題既有道家的如同《莊子》中的「逍遙遊」觀念，以追求一種脫離世俗紛擾達到悠游自在的境界，也是追求神仙思想的產物，反映在文學作品中，是大量遊仙詩的出現。在這裏，以魏晉時代郭璞的〈遊仙詩〉最具影響。如其一的：「京華遊俠窟，山林隱遁棲。朱門何足榮？未若托蓬萊。」其八中的「仰思舉雲翼，延首矯玉掌。嘯傲遺世羅，縱情在獨往。」此後，雖然不斷有〈遊仙詩〉問世，但其主題，在唐代卻有了明顯變異。對此，程千帆有〈郭景純、曹堯賓〈遊仙詩〉辨異〉一文予以剖析，認為本來的超凡脫俗的主題變異為對「天人感情」的題詠[9]。而反映在小說中，最為明顯的是，本應該作為主人公自身對脫離塵俗的「遊仙」體驗，變異為對女仙的相遇，並進而在對女性幽會的經歷中，體驗到自身的全新意義上的「遊仙」快感。也就是說，原本單純的遊仙主題，轉變而為「遇仙」的方式，而其本質，是從出世轉向了入世。我們當然有可以說是社會生活狀況使然，因為魏晉

---

[9]　程千帆，《古詩考索》，第 307 頁，上海古籍出版社，1984 年 12 月。

時代的黑暗與唐代社會的相對繁榮，使人們更容易把出世的念頭轉向入世，這也是任何一種社會生活現實容易給出的答案，但這種轉向，恰恰是由「遇仙」而不是直接放棄「遊仙」的故事模式表現出來，還有著唐代社會自身的特殊原因。

在〈遊仙窟〉這篇傳奇小說中，才貌雙全的崔十娘是以被描寫為仙女的方式來展開故事的。不過，對這位本應脫離塵俗的仙女，在介紹她時，卻又附帶了太多的世俗光環，是所謂的「博陵王之苗裔，清河公之舊族」，這一攀附，卻掩蓋不了其作為倚門賣笑的妓女的真實身份。仙女與妓女稱呼的混用以及在形象塑造上的混同，陳寅恪曾早有揭示，而筆者也曾有專文討論[10]。這裏不擬展開，我們僅僅想說明，在唐代傳奇中，與才子發生感情糾葛的佳人往往是妓女的這一事實，才使得這種悲劇性的結局比比皆是。即便在傳奇小說中，佳人並沒有言明其真實身份，相反的是，頭上倒套有或仙女，或貴族苗裔等許多光環，但其作為身處社會底層足以妨礙才子個人和家族飛黃騰達的障礙，最終無法逃脫被才子遺棄（儘管有時候是不情願的）的命運。如同在《呼延冀》這部作品中，女主人公雖然把自己和男方聯繫起來稱為「才子佳人」，但又不得不說自己「固無婦德婦容」。

如果說〈遊仙窟〉已經勾勒了唐代才子佳人小說故事的模式，但其一夜情的方式，卻無法產生動人的效果，也沒能使雙方分離的結局，上升為一種真正意義上的悲劇。

但《鶯鶯傳》和《霍小玉傳》卻不同。

在這兩部作品裏，才子與佳人的相遇似乎撞擊出人生最絢爛的火花，女方，也包括在一段時間裏的男方，似乎積聚起畢生的感情

---

[10] 陳寅恪，《元白詩箋證稿》，第 107 頁，上海古籍出版社，1978 年版。

力量，那種在〈遊仙窟〉裏輕描淡寫的所謂的「遇仙」經歷，在這作品裏成了最具詩意的仙界體驗。這樣，不是〈遊仙窟〉，而是《鶯鶯傳》成了廣泛意義上的才子佳人小說的代名詞，也就毫不奇怪了，即便是《鶯鶯傳》中男女主人公稱謂很可能是延續了〈遊仙窟〉的主人公的命名方式。同樣延續的，是女主人現實生活中的真實身份。

在《鶯鶯傳》中，佳人崔鶯鶯是由現實生活中的妓女原型塑造而成，已是學術界的共識。而曾經是作為佳人的熱戀者的才子張生，恰恰是在對這一佳人的拋棄中，才從一個背德者進入傳統道德的遵循者，此所謂「善補過」。就被拋棄的佳人崔鶯鶯來說，其把一切歸因於命運的態度，所謂「命也如此，知復何言」，卻表現得哀婉而又有理性的節制，而在《霍小玉傳》中，霍小玉化為厲鬼向李生的瘋狂報復，則把悲劇的非理性渲染得淋漓盡致。這兩部作品，似乎代表了才子佳人小說悲劇的兩種較為極端的處理方式（其中間式的處理，例如在《呼延冀》中，被拋棄的女主人公是以偽稱別嫁來向對方發洩自己的怨氣的）。但這兩種處理方式，指向的是同一個現實，即：才子的原型，那些生活中的作者在感情上是不願意與他們各自相處的「佳人」分手的。他們是處於家族的利益個人前途的考慮，才不得不與之分道揚鑣的。對這種現實中的無奈，他們不得不歸因於命運或者說緣分。他們之於佳人，是處在緣盡情未了的境地。《霍小玉傳》中的李生是如此，甚至是為自己找那許多冠冕堂皇理由而顯得虛偽的張生也是如此。

不同於普遍流行的故事模式，還有一篇《李娃傳》的展開稍稍顯得有些另類。也就是說，不是才子對佳人的離棄，而是無情的妓女，把耗盡財資的才子予以了拋棄。但這樣的另類，只是在才子佳人小說中的另類，因為，絕大多數悲劇性的才子佳人小說，其悲劇的原動力總是來自男性而非女性，女性大多處在既被追求也被拋棄

的消極被動的地位。但《李娃傳》並不是現實反映的另類,對於現實來說,它倒是切合了「婊子無情」的傳統觀。雖然在《李娃傳》中,佳人的妓女身份在開始時並沒有得到任何掩飾,不過,與其他才子佳人小說相彷彿的是,李娃從無情到多情的轉變,其最終得到誥命夫人的榮譽,從而使自己脫胎換骨。

在唐代才子佳人小說中,其對才子和佳人形象的塑造,其渲染的動人感情的力量,乃至在對悲劇性的處理中折射的現實意義,都達到了相當的高度,這種高度,是後來的絕大部分才子佳人小說所不能望其項背的。

三、狹義的才子佳人小說

宋元以後,在傳奇小說的整體衰微中,一些較長篇幅的才子佳人小說,如《嬌紅記》等等也延續了悲劇性的故事模式,但感情的委婉或者深沉都付諸闕如,才子對佳人的性的興趣似乎替代了感情的傾慕,人物個性大多猥瑣無光,其總體格局被唐代傳奇所籠罩的局面,只是在明末清初狹義意義上的才子佳人小說紛紛登場才為之改變。不過,這種改變,卻未必能說是開闢出多少文學的新天地。

類似的小說雖然林林總總不一而足,但其人物個性的相似,故事模式的雷同,已被《紅樓夢》中指責為「千部共出一套」[11]。

但這「千部一套」,是就自身系統的不同小說而言的,相比於此前唐代傳奇小說中的同類題材,也表現出一些特徵來。這裏,我們以較著名的《玉嬌梨》為例來加以說明[12]。

---

[11] 《紅樓夢》,第 1 頁。
[12] 《玉嬌梨》引文均出自春風文藝出版社標點本,1985 年版,下不一一注明。

1、在唐傳奇中，才子那種才與德的分離狀況，在明末清初的才子佳人小說中得到了統一。

不錯，雖然《玉嬌梨》的才子蘇友白也似乎是個縱情越禮之徒，公然宣稱：「禮制其常耳，豈為真正才子佳人而設。」把對女性的追求掌握在自己手中，早已超越了父母之命、媒妁之言的教條。但是，這種追求，並沒有導致他們進一步發展為床第之戀，他們一旦與佳人私定終身，則會很自覺地離開佳人，去求取功名，然後在金榜題名後，再來完婚，所謂洞房花燭夜是也。

2、與此相應的是，佳人的行為也有所收斂。

一方面，女主人公盧夢梨偶遇蘇友白，對其一見鍾情後，果斷地女扮男裝，以夢梨哥哥的身份來向蘇友白推薦自我。並同樣流露出對婚姻大事為他人所操控的不滿，所謂：「絕色佳人，或制於父母，或誤於媒妁之言，不能一當風流才婿而飲恨深閨者不少。故文君既見相如，不辭越禮，良有以也。」但她不但同樣回避了婚前的性行為，特別是當她已知蘇友白有定情人白紅玉時，更是以自甘居妾的位置，表示了對傳統道德的認同，所謂：「娶則妻，奔則妾，自媒近奔，既以小星待君子亦無不可，但恐兄所求之淑女未必能耳。」其所以如此，是因為唐傳奇中佳人的妓女身份或者現實生活中的原型，與明末清初官宦人家的小姐有了根本的差異。

3、正是這一形象的變異，導致了故事發展三種元素的統一，即戀愛、婚姻與功名富貴的相統一，並以這種統一顯示出結構上的大團圓結局。

由戀愛向婚姻的發展也經歷一番波折，以顯示一定意義的戲劇衝突，但這種衝突，不是本質意義上，不是現實生活中無法克服的矛盾的反映，也不是主人公自身思想觀念的根本分裂，所以其衝突的表現形式不外乎兩種：不是好人發生了誤會，就是有小人在從中

搗亂。在《玉嬌梨》中，佳人白紅玉的長輩原是看中才子蘇友白而托人去說媒，蘇友白在不曾見到白紅玉的情況下，覺得女方主動而不是等著男方來求親，肯定自身有問題，遂不願答應這門婚事。後來，女方藉徵集詩歌來求夫婿，不料又被無賴小人拿了蘇友白的詩歌來騙婚，待這一切真相大白後，其才子佳人結合的所有障礙也就蕩然無存。

4、此外，不同於唐傳奇的是，明末清初才子佳人小說的大團圓結局大都以一婚多妻而伴隨，佳人似乎是以彼此的不妒嫉，來證明自己的嫻淑。

《玉嬌梨》中，盧夢梨在明知蘇友白已有訂婚人時，仍然願把自己的終身託付給蘇生，而且甘願做小，唯一擔心的是紅玉能否相容，而後來遇到紅玉，想不到紅玉主動提出：「吾聞昔日娥皇女英同事一舜，姐深慕之，不識妹有意乎？」對此，蘇友白以一個男子中心及普遍佔有欲的心態振振有詞地說：「若非淑女，小弟可以無求，若果淑女，那有淑女而生妒心。」把男女之間愛的不平等視為理所當然，用所謂的嫻淑來否定了愛情本質上的排他性。也否定了對女性的每一個特殊個體的充分尊重。而這正是才子佳人小說，雖然一度把青年男女從共同體的成員捆綁中解脫出來，以自主的婚姻來顯示自己的獨立性，並且把人間最美好的感情來謳歌時，卻又難以把人以及人與人的關係提升到更高境界的重要原因。

才子佳人小說在明末清初發生的共通性的變異，既有社會現實的深層次原因，但是也跟許多小說作者有著大致相同的經歷相關聯。大致說來，在唐代傳奇中，才子的原型往往就是生活中的作者，他們在生活中有許多人已經功成名就，而佳人的原型往往就是他們在生活中不得不離棄卻又讓他們魂牽夢繞的出身低微的女子。但是，明末清初的作者卻不是，他們大多是些落魄文人，美好的戀愛、

讓人羨慕的婚姻和功名對他們來說都遙不可及。用《平山冷燕》的
序作者來說:「欲人致其身而既不能,欲自短其氣而又不忍,計無所
之,不得已而借烏有先生發洩其黃粱事業。」[13]於是,這樣一種無
奈之下的白日夢,才把一切自以為美好的東西堆砌起來,造成了這
樣一個虛幻的炫目的七寶樓臺。既然是白日夢,那麼不顧現實,以
一個男子中心的立場,把天下之美盡歸於己,構想出這樣的大團圓,
就毫不奇怪了。其人物塑造及故事模式的陳陳相因在原創力上顯示
出的貧乏,只是在《紅樓夢》中,遭到了通過多種藝術展現方式的
有力駁斥。

　　在把《紅樓夢》的獨特性與才子佳人小說區分開來的眾多論述
中,舒蕪收入《說夢錄》書中的短文「才子佳人的漫畫」是最具概
括力的。他不但揭示了賈寶玉林黛玉等人與傳統狹義上的才子佳人
的一些差異,還慧眼獨具,認為第一回中的賈雨村與嬌杏間的一段
故事,是為才子佳人的故事模式進行了漫畫式的勾勒,取得了諷刺
式的效果[14]。用現代批評術語來說,這一情節是構成了一種扭曲模
仿。在他提示的基礎上,我們在第四章已做了分析,此處從略。

四、《紅樓夢》的繼承與超越

　　毋庸諱言,《紅樓夢》對才子佳人小說確實有其一定程度上的繼
承性。比如男女雙方都富有才情,也都比較英俊美麗,他們都對感
情有自主的要求,不願意受父母之命所掌控,他們的愛的發端,首
先是被對方本身所吸引,而沒有太多計較外在的附加條件等等。而

---

[13]　《平山冷燕》,第 2 頁,春風文藝出版社,1985 年版。
[14]　舒蕪,《說夢錄》,第 255 頁,上海古籍出版社,1982 年版。

作為才子賈寶玉，也是以一個雖有歪才但任性頑劣的背德者的面貌出現的。

但其差異也是明顯的，如同在第一回甄士隱的夢中，僧道對話所說的：「想這一干人入世，其情癡色鬼，賢愚不肖者，悉與前人傳述不同矣。」那麼，這種不同，究竟表現在哪些方面呢？我們即以為人熟知的賈寶玉和林黛玉的戀愛方式，來做一簡要概括。

（一）郎才女貌，一見鍾情的開場模式的改變。

賈寶玉雖然也有一定的才氣，試才題匾額，閒徵姽嫿詞中都得到了體現，但卻並沒有讓林黛玉所傾倒，他的才氣，也不敢在林黛玉前面顯露，更不敢藉他的才來向林黛玉傳遞愛的訊息，如同才子佳人小說中，才子常常所做的那樣。反過來說，林黛玉吸引賈寶玉的，也不是她的美貌，即便有人說她不是大觀園中最美的女子，但賈寶玉說她是個神仙似的妹妹，也應該是有其動人之處的。但書中並沒有寫及賈寶玉被她的容貌比如眼角眉梢等所傾倒，倒是薛寶釵的白臂曾令其迷惑，以致引動他想起一些自己與薛寶釵聯繫的傳聞。而賈寶玉與林黛玉的關係，較之一見鍾情的模式遠為複雜，作者也為這種關係的展開，提供了充分的生活依據和邏輯必然，而在傳統才子佳人小說中，才子與佳人，並不具備一個從容相處的生活環境，這也就是楊絳所謂的古代的愛情都是速成的甚至現成的道理[15]。

15　楊絳，《春泥集》，第 97 頁，上海文藝出版社，1979 年版。

（二）互投詩歌，私下相約過程的背離。

在才子佳人題材中，不論是唐傳奇還是明末清初的白話小說中，男女主人公感情的傳遞方式主要是以互相投贈詩歌來體現的。「詩緣情而綺靡」，這是約定俗成的通則，使得人物在詩歌的吟詠中，自然而然把情感灌注於其中了。但是林黛玉與賈寶玉之間並不曾互相投贈詩歌以表達感情。因為他們的關係並不是一天發展起來的，是有著親情向愛情的轉化，而傳統才子佳人小說中，那種一見鍾情的開場模式，雖使雙方的關係在以後還有所深化，但感情基本上缺乏必要的提升，更不會有質的變化了，所以，吟詠詩歌對雙方而言都是一種抒情式的同義反覆。但賈寶玉和林黛玉卻不是。他們的感情發展模式與其說是抒情的，不如說是敘事的，是在雙方關係的不斷深化中，感情性質經歷了了不斷的變化，其中有著太多的戲劇性的衝突和逆轉。也因為大部分才子佳人小說的詩歌傳情並無戲劇性可言，所以由傳遞情詩而轉為私定終身，才完成了一種形式上的戲劇性提升。不同於賈寶玉和林黛玉，是在彼此放心中，在感情上得到一種本質上的，內在意義上的昇華，而林黛玉手帕題詩，成為昇華了的感情的聚焦。至於兩人互相表達感情的曲折性和獨特性，楊絳等許多學者都做出了精闢分析，此不贅言。

（三）洞房花燭、金榜題名大團圓結局的超越

賈寶玉和林黛玉關係的悲劇性結局，已有太多學者加以分析，把這一意義歸之於是對洞房花燭、金榜題名的超越，自然沒有多少疑問，但問題在於，他們究竟是如何，或者說以怎樣的方式來超越的呢？

　　有說是因為他們的愛情是超越了功名富貴，是叛逆者展開的一場叛逆式的愛情，不能相容於現實，故演繹成悲劇性結局，這是大家容易接受的結論。但在闡釋這一命題時，也不應該忽視，這愛情的叛逆，不單單是指對功名富貴的超越，也不單單是他們試圖把婚姻關係的確立掌握在自己手裏而已。事實上，他們從沒有試圖把自己的關係從愛情發展為一種婚姻關係，或者私約或者私奔。當他們的愛情已經瓜熟蒂落時，他們是幾乎絕望地期待著長輩們來為他們主婚。從這意義上，他們的愛情的叛逆性是不徹底的，甚至都比不上古代的司馬相如和卓文君，也包括一部分才子佳人小說中的那種私訂終身的叛逆性。但是，他們的超越有其獨特性，不僅僅體現在被人說濫了的是對功名富貴的超越，更主要的是體現在愛情本質意義上，並且通過愛，完成一種人格意義上的發展和成熟。在奧地利詩人里爾克《給一個青年詩人的信》中，說過類似的話：

> 愛的要義並不是什麼傾心、獻身、與第二者結合，它對於個人是一種崇高的動力，去成熟，在自身內有所完成，去完成一個世界，為了另一個人完成一個自己的世界，這對於他是一個巨大的要求。至於傾心、獻身、與第二者結合，還不是他們的事，那是最後的終點。但是青年們在這方面誤得很深，如果愛到了他們身上，他們便把生命任意拋擲。這期間每個人都為了別人失掉自己，同時也失掉了別人[16]。

　　當賈寶玉和林黛玉互相傾慕時，他們是不成熟的，這種不成熟，往往又是互為因果的。就賈寶玉來說，貴族的、男子的、同時也是並未長大的那種兒童的中心主義集合在一起，使他理所當然要所有

---

[16]　里爾克著、馮至譯，《給一個青年詩人的十封信》，第 41 頁，三聯書店，1994年版。

女性都圍著他轉，而且，種種見了姐姐就忘了妹妹的跡象，也顯示出他那種對女性普泛的佔有傾向，而並沒有去深究女性作為一個特殊個體的各自感受，他倒是希望所有他身邊的女性都能相安無事，薛寶釵林黛玉之間是如此，甚至於大丫環與小紅等人也能如此。恰恰是由於林黛玉等人不時流露的妒忌心理，以及齡官等人對賈寶玉的不屑一顧，才使賈寶玉的行為有所糾正，也使他對愛的專一的本質，對女性個體的尊重原則，有了更深切的領悟，這也是「情悟梨香院」那一節文字，清楚無誤告訴我們的。而只有賈寶玉能夠真正明白到這一點，並且以他的行動表現出來時，林黛玉的尖酸刻薄也因此變得無用武之地，她對他人包括寶釵，能夠用一種更寬和的態度與之相處。就這一點而言，林黛玉等人的含酸吃醋，並非只具有消極的意義。清人俞正燮所謂的「妒非女人惡德」，具有相當的合理性。同樣，以前二知道人的一段話，也可以促使我們從另一個角度來理解，他一方面說大觀園在賈寶玉心目中等同於桃花源的那種理想性，另一方面，他也明確指出：

> 大觀園，醋海也。醋中之尖刻者，黛玉也。醋中之渾含者，寶釵也。醋中之活潑者，湘雲也。醋中之爽利者，晴雯也。醋中之乖覺者，襲人也。迎春、探春、探春，醋之隱逸者也。至於王熙鳳，詭譎以行其毒計，醋化鴆湯矣[17]。

有學者據此作為反駁余英時把大觀園視為理想世界的看法[18]，卻不明白，二知道人固然是站在否定的立場上對這樣的醋海流露出不滿，但這種不滿，其實本身是成問題的，不說林黛玉，即便歹毒

[17] 一粟，《古典文學研究資料彙編‧紅樓夢卷》，第一冊，第 101 頁，中華書局，1963 年版。
[18] 陳維昭，《紅學通史》，上冊，第 328 頁，上海人民出版社，2005 年版。

如王熙鳳，對尤二姐下那樣陰險的毒手，除了出於鞏固自己地位的考慮，其實也是一個女性在無力要求男性對其忠貞時，不得不對一個比她更弱的女性的開戰。在那樣的社會裏，一個嫉妒成性至於危害其他女性的妒婦，總是有她丈夫的放蕩不羈為前提的，王熙鳳是如此，夏金貴也是如此。至於林黛玉的妒嫉使賈寶玉從兼愛到專一，對於他們提升愛情的品味，摒棄男女雙方的不對等地位有著不可低估的影響力。就這一點來說，對賈寶玉這樣的才子，其對功名富貴的唾棄在傳統觀念中固然是個背德者，而對感情的忠貞問題，似乎也關涉到道德的重新調正。所以，一味認可二知道人的說法，簡單地把這樣的醋海認作是顯示大觀園的否定性價值，顯然是延續了傳統的男性中心主義的觀念，是無助於我們正確理解這一問題的全面性和複雜性的（其實，如果要論證大觀園的現實性，其中演戲的齡官把大觀園視為牢籠的看法是更有說服力的，但即便如此，也不因此就否定了其所具有的理想的一個側面）。不妨說，在才子佳人小說中作為否定性的女性的嫉妒問題，在《紅樓夢》中得到更為全面地展現，並顯示出在相應層次中的不同價值，才會催生一種相對於傳統才子佳人小說而言的更健康、更明朗、更平等因而也是更崇高的男女愛情關係。而把展開這樣美好關係的環境大觀園視為是理想世界也無可非議。

五、夢想在現實中破滅

　　然而，令人深思的是，當《紅樓夢》有意識地把明末清初的才子佳人小說作為其批駁超越的對象，不但在第一回諷刺性地勾勒中把這一類小說的非現實性揭示無遺，同時，以一種全新的男女愛情來構架起一種新的關係時，他似乎已經寫出了自己心目中的最美好

夢想。這種夢想不但能夠安慰作者自己，同時也顯示出人類社會更進步的價值觀。但作者卻並沒有讓這種夢想在大觀園裏完全封閉起來，如同他把才子佳人的白日夢放回到現實中檢驗，從而顯示其荒唐可笑，他同樣把自己的夢想在社會現實的邏輯中予以展開。也正由於此，有學者無法理解或者說接受大觀園是理想世界的說法，以大觀園中滋生的現實的醜惡來反駁這一理想世界的存在。反駁者似乎沒有明白，作者的思考方式遠不是這麼機械教條，在他的思維方式中，理想與現實的關係從沒有獲得過如此形而上的絕對的對立。他雖然以他對男女之間的新型關係的理解，改變了明末清初的才子佳人小說的庸俗愛情的模式，但其對這類才子佳人小說的超越並沒有使他的小說在本質上回歸到唐代傳奇的同類題材，儘管唐傳奇的悲劇性結局，使我們易於得出這樣結論。事實恰好不是這樣的。雖然《紅樓夢》對此前的才子佳人小說的繼承和超越是一個相當複雜的問題，涉及到多方面的問題，但這無法遮蔽一個基本的事實，那就是，《紅樓夢》不簡單地是以一種全新的近代意義的男女愛情關係來替代一種庸俗的、男子中心的，自欺欺人的愛情。當他一手把一個全新的愛情王國與大觀園一起樹立起來時，他另一手已經把這一王國基礎的脆弱性指給我們看了。於是，不同於唐傳奇的是，《紅樓夢》的悲劇不是因為男女主人公回歸到現實中而感到愛情的失落，而是說，在那樣一個現實中，在那樣的傳統社會中，近代意義上的真正愛情本身就是一個空中樓閣，這樣，《紅樓夢》的問世，不但是對所有的古典意義的才子佳人小說的終結，也是對包括自身在內的愛情小說的終結。因為在不根本改變惡劣的現實土壤的前提下，理想的愛情之花是無法持久而又絢爛開放的。

第十五章　論賈寶玉與中國古代小說的情僧傳統

　　一般認為，情之於僧，是勢如冰炭而不能復合同一的兩個字眼。情之一詞，使人聯想到生命的飽滿與活力、聯想到現實的欲求、塵世的溫暖；而僧之一詞，則讓人想到生命的枯寂與孤冷、想到人生的空無和虛幻。然而從古代最先成熟的筆記體小說以及繼起的傳奇、話本小說直至集敘事藝術之大成的章回小說《紅樓夢》，情僧作為一種獨特形象在各種文體的小說中頻頻出現，從而構成一鮮明的藝術傳統。這種傳統的出現，不但從橫向維度上折射出古代漢民族的文化精神實質，並且由於這類形象的發展變化，也因此從縱向維度上或多或少地顯示了文化的歷史變遷，因而追溯情僧傳統的歷史淵源、剖析其在發展演變中呈現的不同風貌，探討其特具的文化意蘊，就顯得頗有意義。

一、魏晉筆記體小說與情僧形象之初現

　　佛教雖是在東漢傳入中國，但對社會各層尤其是上層名流發生影響則已到魏晉時代[1]。在這一時代，中國古代小說中的筆記體已相對成熟，於是，在記錄漢魏晉名流言行的志人小說《世說新語》中，不乏有情僧形象之出現，其中最為著名者，首推支道林。「傷逝」篇中曾有一則云：

---

[1]　參見湯用彤，《漢魏兩晉南北朝佛教史》，中華書局。錢穆，《國史大綱》，第二十一章，商務印書館。

支道林喪法虔之後，精神實喪，風味轉墜。常謂人曰：「昔匠
石廢斤於郢人，牙生輟弦於鍾子，推己外求，良不虛也。冥
契既逝，發言莫賞，中心蘊結，余其亡矣！」卻後一年，支
遂殞。

在這裏，高僧支道林因其同學法虔亡故而竟至於如此頹唐、悲
傷，直至身亡，說明他的生命對於情之依賴，已到了最高極限。在
這一時期的志怪筆記小說中，也有許多頗重情感的僧人，並顯示出
較鮮明的個性特徵。舊題陶潛的《搜神後記》中，有如下一則故事：

晉太康中，謝家沙門竺曇遂，年二十餘，白晳端正，流俗沙
門，長行經清溪廟前過，因入廟中看。暮歸，夢一婦人來，
語云：「君當來作我廟中神，不復久。」曇遂夢問：「婦人是
誰？」婦人云：「我是清溪廟中姑。」如此一月許，便病。臨
死，謂同學年少曰：「我無福，亦無大罪，死乃當作清溪廟中
姑。諸君行使，可過看之。」既死後，諸年少道人詣其廟。
既至，便靈話相勞問，聲音如昔時。臨去云：「久不聞唄聲，
思一聞之。」其伴慧觀便為作唄訖。其神猶唱贊。語云：「歧
路之訣，尚有悽愴。況此之乖，形神分散。窈冥之歎，情何
可言。」既而，欷歔不自勝，諸道人等皆為流涕。

這篇故事啟述宛轉，已頗具小說之意味，其主旨似乎是「張惶
鬼神，稱道靈異」，以明形滅而神不滅，但竺曇遂在去世前對同道的
叮嚀關照，以及同道對其亡靈的看顧，尤其是他們在形神乖離的情
形下互唱唄讚以寄託思念之情，將那一種深沉的同道之情，那種難
以言說的感歎，所謂「窈冥之歎，情何可言」，加以恰到好處的表現。
類似的例子我們在王琰的《冥祥記》中也可看到，如：

晉王練，字玄明，琅邪人也，宋侍中。父珉，字秀琰，晉中
書令；相識有一梵沙門，每瞻珉風采，甚敬悅之，輒語同學
云：「若我後生得為此人作子，於近願亦足矣。」珉聞而戲之
曰：「法師才行，正可為弟子子耳。」頃之，沙門病亡，亡後
歲餘而練生焉。始能言，便解外國語，及絕國之奇珍、銀器、
珠貝，生所不見，未聞其名，即而名之，識其產出；又自然
親愛諸梵過於漢人。咸謂沙門審其先身，故珉字之曰阿練，
遂為大名云云。

《冥祥記》一書也屬「釋氏輔教之作」，即如這則故事，王練生
而穎悟，對外族語、器物無師自通，正說明佛教教義之前世因果，
但耐人尋味的是，教義宣揚因果輪迴原是為了證明善惡報應，而沙
門生命之輪迴卻純是為對王珉風采之敬悅，也是王珉對沙門才行之
賞識。於是，沙門託身而為王珉之子，成了因渴慕之情而激發起來
的對生命的重新選擇，其作為情僧之個性特徵成了這則故事最引人
矚目之處，因果輪迴之意蘊反被沖淡了。

佛教教義的根本歸趣是解脫，是把斷絕煩惱、棄絕塵世作為修
行的追求目標，而人間情感正被視作是一種煩惱，是需要予以超越
的。那麼為什麼在佛教傳入中國的初始階段，情僧已作為一類頗具
鮮明個性的藝術形象而在小說中屢屢出現呢？其實，佛教從在印度
本土草創到東漢傳入中土而在東晉發生廣泛影響，其教義已經歷了
諸多的變化而愈益趨於複雜。小乘教義固以自我度脫修成阿羅漢為
宗旨，而大乘教義則有不舍眾生之大願，以度盡一切眾生脫離苦海
的菩薩為目標，從而在實踐中由出世轉向入世、救世；其出世的虛
無態度反而被暫時懸擱起來，更經常地是表現出價值關懷的情感、
一種慈悲心腸。發下「地獄不空，誓不成佛」大願的地藏菩薩和救

苦救難的觀音菩薩即是這方面的典型。而就中國實際情況而言,「中國思想自先秦以來即具有明顯的『人間性』傾向。中國古代思想中雖也早有超越的理想世界(即「彼世」)和現實的世界(即「此世」)的分化,但這兩個世界之間是一種不即不離的關係,並不像在其他文化(如希臘、以色列、印度)中那樣形成了鮮明的對照。」這種「人間性」也就是我們通常所說的「平常心」[2]。這種「平常心」在中國人內心之根深蒂固,是許多修行高深的名僧不能免除的。如高僧慧遠、慧持兩兄弟同在廬山修行:

> 持後聞成都地沃民豐,志往傳化,兼欲觀矚峨嵋,振錫瑤岫,乃以晉隆安三年(即339年)辭遠入蜀。遠苦留不止。遠歎曰:「人生愛聚,汝乃樂離,如何。」持亦悲曰:「若滯情愛聚者,本不應出家,今既割欲求道,正以西方為期耳。」於是兄弟收淚,憫默而別[3]。

值得注意的是,一代名僧如慧遠者,其對兄弟之情如此之戀戀不捨,似與出家之本旨確有所違礙,而其挽留乃弟的理由,所謂「人生愛聚」,正是從人的平常心出發。但看似達觀的慧持,所勸慰慧遠的是,不簡單地把西方淨土作為分離之理由,而是以西方重聚為目的,這就在超脫的態度中仍潛伏著平常心的底蘊。故佛教雖自東漢傳入中國,但直到東晉方蔚為大國,原因之一,就是因為佛教初傳皆為小乘佛法,直到後來大乘佛法廣為傳譯,與中國民族心理較相契合,這才影響逐漸擴大。

當然,僧之重情,源自俗人平常心,也由於佛家慈悲心,但更直接的原因,與魏晉這一特定時代的社會狀況相關,並因此形成魏

---

[2]　余英時,《士與中國文化》,第452頁,上海人民出版社。
[3]　釋慧皎《高僧傳》,卷七,「晉蜀龍淵寺釋慧持」條。

晉小說中的情僧特點。概而言之，東漢以降，宦官和外戚輪番專政，腐敗的政治、黨人事件更使士人心靈受到極大的震撼，於是他們大多從大一統的政權中分離出來，渴望用另一種方式來表現自我的存在與價值，於是名士風流，互相品評，走向了各自的感情天地[4]。士人本來希冀朝廷來徵召的相遇之恩一變而為同道間的相知之情，其賞識人物的標準從東漢時的重德行一變而為重才情。東晉以後，僧人與士人交往密切，其中有許多高僧進入名士之流，以致孫綽的《道賢論》將天竺七僧和竹林七賢相比擬[5]。而名士重情性的做人標準也影響及於僧人，於是僧之重情也染上鮮明的時代色彩。前引小說中的情僧形象之出現已說明這一點，而《高僧傳》中也有僧人重情之記載，如支道林「先經餘姚塢山中住，至於明辰猶還塢中。或問其意，答云：『謝安在昔數來，輒移旬日，今觸情舉目，莫不興想。』」其用情之深，一至於此。值得一提的是，在魏晉時代，由名士重個人情感而引發的一場聖人有無情感之大論爭[6]，使僧人也被捲入。《世說新語‧文學》中曾云：

> 僧意在瓦官寺中，王苟子來，與共語，便使其唱理。意謂王曰：「聖人有情不？」王曰：「無。」重問曰：「聖人如柱邪？」王曰：「如籌算。雖無情，運之者有情。」僧意云：「誰運聖人邪？」苟子不得答而去。

在這裏，僧意站在駁詰聖人無情說的立場上，層層發難，使對手不得答而去，既暗示了聖人有情說的邏輯雄辯，也說明僧之重情已達到相當自覺的程度。

4　參見羅宗強，《玄學與魏晉士人心態》，浙江人民出版社。
5　《全晉文》，卷六十二。
6　參與湯用彤，〈王弼聖人有情義釋〉，文收入《湯用彤學術論文集》，中華書局。

　　必須指出的是，我們強調僧之有情並不意味著要把情僧形象等同於一般的鍾情之輩，重情畢竟只是情僧的一方面特徵，除此之外，其作為出家人的超越塵俗的一面自然會有所體現。而超俗，也正是僧人與名士的又一契合點[7]。魏晉名士的涉虛，或者說「隱居嘉遁」、「遺情世務」，早為學人所熟知，故而《高僧傳》在提及支道林與當時名士交往時，所謂「王洽、劉恢、殷浩、許詢、郗超、孫綽、桓彥表、王敬仁、何次道、王文度、謝長遐、袁彥伯等，並一代名流，皆著塵外之狎」；正顯示了情僧具有的二面性特點：即超越塵世、不以俗事為念，顯示其遺世的一面，而又與同道互相依戀，眷眷之心則又顯現其人間情懷的一面。正是情僧形象相容了這二面性，使其懷有的那一份情感較多蛻去功利色彩，因佛家慈悲心腸激發起情感的那種道德關懷，變成了為情感而情感，在情的領域互求知己、互求安慰，蘊蓄了濃厚的形而上意味。《世說新語》提及的支道林在失去同道法虔時，正是以喪失知音，使自己的情懷無由寄託而只能鬱結在心裏，來說明他已無生存之必要。而他把自己與法虔之關係，比作匠石之於郢人、牙生之於鍾子，強調了對象的獨一無二性，從而將他的情感也由此推向了頂峰。同樣，《搜神後記》中的竺曇遂之於同道，《冥祥記》中的沙門之於王珉，其彼此間的情感也都無功利之色彩，變得純而又純。

　　一種純粹的情感自然會排斥性的因素，所以情僧之情是情愛而非性愛。本來，竺曇遂在夢中見到清溪廟女神前來召喚，已初露性愛之端倪，類似的敘事模式從楚王夢遇神女後，已屢見不鮮，如在《八朝窮怪錄》中，也載有宋元嘉年間趙文昭與清溪廟女神遇合之故事[8]。但關於竺曇遂，男女情事並沒有得到明確的表現，作者的筆

7　參見湯用彤，〈魏晉思想的發展〉，文收入《湯用彤學術論文集》。
8　見《太平廣記》，卷第二百九十五「趙文昭」條。

墨，主要落在對同道之誼的渲染上了。又如沙門之於王瑉，其在當
世的結識，完全可以使彼此的情誼得以繼續保持，但他們要更進一
步，在不願以同性戀的方式使這友情更深入一點，遂讓沙門在對人
生的重新選擇中，將友情發展而為親情，其對性因素之排斥，也由
此可見。就當時小說來說，表現情僧形象涉及性關係的並不多見，
以筆者之寡聞，僅鳩摩羅什有關於他豔遇之傳聞。不過這些豔遇，
大抵出於統治者的逼迫，唯一的一次主動見於《晉書》，云：

> 嘗講經於草堂寺，興及朝臣、大德沙門千有餘人肅容觀聽，
> 羅什忽下高坐，謂興曰：「有二小兒登吾肩，欲鄣須婦人。」
> 興乃召宮女進之，一交而生二子焉[9]。

這裏，情之興發與滿足被完全以產子來開釋，不但是情感談不
上，連性愛也闕如也。而《高僧傳》中，有記載僧人對女性拒斥之
事例，道是晉僧慧嵬在山谷修禪時，一女子來自薦枕席：

> 後冬時天甚寒雪，有一女子來求寄宿。形貌端正，衣服鮮明，
> 姿媚柔雅，自稱天女：「以上人有德，天遣我來，以相慰喻。」
> 談說欲言，勸動其言。嵬執志貞確，一心無憂。乃謂女曰：「吾
> 心若死灰，無以革囊見試。」女遂陵雲而逝[10]。

情僧之重情而不及於性，這固是從重相知之情發展而來，但實
際上也是教門律條與社會禮法之要求。而魏晉南北朝實是禮法相當
發達之時代，當時雖有主張「禮豈為我輩設」的「越名教而任自然」
的放誕之士，如阮籍、嵇康等，但他們僅代表當時名士之部分，至

---

[9] 《晉書》，卷九十五列傳第六十。
[10] 釋慧皎，《高僧傳》，卷第十一「晉長安釋慧嵬」條。

於因破壞禮法而被中正降品或清議所廢的事例時有可見[11]。東晉以後，士人們禮玄雙修，玄學家往往深通禮制，而禮學家則往往兼注三玄。即如高僧慧遠，也精於喪禮[12]。於是，「情禮兼到」、「緣情制禮」遂成為總的歸趣。作為男女之大防的禮法自不會讓士人陌生。明乎此，則小說中出現的情僧形象生情而不及於性，尤其是異性，則也是理所當然的了。同樣地，傳說鳩摩羅什因破戒而每次開講佛法前，都要以淤泥中的蓮花喻自己的行為，讓世人但取蓮花而不要追逐淤泥，也見出他當時是承受了很大的壓力。

　　出家為僧而又重情感，情與空的矛盾和對峙本是一個無可回避的事實，但在魏晉小說中，處在情與空緊張對峙、衝突中的情僧形象難以看到，有的倒是一些能將這種衝突保持在平衡狀態的情僧。例如《世說新語・言語》引《高座別傳》談及高座道人及周僕射相知甚深：

> 俄而周侯遇害，和尚對其靈坐，作胡祝數千言，音聲高暢，既而揮涕收淚。其哀樂興廢皆此類。性高簡，不學晉語。諸公與之言，皆因傳譯，然神領意得，頓在言前。

　　在這裏，高座道人作為一個出家者的孤高與作為一個重情者的哀樂得到了和諧的相容，其收放得體、所謂「哀樂興廢」使時人仰慕不已。但這一境界實是可遇而不可求。況且高座的超脫主要是針對世俗之人，恰如「言語」中又云：高座道人不作漢語。或問此意，

---

[11] 例如《通典》卷十四・〈選舉〉：〈歷代制中〉條云：「陳壽居喪，使女奴丸藥，積年沉廢。郗詵篤孝，以假葬違常，降品一等。」又卷六十〈降服及大功未可嫁妹女議〉言「南陽韓氏居妻喪，不顧禮義，三旬日成……下本品三等，第二人今為第四。請正黃紙。梁州中正某言，後居姊喪嫁妹，犯禮傷義，貶為第五品。」上數條，均轉引自余英時，《士與中國文化》。

[12] 參見余英時，《士與中國文化》，第 427 頁。

簡文曰：「以簡應對之煩。」其於周侯之遇害，用情以後又「揮涕收淚」畢竟只是一種表像，其內心究竟如何，是否得以平衡，則我們是無從得知了。所以，高座道人的行為，與其說是解決了情和空這一對問題，倒不如說把這一對矛盾隱隱地提了出來，以後的情僧形象，都將面對這對矛盾而顯示出他們個性之一重要方面。

二、隋唐傳奇與情僧的內心體驗

到了唐代，除筆記體小說繼續發展外，傳奇小說開始成熟，出現於小說中的情僧形象也有了較新的風貌。首先，情僧形象的類型趨於豐富多樣，既有關於同性的，也有涉及異性的；其次，不論涉及同性還是異性，情僧內心的衝突顯得相當激烈，從而構成了唐代情僧的普遍特徵。

表現同性之情誼最為深沉的，是《甘澤謠》中〈圓觀〉一篇。其敘洛陽惠林寺僧圓觀與公卿之子李源結成深厚情誼達三十年之久。此後，當圓觀將現世的生命置之度外陪伴李源遠遊而亡故時，當其轉世為嬰兒、為牧童時，仍將那一份情感保持得一塵不染，其作為情僧的個性特徵得以充分體現。

此外，情僧之情作為涉及兩性之關係的，在小說中也有所表現。筆記小說《大唐新語》中既有僧人惠范為滿足自己之情欲而奪人妻室之記載，而在傳奇作品中，也有以較集中筆墨刻畫此類情僧形象的。如李肅〈紀聞〉中，寫儀光禪師因女子欲自薦枕席，竟至於自斷其根，所謂「以有此根，故為欲逼，今既除此，何逼之為」。這種行為看似禪心堅定，卻恰是他心中為情欲困擾的證明。

耐人尋味的是，不論是表現情愛還是涉及性欲的情僧，在他們身上所顯示的那種情與空的對峙和緊張，都要遠甚於魏晉小說中的

情僧形象。即如儀光禪師，如果他確實心靜如止水的話，女子的固求並不能使他有破戒之危險。況佛家《四十二章經》中就云：「有人患欲不止，欲自斷陰，佛曰：『不如斷心。』」斷心不能或者唯恐不能，方不得不藉助外力做出如此自殘身體之行為。所以其「以有此根，故為欲逼」一句中「欲逼」的主詞實是雙向的，既指自薦枕席的女子，更指自己的世俗之心。而我們從儀光禪師自殘的行動中，也充分感受了其內心衝突的緊張和激烈。又如圓觀，當他決定將生死置之度外而伴李源遠遊前，竟與李源爭執了半年，這已不是高僧那種無可無不可的虛無超脫態度所該有的。他也並非貪生怕死。因為他將面臨的，不是一個簡單的「死」字，與死俱來的是此生之情何以依據？情感是否會隨著身體的改變而改變？如果不改變，那麼在此生確實而又短暫的情感和來生長久而又虛幻的情感二者之間，何者更為寶貴，更值得珍視？所以，他約李源在後世重會，倒不是為了證明佛教「輪迴」說之不誣，而恰是為了求得一個情的證明，也給李源一個證明。當他與李源的重會，即使已求得了答案，給了彼此一種安慰，但情感的波瀾並沒有由此而安寧，「與公殊途，慎勿相近」一句，表明了缺憾的存在。所以他最後吟唱的二首竹枝詞，帶著濃重的感傷色彩，且蘊含著無盡的困惑，所謂：「三生石上舊精魂，賞月吟風不要論；慚愧情人遠相訪，此身雖異性長存。」又：「身前身後事茫茫，欲話因緣恐斷腸；吳越溪山尋正遍，卻回煙棹上瞿塘。」這裏，「此身雖異性長存」的安慰與「身前身後事茫茫」的虛幻感交織在一起，形成了一種深刻的對峙和衝突，而總體上的強烈的感傷色彩，已迥異於魏晉小說中的情僧態度。

其實，展現情與空的深刻矛盾和衝突是唐人小說中較為普遍的一個主題。在一些貌似道士身份的人物內心，也有佛家空觀與世俗之情的緊張對峙。例如《續玄怪錄》中的〈杜子春〉，其主人公在成

仙的過程中經受了種種磨難，終因愛心不滅，功敗垂成。但使問題複雜化的是，小說並不因此而結束，當「子春既歸，愧其忘誓，復自効以謝其過」並且以重新走上訪道求仙的路程而收尾時，情與空的觀念以一種互相拉鋸式的衝突被鮮明地呈現到讀者面前，使人無法下一個簡單的斷語。類似的例子，還有像《集異記》中的〈李清〉一篇，主人公搖擺於成仙歷程與思鄉之情的矛盾中。

　　小說中出現這樣一些面臨情與空尖銳衝突的情僧形象，其主要原因，乃是佛教在唐代進一步發展終使根本教義與漢民族固有心理發生抵觸使然。

　　唐代是中國佛教發展的鼎盛期。僧侶探討教義日趨精深，各宗派也相繼形成，而其論理的細密與表達邏輯的嚴謹，都引起文人的廣泛興趣。如果說在魏晉南北朝，文人們對佛教教義的理解尚較膚淺，那麼到唐代，研習佛學理論已成為風氣，佛學的精深的義理，已逐漸被文人領悟、吸收並融入自己的思想意識中。文人而為居士已較普遍，甚至如堅持辟佛的韓愈，其學術主張、思維方式也受佛家觀念之浸染[13]。僧人也有意鑽研世俗之學問，以贏得文人的敬重、提高自己的社會地位，而作為時尚之詩歌，更被他們所關注[14]。儘管僧人研習詩歌、和文人互相研唱的本意或許是如《宋高僧傳》中所說的：「始以詩向牽勸，令入佛智，行化之意，本在乎茲。」[15]但詩歌作為吟詠情性的創作，對僧人的塵俗之心反倒有「牽勸」之影

---

[13] 陳寅恪，〈論韓愈〉，文收入《金明館叢稿初編》，上海古籍出版社。又，湯用彤，《隋唐佛教史稿》，第一章第五節，「韓愈與唐代士大夫之反佛」，中華書局。
[14] 劉禹錫《劉賓客文集》卷一九〈澈上人文集紀〉中云：「釋子工為詩尚矣。休上人賦〈別怨〉，約法師〈哭范尚書〉，咸為當時方士之所傾歎。厥後比比有之。」又，《四庫全書總目》卷一五一，在「白蓮集」提要中亦云：「唐代緇流能詩者眾。」
[15] 見釋贊寧，《宋高僧傳》，卷二十九，「唐湖州杼山皎然傳」。

響,所謂「詩之所至,情無不至;情之所之,詩以之至」(王夫之),更何況唐代文人注重詩文專攻進士科者,皆為新興庶族之成員,並以浮華放浪、縱情越禮而著稱[16],故僧人與文人之詩歌相投,更有情感之相激相蕩意義在。

在當時的社會上,一些詩僧所作的詩歌不乏有深情感人的,如貫休〈古離別〉:「離恨如旨酒,古今飲皆醉。只恐長江水,儘是女兒淚。伊余非此輩,送人空把臂。他日再相逢,清風動天地。」無可〈秋日寄厲玄先輩〉:「楊柳起秋色,故人猶未還。別離俱自苦,少壯豈能閒。夜雨吟殘燭,秋城憶遠山。何當一相見,語默此林間。」前一首表面上看是盡情渲染他人情的充溢來襯托自己的情的匱乏,然而,正是這種表白,所謂「余非此輩」,把情僧深沉的而非輕易氾濫的情感實質暗示了出來;後一首則是在經歷了一番離別的思念後,在重逢中進入默默的回味和思索狀態。

在《唐摭言》中,還記載了舉子劉得仁酷愛詩歌,希冀在場屋中得名,但終於默默無聞地死去。當時詩人爭相寫詩弔唁他,而以江南僧人棲白寫的〈哭劉得仁〉最為感人:「為愛詩名吟至死,風魂雪魄去難招。直須桂子落墳上,生得一枝冤始消。」凡此,都讓我們領略到了情僧的深沉情懷。

文人和僧人不但在行為處事上打破出世和在世的界限,而且在理論上也力圖彌合儒、釋二家之隔閡。如著名律僧法慎,與人子言依於孝,與人臣言依於忠,與人上言依於仁,與人下言依與禮。佛教儒行,合而為一[17]。又高僧神清也說:「釋宗以因果,老氏以虛無,仲尼以禮樂,沿淺以洎深,藉微而為著,各適當時之器,相資為

---

[16]　參見陳寅恪,《唐代政治史述論稿》,第72頁,上海古籍出版社。
[17]　《宋高僧傳》,卷十四,「唐揚州龍興寺法慎」。

美。」[18]而文人如柳宗元也屢屢在文中稱佛教是「不違顯與儒合也」、「要之與孔子同道」[19]。以致儒與佛道的乖離被認為是「初若矛盾相向，後類江海同歸」[20]。

　　但佛家的根本要旨畢竟是要人斷除親情煩惱、脫離塵世，故與漢民族固有的入世心理相抵觸，尤其是當佛教的發展使人們對佛教的本質領悟成為可能時，這種抵觸就變得更為直接。在當時，文人、僧人在處世及理論上調和儒釋衝突之努力，只不過使這種表面的衝突內傾化了。例如詩人白居易作為一名居士歷來被視作是在行為處事上調和了儒釋差異之典範，然而他的詩文卻時時顯露了未能消釋這種差異的矛盾和痛苦。一方面，他在〈和夢遊春詩一百韻〉中說「合者離之始，樂兮憂所伏。愁恨僧祇長，歡榮剎那促」[21]，似乎對「生是煩惱」的佛家義旨頗為了悟；另一方面，又作〈不能忘情吟〉，在「自序」中說：「予非聖達，不能忘情，又不至於不及情者，事來擾情，情動不可枙。」[22]正是將這二種觀念融為一體而又不能消除其隔閡，於是在其創作的〈長恨歌〉中，對情感的執著追求與對歡聚短促的感慨交織在一起，從而使主題因滲透了情與空的衝突而變得更加複雜。

　　當然，佛教在發展過程中與儒學的貌合神離有其邏輯的必然，但小說恰是在唐代（尤其是中唐後），借情僧形象予以概括，實也是當時特定歷史條件下社會普遍心態為之提供了一種契機。

---

[18] 《北山尋》，卷一〈聖人生第二〉，轉引自孫昌武《佛教與中國文學》，上海人民出版社。《佛教與中國文學》，上海人民出版社。

[19] 見柳宗元〈送元暠師序〉、〈送元十八山人南遊序〉，文收入《柳河東集》卷二十五。

[20] 錫易，《南部新書》，卷乙。

[21] 白居易，〈和夢遊春詩一百韻〉序文，見《白氏長慶集》，卷十四。

[22] 《白氏長慶集》，卷七十一。

傳奇小說繁榮的中唐，世人心態已發生了重大的變化。安史之亂雖並未從根本上摧垮社會經濟基礎，但文人的精神遭受了沉重打擊。開元盛世像美夢一樣消逝遠去，許多人都有從天堂跌落深淵的感覺。於是，不像魏晉六朝文人面對著政治惡夢而毅然決然地離去，中唐以後的文人是眼看著美夢驟然消逝，既產生了人生無常的虛幻感，似乎願意以超脫的態度來對待塵世的一切，又畢竟曾真切感受過盛世的美好，仍然對之滿懷了情感，由此形成的矛盾心態和內心痛苦，恰如《新唐書‧五行志》中所謂「天寶後，詩人多為憂苦流寓之思，及寄興於江湖僧寺」。於是，儒釋二元對立的理論種子在現實的土壤中長出了生命之樹，構成了唐代小說中情僧形象的總體特徵[23]。

三、宋明小說與情僧形象之蛻變

自宋代開始，小說文體有了重大發展。除傳統的文言筆記和傳奇兩體外，又興起了白話的話本、章回體，並至元明而趨於成熟。隨著這種發展，情僧形象也發生了深刻的變化。唐代小說中的情僧形象在宋人小說中大多異化而為專重男女性愛的淫僧，而情僧內心本有的一種緊張衝突至此也在輕鬆的遊戲式態度（尤其是性遊戲）中得以化解。

宋人小說中的淫僧形象，既有狎妓致使身累的，如靈隱寺僧了然；也有設下種種計謀以奪人妻室的，如洪邁《夷堅志再補》「義婦復分」條，敘一僧人偽投信於趙某之妻，使趙妻蒙冤被逐，僧人返俗而娶之。相似的情節還見於《夷堅支景》卷第三「王武功妻」條。

---

[23]　參見李澤厚，《美的歷程》第八章第二小節，「內在矛盾」，安徽文藝出版社。

又《夷堅三志辛》卷第三「毗陵僧母」條，敘常州某寺長老詐云其母亡故，而竊人侍妾藏於棺中出逃。甚至有僧人為滿足自己淫欲而借渡引世人來勾引人妻的，如《夷堅丁志》卷十九「盱江丁僧」條。由於這些淫僧心中並無佛家之觀念，有的還把身披的袈裟作為接近他人妻妾的方便法門，故情與空的衝突無從談起。不過，即使那些不自覺的破戒者，小說在展示時，緊張的衝突也在一定程度上得以化解。如張邦畿《侍兒小名錄》所載：五代至聰禪師修行十年，終因見一美人號紅蓮，一瞬心動，遂與合歡。與一般淫僧不同的是，至聰禪師之與女子合歡並非出於自願，故其內心當有一種情與空的矛盾在。但由於作者是以一首打油詩式的色情偈頌作結語，從而把隱含的衝突的題旨引向調侃、遊戲一路去了：

> 有道山僧號至聰，十年不下祝融峰；腰間所積菩提水，瀉下紅蓮一葉中。

耐人尋味的是，這首扭曲模仿的偈頌，固可以被視作是世人對至聰禪師的調侃、諷刺，是以前二句的苦修與後二句的破戒之矛盾來表明題旨，但從禪機這方面來看，這種矛盾是可以化解的。佛家的《大般涅槃經》就云：「入淫女舍，然無貪淫之想，清淨不污，猶如蓮花。」而《維摩詰經》的「入不二法門」，就是一種連接世間與出世間的理論。這種在原始佛教中不占主流的觀念到了中國化的禪宗尤其是後期禪宗那裏，更發展為把一切造作修行、祖師佛理視作是證道成佛之障礙，佛性的啟悟被直接訴諸人的自然之本性、平常之日用[24]。所以，依據禪者看來，至聰成佛之契機也許並不在「十

---

[24] 其中起到關鍵作用的馬祖禪，正如宗密在《中華傳心地禪門師資承襲圖》第三中指出的：「洪州意者，起心動念，彈指動目，所作所為，皆是佛性全體之用，更無別用，全體貪嗔癡，造善造惡，受樂受苦，比皆是佛性。」

年不下祝融峰」，恰在於他與紅蓮之遇合。「紅蓮」一詞既關含著女性之性器官，實也是清淨不染之蓮葉，是佛性之隱喻。這裏的關鍵在於至聰的態度。如果至聰能以輕鬆、調侃的態度來對待這樣一種極為嚴肅、易於引人緊張的問題，那麼他真能做到「遊戲三味」、徹底解脫了。《五家正宗傳》卷三曾記有這樣一事，尼姑無著尚未出家時拜謁著名禪師大慧宗杲，宗杲讓她待在自己臥室，並派他的首座道顏去見她。道顏到得臥室：

> 見著寸絲不掛，仰臥於床，師指曰：者裏是什麼去處？著曰：三世諸佛、六代祖師、天下老和尚，皆從此中出！師曰：還許老僧入否？著曰：者裏不度驢度馬[25]。

此事能作為「禪機」記下來，不僅是無著言語間顯示了對佛祖的有意的冒瀆，這已是後期禪宗呵佛罵祖的習見言行，而且，僧尼之間竟以如此輕鬆、調侃之口吻來談性問題，顯見得他倆已完全超脫，所以此種言行並不見其污穢，恰證明了是出污泥而不染，心中自有佛性在。這種思維模式，於當時社會頗為普遍，如傳聞理學家二程共赴一宴：

> 有妓侑觴，伊川拂衣起，明道盡歡而罷。次日伊川過明道齋中，慍猶未解。明道曰：「昨日座中有妓，吾心中卻無；今日齋中無妓，汝心中卻有妓。」伊川自謂不及[26]。

又《夷堅甲志》卷第二「崔祖武」條，以讚賞的口吻敘述了一位「遊狹邪，但不作色想」的得道之人，其事雖殊，其理則一。

25　轉引自葛兆光，《禪宗與中國文化》，上海人民出版社。
26　馮夢龍，《古今譚概》，「不迂腐部」第一。

當然,「遊狹邪」的行為,對性持一種隨便的態度,雖有「不作色想」的理論作保護傘,但畢竟與傳統禮法相乖離。從淫僧到得道者乃至理學家,其逾閑蕩檢的言行之所以流行甚至被載入小說得到稱道,也是跟當時社會總體特徵有關。宋代的社會風貌無論就政治、經濟還是文化言,較之前代都有了深刻的變化,其總體特徵已開了近代社會之端倪,眾人對人之正常欲望也是持一肯定態度。蘇軾《東坡志林》中,就有如下之記載:

> 昨日太守唐君來,通判張公規邀余出遊安國寺。座本論調氣養生之事。余云:「皆不足道,難在去欲。」張云:「蘇子卿吃雪啖氈,踏背出血,無一語稍屈,可謂了生死之際矣。然不免為胡婦生子,而況洞房綺疏之下乎。乃知此事不易消除。」眾客皆大笑,余愛其語有理,故記之。

這裏的言談置於僧寺中,意味深長,而「為胡婦生子」一句,似乎也暗示了蘇武失節,但終以人欲難除之理由寬容之,實在反映了當時一般文人的共同心態。宋代理學一向被視作以嚴屬的禁欲態度而對社會產生廣泛影響的。但從我們前引的二程故事中,卻能發現理學家言行之另一面。再如即使主張「存天理、滅人欲」的朱熹,也並不認為要消滅人的一切生命欲望,所以他又進一步說過:「飲食者,天理也;要求美味,人欲也。」[27]可見他之所謂「人欲」一詞有雙重涵義:一是正當的生命欲望,這是符合天理的;另一涵義則指不正常的、或過分的生命欲望,這方是和天理相對而需要去除的。只是到後來,這二層涵義被混同為一,終使理學成了人的生命欲望的絕對禁錮。不過,朱子區分二者以「飲食」和「要求美味」相比,

---

27 黎靖德編,《朱子語類》,卷第十三。

其推至男女關係，既可說是一種正常的性滿足和過分的性要求的區別，更可說是性與情的差異。因為美味之於飲食，不是量的增加而是質的改變，猶如情是性愛的昇華。所以佛家的「不存色想」而「遊戲三昧」的性態度、二程的「心中無妓」之觀念與朱子將人欲區分開來的引而未發的意味是款款相通的。其結果，使男女之間本該有的一份情感遭貶值而萎縮，情與空的衝突也被輕鬆的遊戲態度所替換。這一總體特徵一直延伸到明代的白話小說中。

　　明代是白話小說的豐收期。出現於話本和章回小說的僧人形象極為普遍，其基本特徵是沿襲了宋人小說中的淫僧形象而加以進一步發展。在《水滸傳》、《金瓶梅》這樣的著名章回小說中，既有為武大做法事時大現淫態的僧人群像，也有與石秀之嫂私通的淫僧。在話本小說中，早期的如《清平山堂話本》中，有淫僧偽投信於皇甫松妻子而使其被逐得以娶之的〈簡貼和尚〉，也有寫僧人破戒的〈五戒禪師私紅蓮記〉；此後《古今小說》中如〈月明和尚度柳翠〉，《醒世恒言》中〈汪大尹火焚寶蓮寺〉以及《初刻拍案驚奇》中〈奪風情村婦捐軀〉、〈東廊僧怠招魔〉，《二刻拍案驚奇》中〈許察院感夢擒僧〉、〈程朝奉單遇無頭婦〉，《歡喜冤家》中的〈蔡玉奴避雨撞淫僧〉等篇，皆刻畫了淫僧形象。甚至公案小說如《國朝名公神斷詳刑公案》中，也有較多涉及僧人淫蕩行為的，如〈蔡府尹斷和尚姦婦〉、〈張府判除遊僧拐婦〉、〈曾主事斷和尚奸拐〉諸篇即是[28]。正

---

[28] 荷蘭漢學家高羅佩在《中國古代房內考》第十章中云：「女人放棄為家庭生兒育女的神聖職責，而生活在一個獨立自主的團體裏，再也用不著受制於她們的男性親屬，單憑這種想法，對儒家來說，就已經是大逆不道。而明代小說和故事的作者也大多是儒家文人，他們實際上對佛家的一切都充滿偏見。因此，閱讀這類文學作品，切忌籠而統之，要注意他們對尼姑的橫加指責是有許多水分的。」這裏雖說的是尼姑，但也同樣適用於僧人。

因為小說中描寫僧人淫蕩甚為普遍，方出現了如《僧尼孽海》這樣敘述僧尼犯戒的專集，而公案小說則專門列出「淫僧」的類別。

當然，從表面上，表現僧人禪心堅定的。也並非沒有，如《醒世恒言》中的〈佛印師四調琴娘〉，敘蘇東坡讓琴娘去誘使佛印禪師破戒，而佛印禪師以「禪心已作沾泥絮，不逐東風上下狂」的詩句，打發了琴娘。但微妙的是，表現佛印拒亂的言行被置於小說的邊緣，而主要的篇幅則是寫佛印初見琴娘時屢屢作詩詞而與之調情。這一過程從初聞聲音到見其玉足，從見其全額到聞知其身份都作了詳細的刻畫，而佛印也亦步亦趨予以詠歎，其作為情僧的個性由此可見。作者構思方式，猶如《方廣大莊嚴經・降魔品》所敘的，在魔女以淫慾媚惑佛陀時，以頗多文字描繪了她們的三十二種「綺言妖姿」，或「塗香芳烈」，或「媚眼斜瞄」，或「露髀膝」、「現胸臆」，乃至「遞相拈掐」，以「恩愛戲笑，眠寢之事而示欲相」。在品嚐了淫慾之想的快樂後，以最終的超我使佛性與情欲得到和諧統一。

由於明代小說中許多表現淫僧形象的構思和素材直接受惠於宋人筆記小說，故其基本特徵也一仍其舊。但在某些方面也作了耐人尋味的加工和改造。如〈五戒禪師私紅蓮記〉一篇，其構思跟《侍兒小名錄》中的至聰禪師一篇頗為相似。但至聰禪師破戒後的坐化，是自己覺悟，而五戒禪師的坐化則是因其同伴道破隱情而蒙受了羞辱，於是淫僧本來隱含的一己之衝突被外化為與他人的衝突。這一衝突的特徵同樣見於〈月明和尚度柳翠〉一篇。對月明來說，他之破戒原是為慈悲心所驅動，欲以自己身體來溫暖詐病的紅蓮，所以他本能將潛在的衝突予以化解。只是由於府尹的介入，方提醒了他的羞愧之心。像這樣重複的衝突契機絕非偶然，它表明了世俗社會以及僧人內部對持戒者的不信任，而府尹的行為更顯示了世俗對僧人的挑戰。其導致的對僧人的羞辱，似乎在說：既然出家為僧這種

生活方式本來就難以持守，那麼所謂習禪，則完全是作繭自縛、無事生非，為自己平添一份羞辱而已。

　　另一方面，將性愛和佛道結合起來的遊戲、調侃的方式，也在小說中得到較為充分的展開。其實〈月明和尚度獲翠〉中，作者寫玉通禪師轉世而為妓女柳翠，而妓女柳翠又是那麼易於皈依佛門，已經把情欲與佛性的界限抹去了，拘執於這二者的區別反而顯得可笑。而在《金瓶梅》中，性遊戲的筆法更得到典型展示。第八回，眾僧去潘金蓮家為武大做法事，與佛堂僅一板之隔的臥房中西門慶正與潘金蓮交合行樂。於是淫蕩之聲混合著做法事的鈸鼓聲，而那些和尚們「都知道婦人有漢子在屋裏，吹打起法事來，不覺得都手之舞之，足之蹈之」。連燒紙錢之「燒」在和尚嘴裏有意將它跟「騷」關合起來。和尚行法事受淫想所振奮，淫蕩的行為有和尚的吹打來伴奏，雙方的言行就這樣天衣無縫地銜接起來。僧人的心態在兩端滑動，性與佛都被超越了，剩下的只是不再執著，不再認真的遊戲心態。甚至在第四十九回，一個高僧居然以陽具樣的「腦袋」走向人世：

> 一個和尚，形骨古怪，相貌掮搜：生的豹頭凹眼，色若紫肝，戴了雞蠟箍兒，穿一領肉紅直裰，頷下髭須亂拃，頭上有一留光簷。就是個形容古怪真羅漢，未除火性獨眼龍。……垂著頭，把脖子縮到腔子裏，鼻口中流下玉箸來。

在這樣的形象面前，一切緊張已被消除，一切神聖、莊嚴也蕩然無存。

　　在明代（尤其是晚期），僧人形象跟性結合得這樣廣泛，既是受宋人小說之影響，更是當時社會風氣所致，對此，許多學者已作了詳盡的分析。概而言之，是社會經濟結構發生變化，商品經濟在某

些城市勃興，市民階層壯大；宋明理學對人欲的禁錮發展至極致而激起的反動，以王陽明、李贄為代表的心學對人欲的肯定乃至大肆張揚；是禪宗在宋代已將人性與佛性合而為一的進一步發展乃至形成一股「狂禪」之風。等等。小說中大量淫僧形象的出現，一方面固然說明了現實生活中已鮮有恪守佛家戒律、懷有真誠信仰之僧人，如同馮夢龍在《笑府・廣萃部》中所說的：

> 僧道方外，厥品卓矣。雖然，今之僧，非黃面之僧；今之道，非青牛之道，彼亦直徑焉以作衣食之緣耳，若爾，則與庖人工人中人媒人、手忙腳亂舌費唇勞者何異？

另一方面，當時文人和市民，對淫僧的津津樂道，也說明他們樂意張揚、誇張這種形象，以此來品嚐一種瓦解神聖、打破一切的遊戲式快樂。

四、《紅樓夢》：情僧形象之終結

清代小說承繼著明代小說的繁榮而進一步拓展之，使小說各體在有清一代的發展均臻至鼎盛。與此同時，情僧形象也呈現了最為豐富多彩的風貌。一方面表現淫僧形象的小說依然可見，如白話小說集《五色石》中的〈去和尚偷開月下門〉，敘僧人去非淫人妻室，道微、道非奸殺犯人。而性遊戲的主題，在《肉蒲團》、《燈草和尚》中被推向了極致。「蒲團」而和「肉慾」相結合，男主人公未央生在性遊戲中得以悟道成佛，使宋以後導致僧人屢屢破戒的女子「紅蓮」所命名的寓意，在《肉蒲團》的整部情節中得到了淋漓盡致的發展。至於《燈草和尚》，則是把《金瓶梅》中胡僧的「性腦袋」，進一步擴展為陽具式的「性身體」，成了真正的「道成肉身」，其將性和佛

合而為一進行的調侃和遊戲，到了無以復加的地步。另一方面，表現純然為情感而情感的情僧形象的小說，例如《紅樓夢》之賈寶玉，也達到了前所未有的深刻程度。尤其需要指出的是，表現性和佛合而為一的遊戲主題固然存在，但在小說中，性和空、情和空構成的那種緊張衝突，也時有可見。例如《聊齋志異》中〈紫花和尚〉一篇，男主人公已轉世而為少年名士丁生，卻因前生紫花和尚與一女子結下宿孽而被苦苦相逼，終不能不以死而得以了結。又《閱微草堂筆記》中，敘西山有僧受少婦之誘惑，相約晚上以燈相引。「僧如期往，果熒熒一燈，相距不半裏，穿林渡澗，隨之以行，終不能追及」，以至於「踣臥老樹之下」。「天曉諦視，仍在故處。再視林中，則蒼蘚綠莎，履痕重疊。乃悟徹夜繞此樹旁，如牛旋磨也。自知心動生魔，急投本師懺悔」。其中，「履痕重疊」一句，將其心中情欲之困擾鮮明地揭示了出來，而黑夜與白天之對比，在某種程度上，恰隱喻了沉迷與清醒之比照。一個更為典型的例子是袁枚《續子不語》中的〈沙彌思老虎〉，其敘一從小收養在五臺山僧寺的沙彌不諳人事，一日隨師下山，見一少年女子走過，沙彌驚問此是何物，師慮其動心，「正色告之曰：『此名老虎，人近之者，必遭咬死，屍骨無存。』沙彌唯唯。晚間上山，師問：『汝今日在山下所見之物，可有心上思想他的否？』曰：『一切物都不想，只想那吃人的老虎，心上總覺捨他不得。』」這裏，女子的形象跟吃人的老虎合而為一，其所形成的情和空之尖銳衝突，在禪師那兒尚只是理論性的假設，而對小沙彌來說，卻是一種真切的感受，所以其衝突也更驚心動魄[29]。

---

[29] 在卜伽丘《十日談》的第四天開頭一段故事，內容與「沙彌思老虎」相似，敘一自幼隨父上山的隱修者，下山後見到一群姑娘，其父哄嚇他而說是「綠鵝」、是「禍水」。不料他答說「讓我帶一隻綠鵝回去吧」。這裏的取象，遠不及將老虎和女性複合起來更具衝突感。

　　當然，就清代小說乃至整個小說史而言，情僧形象塑造得最豐滿、最深刻、最光彩奪目的，是《紅樓夢》。在中國小說史上，是曹雪芹第一次鮮明地把「情僧」題作一部巨著之書名。《紅樓夢》一名《情僧錄》，「情僧」作為藝術形象既指稱敘述的最初接收者空空道人，更指作品主人公賈寶玉[30]。

　　賈寶玉主要是以他的人生態度而不是他的最終出家集傳統小說中的情僧形象基質之大成。與他相比，無論就思想的深刻性還是形象的豐滿性而言，以前的情僧都難企及。但他們畢竟對他產生了影響，作者也在書中提示了這一點，把他的前生神瑛侍者與林黛玉的前生絳珠仙草所發生的一段感情糾葛，置於「三生石畔」，從而使我們領悟了他與圓觀的天然聯繫[31]。作者這樣寫，頗具匠心。因為在賈寶玉下到塵世以前，古代的小說中已經有了那麼多的情僧形象，尤其是明末清初，他直接面對的是那麼多的淫僧，這是作者所謂「更有一種風月筆墨，其淫穢污臭，屠毒筆墨，壞人子弟，又不可勝數」的小說[32]，是作者在批駁中要竭力加以超越的。更何況神瑛侍者之於絳珠仙草，感發的是那麼一種至純至潔的感情，所以，作者方把筆端延伸至唐代，因為只有唐代的圓觀，他和李源那樣一種深沉而執著的愛，才是作者所要追朔的傳統淵源。

　　而在小說第五回賈寶玉神遊太虛幻境時，作者借警幻仙子之口，更是把這種至純至潔的情感鮮明地揭示了出來：

　　　　吾所愛汝者，乃古今第一淫人也。……淫雖一理，意則有別。
　　　　如世之好淫者，不過悅容貌、喜歌舞，調笑無厭，雲雨無時，

---

[30] 見《紅樓夢》第一回：「從此空空道人因空見色，由色生情，傳情入色，自色悟空，遂易名為情僧，改《石頭記》為《情僧錄》。」
[31] 見《脂硯齋重評石頭記》甲戌本評語：「所謂『三生石上舊精魂』也」。
[32] 見《紅樓夢》第一回。

恨不能盡天下之美女供我片時之興趣，此皆皮膚淫濫之蠢物
耳。如爾則天分中生成一段癡情，吾輩推之為「意淫」。「意
淫」二字，唯心會而不可口傳，可神通而不可語達。汝今獨
得此二字，在閨閣中，固可為良友，然於世道中未免迂闊怪
詭，百口嘲謗，萬目睚眥。

　　這裏，將賈寶玉情感特點概括為意淫，恰是對只求性滿足而不
應心中存想的性遊戲態度之反撥，其對女性的平等尊重態度，自然
要被女性引為良友，而被世人所嘲謗。

　　賈寶玉的情懷不但至純至潔且至廣至深，顯示出宗教式的大慈
大悲和謙卑的態度。就其廣度而言，他不僅對於林黛玉一往情深，
對於大觀園其他姐妹也關懷備至；不僅用情於異性，也施之於同性；
不僅對於人進行情感的交流，也給自然萬物以人的地位[33]。就其濃
度而言，他對於他人特別是女性不僅僅是一般的關懷和尊重，而且
還把女性作為他人生的價值標準來認同。例如第三回，寶玉初見黛
玉而要摔掉自己的佩玉，最顯明的意義，就是對女性的價值模仿，
所謂「家裏姐姐妹妹都沒有，單我有，我說沒趣；如今來了這麼一
個神仙似的妹妹也沒有，可知這不是個好東西」。又如第七十七回，
晴雯被放逐後，他去探訪，見晴雯在貧病饑渴中大口喝下難以入口
的劣茶，心下暗道：「古人說的『飽飫烹宰，饑饜糟糠』，又道是『飯
飽弄粥』，可見都是不錯的了。」而脂硯齋的批語「通篇寶玉最要書
者，每因女子之所歷始信其可」，實一語道破了寶玉的情感特質。他
在尊重、戀慕女性時所體現出的情感深度，把情僧所可能有的情感

---

[33] 見《紅樓夢》第七十七回：「不但草木，凡天下之物，皆是有情理的，也和
　　人一樣，得了知己，便極有靈驗的」。又第三十五回：「看見燕子，就和燕子
　　說話，河裏看見了魚，就和魚說話，見了星星月亮，不是長籲短歎，就是咕
　　咕噥噥的」。

推向了巔峰。凡此，在本書的第一、第二章，已經有了詳細的分析，此不贅述。

　　然而，他不知疲倦地追求情感、渴望理解，卻經常會遭到誤解、遭到情感的拒絕。他是那麼地尊敬、順從眾姐妹，卻又常會無意間拂逆了她們的心意，反而增添了煩惱，於是他不由不心灰意冷，甚至想到滅絕情意來保持一份寧靜。在第二十二回，他在黛玉、在湘雲、在襲人面前那樣地四處碰壁、那樣地好心反使他人生氣，不由寫下了「無可云證，是立足境」的偈語，寫下「從前碌碌卻因何，到如今回頭試想真無趣」的詞句。而在前一回，他還寫下過冷漠無情得近乎殘酷的文字：

> 焚花散麝，而閨閣始人含其勸矣；戕寶釵之仙姿，灰黛玉之靈竅，喪滅情意，而閨閣之美惡始相類矣。彼含其勸，則無參商之虞矣；戕其仙姿，無戀愛之心矣；灰其靈竅，無才思之情矣。彼釵、玉、花、麝者，皆張其羅而穴其隧，所以迷眩纏陷天下著也。

　　一個鍾情之人心中竟然還藏著這樣的念頭，這使許多人為之驚訝的。

　　然而問題還不止於此。當大觀園尚被普遍認為是一個人間仙境而春光明媚時，當眾姐妹尚處在無憂無慮的嬉戲中，他已經對大觀園、對他所深深寄予情感的眾姐妹終歸虛無而悲傷痛苦：

> 試想林黛玉的花顏月貌，將來亦別無可尋覓之時，寧不心碎腸斷！既黛玉終歸無可尋覓之時，推之於他人，如寶釵、香菱、襲人等，亦可到無可尋覓之時矣。寶釵等終歸無可尋覓之時，則自己又安在哉？且自身尚不知何在何往，則斯處、

斯園、斯在、斯柳，又不知當屬誰姓矣！──因此一而二，二而三，反覆推求了去，真不知此時此際欲為何等蠢物，杳無所知，逃大造，出塵網，使可解釋這段悲傷。

於是，一種欲求徹底出世、能以空的態度來開釋消解這段悲傷的動機漸顯清晰。我們說徹底出世，是因為在這之前，空的態度已經跟情一起合於賈寶玉這一體。不過那時候的空，主要表現為對功名富貴的鄙視和遺棄，所以情和空由於針對的對象不同，不但沒有形成一種對峙衝突關係，反倒是相輔相成的。因為功名富貴本身妨礙了人的情感交流，於是以空的態度來虛化、淡化對功名富貴的追逐和重視，恰恰有利於情的交流和共鳴。但隨著情感的進一步發展，當情感已構成塵俗生活的全部時，就必然要與一種本質上否定塵俗的空觀處於一對峙狀態，而賈寶玉現在正面臨著這樣的困境。

據脂批透露給我們的「情榜」中，作者對賈寶玉最後的定評是「情不情」。對此，有學者從情之一面出發，把第一個「情」字視作是施事之行為、態度，把後面的「不情」解釋為受事之客體[34]。另有學者，則強調了賈寶玉心中有的冷漠的一面、他的空觀，於是把這三個字解釋是賈寶玉從「情」走向「不情」───一塊冰冷的石頭的最終歸宿[35]。耐人尋味的是，當林黛玉去世使寶玉處在一種不盡的痛苦中時，遂引發了紫娟的一段感慨，所謂「可憐那死的倒未必知道，這活的真真是苦惱傷心，無休無了。算來不如草木石頭，無知無覺，倒也心中乾淨」[36]從情感帶來的無盡痛苦中走向草木石頭，

---

[34]　周汝昌〈《紅樓夢》與情文化〉，載《紅樓夢學刊》，1993 年第 1 輯。

[35]　參看劉小楓，《拯救與逍遙》，第三章，「走出劫難的世界返回苦難的深淵」，上海人民出版社。

[36]　見（日）忽滑谷快天著、朱謙之譯，《中國禪學思想史》，第 871 頁，上海古籍出版社。

這是易於為人理解的想法，然而卻恰恰忘記了賈寶玉和林黛玉先天的就是草木石頭。賈寶玉曾作為一塊石頭，以「天不拘兮地不羈，心頭無喜亦無悲」的自由自在、心無掛礙而引動某些人的羨慕。儘管他也懷疑、也看破一切，但他在懷疑和看破中更堅決地走向情感的天地，他願意使自己跟世界聯繫起來，不但體驗著自己的痛苦，也承擔著他人的痛苦。由於一種空的觀念始終伴隨著他，所以沒使他的情感流於淺薄，也使他對人對己都獲得一種反思能力。情和空作為一種對峙、一種衝突激盪在心胸時，他既不掩蓋這樣衝突、回避衝突，更不消解衝突而使自己沉淪到性的遊戲態度中去，如同許多淫僧所為的。於是，在我們看來，「情不情」是一種緊張的對峙和衝突，是把「情」和「不情」這兩種態度同時容納於一體，是情和空的二元觀。賈寶玉不僅是一個偉大的情人，也是一個佛門的智者，在「情不情」的態度中，他承繼了大乘的有無並重的思辨傳統。情和不情的矛盾既集於賈寶玉於一身，也是作品的重要題旨。還在小說展開之初，作為小說中一個極富隱喻性的女性形象秦可卿，以青春美貌而突然夭亡，啟悟著賈寶玉及其眾人，而秦可卿，正是「情可親」和「情可輕」的同一體。

　　也許有人會從賈寶玉再一次複歸於石頭而得出「不情」的空觀統攝一切之結論，卻忘記了他所在的大荒山也有與情根（青埂）峰的對峙。作為這種永恆對峙的證明，就是石頭回憶下的全部文字，並推動著空空道人進入新一輪的對峙和衝突。

　　情僧形象至清代而最為鮮明感人，既是這一形象傳統的邏輯發展，也為時代社會狀況所決定。後期禪宗發展至晚明的狂禪之風，「稱酒色財氣不礙菩提路，德性墜地，為學界所厭」，於是有反動思想之

崛起[37]，如顧炎武輩即是。而狂禪之道成肉身的淫僧形象，也有專重「意淫」的情僧形象如賈寶玉者之反對，從而使情僧形象呈現出豐富而又深刻的面貌。

滿清入關，使民族矛盾趨於激烈，「桑海之交，士之不得志於時者，往往逃之二氏」[38]。而清王朝的統治更是文明較低的民族對文明較高的民族的統治，強制推行的保守的政治、經濟、文化政策，使經由了晚明市民觀念之滲透、啟蒙思想之洗禮的文人備受壓抑。於是，一方面是留戀不去的對現實人生的肯定、對情之大膽追求的思想，另一方面是這一思想受阻遏、在現實中的無由生根；一方面是儒家正統觀念在晚明已被批駁得體無完膚，另一方面卻在現實的強硬推行中呈一蓬勃之假像。凡此，都全面地反映到文學創作中來。使人生空幻的主題有了更為實在的意味。使小說中的情、空對峙更為激烈，也使情僧形象走向全面成熟。

五、情僧傳統的文化剖析

在中國古代小說漫長的歷史發展中，小說中的情僧形象憑藉其持續不斷的生命力構成一種獨特的藝術傳統。其總體淵源流變，大致可分四個階段：魏晉六朝時期，是情僧形象的產生期。這一時期的情僧，大多追求一種相欽相慕復相知的純粹之情，而情與空的對立，尚處在一種和諧的統一中。唐代，是情僧形象的發展期。這一時期的情僧，一方面將魏晉已有的那種為情感而情感予以進一步深化；另一方面，性的因素也開始侵入情的領域。更為重要的是，本來處在和諧對立中的情和空，在這一時期的情僧內心形成了激烈的

---

[37] 黃宗羲，〈鄧起西墓誌銘〉，見《南雷文定》，後集卷二。
[38] 參見李澤厚《美的歷程》第十章第三小節的有關論述。

衝突，以致有些情僧不得不做出激烈的行為來擺脫這種衝突，而有的情僧則面對了這種衝突陷入了深深的痛苦中。宋明，是情僧形象轉折期。其最為明顯的特點是，性的因素得以強化，情僧大多異化而為淫僧，情與空的衝突或者外化為世人對犯戒之僧的調侃，或者是僧人自身以遊戲的態度來化解之。清代，是情僧形象的集大成期。情僧和淫僧、輕鬆的性遊戲和緊張的情、空衝突在這一時期的小說中得到了全方位的展現。而作為情僧形象的集大成之明顯標誌，尚不在於量的增加、情僧類型的齊全，主要在於質的改變，也就是說，由於《紅樓夢》的出現，使小說第一次那麼深入細緻地將情僧作為一種獨特的心理體驗來加以表現，這樣，才為我們理解情僧的內在隱密指明了一條路徑。而《紅樓夢》作為小說發展集大成之作的事實，也把前此所有的情僧形象納入到一個有機的框架中，使我們探討情僧形象傳統成為可能。那麼，這一傳統所蘊含的思想意蘊究竟對社會產生了怎樣的影響？由情和空複合而成的心理結構，究竟在中國民族的傳統文化──心理結構中佔有怎樣的位置？

　　近年來，學術界已習慣於視「儒道互補」為古代文人心理特徵的基本結構，並經常以這種結構來規範、解釋整個傳統文化──心理結構。因為在他們看來，文人在「儒道互補」的觀念支配下表現出來的「達者兼濟天下，窮者獨善其身」的行為實已涵蓋了出世和入世的兩種態度，於是，即使再有外來思想如佛學之輸入，也可以將之納入到這種「互補」式的結構中，以「儒佛（禪）互補」來予以接納、消化。然而，這只是一個似是而非的觀點。因為我們儘管習慣上視儒家為入世、道家為出世，但這種區別，又都以對現實人生持肯定態度為其統一基礎的。所以道家出世，實是借脫離特定之社會環境實現對自己生命之保護，故在本質上，迥不同於斷言「生是煩惱」而要求解脫一切（包括個體生命）的佛教。也正由於此，

情僧的心理結構和情和空，跟「儒道互補」式的結構，有了如下最
基本的區別：首先，「儒道互補」式的心理，主要是應對於當下的社
會歷史狀況的一種生存策略。不論是共時式的「達者兼濟天下，窮
者獨善其身」，還是歷時式的「功成而身退」，其進與退、兼濟與獨
善，都是確立在對個體生存的不容置疑的條件下，對生命價值的固
有模式的遵循基礎上的。而情和空的二元觀念，則是從一特定的社
會歷史狀況出發，將人的價值追求，將生命的目的性、可能性，引
入形而上的思考。在「儒道互補」式的心理中，人的存在是一個終
極性的價值，是一個註定要被接受的答案，到了情、空觀念中，成
了一個待定的、尚須追究的問題。世界的意義究為而在？生命的價
值究為而在？作為給苦難的世界以溫暖、給空虛的生命以寄託的情
感，究竟能否長久？或者情感本來就更易於帶來煩惱和痛苦？正是
對這生命價值的追求而又追問中，方使情、空二元觀念超越於人的
具體行為之規範，更帶有一種生命哲學的意味。其次，「儒道互補」
之兩種心理因子，是以共同維持生命個體的心理平衡、穩定、和諧
為宗旨，所以貌似相反相對實則相輔相成。並且由於都對現世持樂
觀的態度，孔子是「發奮忘食，樂以忘憂，不知老之將至」，「飯蔬
食飲水，曲肱而枕之，樂亦在其中矣」，甚至苦難的世界、人生的折
磨被孟子視作是「天將降大任於斯人」，而莊子對人的生命的物化沾
沾自喜為「化蝶之趣」，於是，其總體定下的心理基調是樂觀的、輕
鬆的，自圓自足的；而「互補」一詞，正表明了儒道的相容與相安，
並從貌似的互有欠缺而走向互補，把最終的完美無缺性鮮明地予以
了肯定[39]。但是，「情和空」這二種觀念，更經常地表現為互相對峙、
互相衝突、互相否定，從而將某一生命個體拋入進退兩難的困境，

---

[39]　參見李澤厚的〈中國智慧〉一文中的「樂感文化」一節，文收入《中國古代
　　思想史論》，人民出版社。

是以打破人的心理穩定和安寧，造成個體精神分裂為歸趣，由此形成的心理基調（或者更確切地說，並無基調而是一種複調）充滿了緊張：煩惱與安寧緊相伴隨、歡樂和痛苦纏繞交織。也正由於此，情僧形象的心理結構就斷然不能視為「儒道互補」心理結構，而是以全新的結構方式進入中國民族文化──心理結構，使民族文化──心理結構呈現出多元化的、多層面的格局。

　　當然，情僧的心理結構曾那麼明顯地存在於中國古代小說中，並不是一個難以發現的事實。但由於有些學者習慣於認為空的觀念會把人引向一條消極的人生道路而對之進行了尖銳的指責，或者將情僧心理結構中的「情」單獨抽取出來予以分析，使情和空的二元對立一元化了。其實，情僧的空觀這一面，並不是判之以消極、局限就能拋棄的。因為這種觀念並非遠離人間煙火，而是依存於人生無法解決的困境中，只要人類未能進入夢想中的完美世界，那麼人將永遠有著自身的困惑、有著難以克服的種種缺陷。尤其是當空的觀念跟情的追求牢牢地結合在一起時，空就不僅僅意味著是對現實世界的一種批判，而且也更有著對自身理想的價值、它的可能性的深深懷疑。例如《紅樓夢》中的大觀園這一理想世界源於道教的「洞天福地」的人間仙境之觀念[40]，但這人間仙境的永世長存性在賈寶玉的空的觀照下受到了無情的懷疑。儘管賈寶玉也深深地迷戀於此，但正是這種懷疑精神，使賈寶玉獲得了正視現實也正視自己理想的那一份勇氣，使他的情感追求變得格外深沉。從而也誕生了文學史上藝術形象最具豐富性和深刻性的典型。

---

[40] 自余英時《紅樓夢的兩個世界》一文發表後，視大觀園為《紅樓夢》中的理想世界已成學人之共識，而清代二知道人的《紅樓夢說夢》早已鮮明指出：「雪芹所記大觀園，恍然一五柳先生所記之『桃花源』也。其中林壑田池，於榮府中別一天地，自寶玉率群釵來此，怡然自樂，直欲與外人間隔矣。」見一粟編《古典文學研究資料彙編・紅樓夢卷》，第86頁，中華書局。

　　所以，從漢民族固有的文化──心理立場出發，真正應該引起我們警惕的，倒不是因空觀而導致的消極人生態度。而恰恰是在貌似積極人生態度下對情和空衝突的消解。以淺溥的樂觀來代替豐富而深刻的痛苦，以消除對痛苦的感受來掩蓋對痛苦的消除，在麻木中「不存色想」，最終使情僧異化而為淫僧。如果說，自嘲嘲人式的性遊戲也算是一種對人生的肯定的話，那麼這與其說是個體生命的喜劇，倒不如說是民族文化精神的一出悲劇，儘管它在衝破正統禁欲主義起過一定的作用，但我們只有充分估計到它的兩面性以及民族固有文化──心理的欠缺，方能正確揭示其意義和教訓。對淫僧分析是如此，對情僧也是如此。

第十六章　馮夢龍：曹雪芹情本思想的前驅

　　「情本意識」是構成馮夢龍啟蒙主義思想的基本內核。作為一個通俗文學家，馮夢龍不但收集整理了大量坦露真情實感的山歌小調，創作改編了不少大旨談情的通俗小說，也留下了許多有關「情學」方面的論述。在《情史・序》中，他又自號「情癡」，希望死後能作一個「多情歡喜如來佛」，這正說明了他本人「情本意識」的自覺程度。

一、情的形而上意味

　　說馮夢龍具有一種情本意識，是因為他所謂的「情」，並不專就男女私情、戀情而言，實際上有著廣狹兩義之分。從廣義上來看，這個「情」不但超越了狹義的男女戀情，甚至也超越了人與人之間的親情關係，而更為廣泛地指大千世界萬事萬物的普遍聯繫、生生不息，從而具有了一種哲學上的普遍意義。

　　雖然在黃霖等選注的《中國歷代小說論著選》的「情史敘」條下的說明中，也對馮夢龍「情」的觀念作了廣狹兩義之分[1]，而在陸樹侖的《馮夢龍研究》中，馮夢龍的「情本意識」被歸納出了四個方面，但他們似乎都沒有提示出馮夢龍「情本意識」的哲學意味。其實，在《情史》序言中，在《情史》各卷的評語中，我們只要稍

---

[1]　參見黃霖、韓同文主編，《中國歷代小說論著選》（上），江西人民出版社，1982年版。

加注意，這一特點還是比較容易發現的[2]。馮氏在《情史》序言中寫道：

> 天地若無情，不生一切物。一切物無情，不能環相生。生生而不滅，由情不滅故。四大皆幻設，唯情不虛假。……萬物如散錢，一情為線索。

這種對「情」的看法，與道家之論「道」、漢儒之論「氣」、宋儒之論「理」、佛家之論「空」，其歸類的層次是接近的，都有著一種哲學的、本體論的意義。在《情史》中，他又特別列出「情通」、「情化」兩類，所謂「『通』、『化』以達其類」，把自然與自然、自然與人的情的感通，把梓之連枝、花之並蒂、鳥之雙飛，都看作「情」在天地萬物間貫通一切的普遍存在的證明。

「情」不但是普遍存在的，也是自立的，有靈驗的。在《情史‧情通類》卷末，他論道：「情主動而無形，忽焉感人，而不自知。」而在《情史‧情靈類》中，他又選錄了像「崔護」、「買粉兒」這樣一些因為深情使人復活的故事。初看起來，這些故事的意義跟湯顯祖的《牡丹亭》是比較相似的，不過，湯顯祖在《牡丹亭題辭》中說：「情不知所起，一往而深，生者可以死，死可以生。生而不可與死，死而不可復生者，皆非情之至也。」而馮夢龍則在《情史‧情靈類》總評中，直截了當地提出：「人，生死於情者也；情，不生死於人者也。」似乎已經把情作為一種獨立於生命的、宇宙間的基本元素來看待了，其對情的推崇態度似乎又高於湯顯祖了。

正因為他對情提到這樣一個高度，於是，在他的筆下，人們對情的追求、崇拜，其舉動也往往達到了異乎尋常的地步。《古今小說》

---

[2]　本章引用馮夢龍編著的作品，均依據《馮夢龍全集》，江蘇古籍出版社，1993年版。

卷十六的〈范巨卿雞黍死生交〉，是根據《搜神記》中的一則故事改編的，《搜神記》中這則故事云：

> 漢范式字巨卿，山陽金鄉人也，一名汜。與汝南張劭為友，劭字元伯。二人並遊太學，後告歸鄉里。式謂元伯曰：「後二年當還，將過拜尊親，見孺子焉。」乃共期日。後期方至，元伯具以白母，請設饌以候之。母曰：「二年之別，千里結言，爾何相信之審耶？」曰：「巨卿信士，必不乖違！」母曰：「若然，當為爾醞酒。」至期，果到，升堂拜飲，盡歡而別。

以後的情節，與《古今小說》中的後半部分內容基本相同，關鍵在馮夢龍對小說的這開頭部分作了較大幅度的改動。在《古今小說》中，大致是這樣敘述的：相約之日到時，元伯從早起就翹首以待，而巨卿卻直到深夜才趕來。原來，巨卿因俗事分心，直至約定的日期快到才想起這一約會，無奈兩地相距遙遠，即刻啟程為時也已太晚，他想到鬼魂能瞬息行走千里，於是毅然引頸自刎，化作了鬼魂總算如期赴約。在這裏，范巨卿的行為簡直令人震驚。雖然中國古代也不乏為朋友獻身的仁人志士，並且留下了「士為知己者死」的名言，但他們的死，大多具有一個實際的目的，具有一種實際的功利性，而像范巨卿這樣為了純粹的友情，為了朋友間的信諾，犧牲了自己的性命，他的死顯然已超越了現實的功利性，具有了一種形而上的意味，是一種為信念的死，哲學式的死。這種死之所以是值得的，是因為「情」是至尊至貴的，是超越於萬物之上的，所謂「四大皆幻設，唯情不虛假」。范巨卿因其肉體的死而得以「與情同遊」，從而獲得了一種形而上的生。於是，面對死，他也就顯得非常坦然了。范巨卿的舉動，不妨看作馮夢龍「情本思想」所要追求的最高

境界，是馮氏思想的自然延伸。正是由於此，使這篇小說成為「三言」中雖然不是最出色的，但卻是最令人難忘的幾篇中的一篇。

二、從人之常情到男女戀情

正因為「情」的觀念在馮夢龍看來是最基本的，所以在《情史・情豪類》「張俊」條，他論道：「世上忠孝節義之事，皆情所激。」而在處理不論是軍國大事，還是家庭瑣事時，他認為「通人情」乃是根本的出發點。他曾不止一次地提及「王道本乎人情，其則不遠」[3]，「不通人情，不能為帝王」[4]。在《古今小說》卷三十九：〈汪信之一死救全家〉中，他又論道：「大抵婦人家勤儉惜財，固是美事，也要通乎人情。」

他評價人的標準，也是著眼於「近人情」。

在《智囊補・知微卷》「管仲」條下，他論述道：「昔吳起殺妻求將，魯人惡之；樂羊伐中山，對使者食其子，文侯賞其功而疑其心。夫能為不近人情之事者，其中正不可測也。」而在《情史・情貞類》中，他編錄了「李妙惠」條，敘述李妙惠的丈夫盧某因與友人在西山寺中發憤讀書，與外界不通任何資訊，致使李妙惠的父母誤信盧某已死的謠傳，逼迫李妙惠改嫁富商，差點害了守身如玉的李妙惠的命。對此，馮夢龍頗有感慨地評點說：

> 盧下帷發憤，不必絕家音。其父母且從容問耗，不必汲汲嫁婦。天下多美婦人，商人子亦不必強納士人之妻。

---

[3]　見《情史・情俠類》「唐玄宗」條評語。

[4]　見《情史・情芽類》「智胥」條評語。

其所重複的三個「不必」，正是從人之常情出發，對為人處世提出的一種比較通達的、周全的最基本原則。

對於人生的樂趣，他看重的是人與人之間的親情相聯、和睦共處。

在《情史・情俠類》「左押衙」條下，他借用范蜀公的話，表達自己的觀點：「假使丁令威化鶴歸來，見城郭人民俱非，即獨存，亦何足樂？」

當然，就馮夢龍而言，他論述得最集中、最全面，在作品中反映得最成功的，是有關男女之間的戀情，即馮夢龍「情本思想」中所指較為狹義的一種（雖則狹義之情與廣義之情在馮氏那兒往往又是緊密相連的）。

首先，他認為男女之間的私情、戀情，是任何人都不能真正忘懷的，是普遍存在的，不論他是賢人、聖人或者竟是仙人。

馮夢龍評纂的《太平廣記鈔》中，有「秦役夫」一條，當已經成仙的秦役夫對不期而遇的毛女語道：「吾與子邂逅相遇，那無戀戀耶？」馮氏在旁批道：「邂逅猶戀戀，乃知仙家非真無情，特無塵世惡薄之情耳。」在《情史・情芽類》「孔子」條下，他又批道：「人知唯聖賢不溺情，不知唯真聖賢不遠於情。」而接下去引「太公」一條曰：「太公克商，獲妲己，光華耀目，太公乃掩面而斬之。」馮氏的批語為：「極是殺風景事，卻是不能忘情處。」又引「張忠定」條曰：「張公詠帥蜀日，選一小女浣滌紉縫。張悅其人，中夜心動，厲聲自呼曰：『張詠小人！不可，不可。』」下面批語道：「趙閱道、張乖崖，皆能制其情者。政以能制，見其不能忘。」也是在《情史・情芽類》中，馮氏收錄了《西溪叢語》所記載的范文正公心慕一樂妓而向其投贈愛慕之詩一事，及其分離之後，范還念念不忘，以胭脂寄其人，並題詩云：「江南有美人，別後嘗相憶。何以慰相思，贈

汝好顏色。」對此，馮夢龍加以論述道：「文子俳謂范公決無此事，當時小人妒冒者為之。余謂便有此事，何傷范公盛德？」馮氏所以有這種態度，是基於他這樣的一個看法：「草木之生意，動而為芽；情亦人心之生意也，誰能不芽者？」[5]也就是說，他是把情感的萌芽作為人的生命力的顯示，有活力的標誌來加以認同的，所以非但不必、不應加以鄙視，還應該加以張揚的。

也是從這一觀點出發，他認為情感的萌發也不應受年齡的限制，在《警世通言》卷二十三〈樂小舍拼生覓偶〉，男主人公樂和與算命老翁有這樣一段對話：

> 樂和道：「小子樂和，煩老翁一推，赤繩繫於何處？」老者笑道：「小舍人年未弱冠，如何便想這事？」樂和道：「昔漢武帝為小兒時，聖母抱於膝上，問『欲得阿嬌為妻否？』帝答言『若得阿嬌，當以金屋貯之。』年無長幼，其情一也。」

這裏，少年樂和回答之振振有詞，議論之雄辯，正不妨看作他是在代馮氏立言。

其次，在馮氏看來，男女戀愛婚姻的基礎是應該建立在相互愛慕的基礎上。

在《情史・情跡類》「選婿窗」條下，馮氏論道：「男女相悅為昏（婚），此良法也。」雖然這種互相愛慕是有著外貌吸引人的因素的，如在《醒世恆言》卷八：〈喬太守亂點鴛鴦譜〉一篇中，有這樣一段文字：

> 且說玉郎也舉目看時，許多親戚中，只有姑娘生得風流標緻。
> 想道：「好個女子，我孫潤可惜已定了妻子，若早知此女恁般

---

[5] 見《情史・情芽類》卷末評語。

出色，一定要求他為婦。」這裏玉郎方在讚美，誰知慧娘心中想道：「一向張六嫂說他標緻，我還未信，不想話不虛傳。只可惜哥哥沒福受用，今夜教他孤眠獨宿，若我丈夫像得他這樣美貌，便稱我的生平了，只怕不能夠哩！」

這裏，男女的擇偶標準似乎都是僅僅從外表上著眼的，但作者的觀念卻並不與筆下的人物站在同一個水平線上。在《醒世恆言》卷三〈賣油郎獨佔花魁〉中，馮氏通過直接的議論，提出了自己獨到的看法：

> 常言道：「妓愛俏，媽愛鈔。」所以子弟行中，有了潘安般貌，鄧通般錢，自然上和下睦，做得煙花寨內的大王，鴛鴦會上的主盟。然雖如此，還有兩個字經兒，叫做幫襯。幫者，如鞋之有幫；襯者，如衣之有襯。但凡做小娘的，有一分所長，得人襯貼，就當十分。若有短處，曲意替他遮護，更兼低聲下氣，送暖偷寒，逢其所喜，避其所諱，以情度情，豈有不愛之理。這叫做幫襯。風月場中，只有會幫襯的最討便宜，無貌而有貌，無錢而有錢。

這樣看來，「幫襯」即是「以情度情」，也就是感情投資，按照馮氏的看法，男女戀愛中，感情投資是比財貌起著更決定性的作用。即以「賣油郎」這篇故事而言，男主人公秦重對女主人公瑤琴酒後嘔吐的體貼入微以及瑤琴遭人欺侮後的倍加關心；從秦重開始時顧慮瑤琴的豪華生活和自己本分勤儉的勞動生活不能適應，到後來瑤琴決心「布衣蔬食、死而無怨」，說明他們的結合確實已建立在一種共同思想情感的基礎上。也們生活的幸福美滿，成了馮氏議論的一個有力例證。

　　再次，馮夢龍認為，男女的戀愛是應該將婚姻一起來加以考慮的。男女雙方戀而不婚或者婚而無戀都是不足取的。戀愛的指歸是結婚，結婚的基礎是有感情，或者簡單地說就是「相悅」。

　　《情史‧情私類》「江情」一條，寫某船中一男子夜晚泊船時與鄰舟一女子幽會，後風使舟發，兩舟各自東西，男女二人均未察覺致使後來男子無法再返回自己的船中，女方家長迫於無奈，才招男子為女婿。馮夢龍在此條下批道：「若是一偷而去，各自開船，太平無話，兩人良緣終阻，行止俱虧。風使舟開，天所以成美事也。」在馮氏看來，如果偷情一次不再成婚，所謂「良緣終阻」，則他們的戀愛就不太光彩，所謂「行止俱虧」，也就不值得如此張揚了，所謂「太平無話」。正是由於女方家長能夠將戀愛與婚姻聯繫起來考慮，接受事實，為女兒完婚，才使一樁醜事化作了一件美談，也是由於這種看法，他才對張生「始亂之、終棄之」的戀愛觀大加鞭撻，因為這種觀點與他的戀愛婚姻觀正好乖離，於是他把「鶯鶯」的故事歸入《情史‧情仇類》，並在文後批語道：「傳云時人以張為善補過者，夫此何過也？而如是補乎？如是而為善補過，則天下負心薄幸，食言背盟之徒，皆可云善補過矣！女子鍾情之深，無如崔者。亂而終之，猶可救過之半。妖不自我，何謂乎尤物？微之與李十郎一也，特崔不能為小玉耳！」言語間，對崔之不能像小玉那樣向張生復仇而感到有些遺憾。

　　在《古今小說》卷四〈閒雲庵三償冤債〉中，他一方面奉勸為父母的要適時地為兒女婚姻大事作打算，不要「揀門擇戶，扳高嫌低，耽誤了婚姻日子」，致使男女們「情竇開了，誰熬得住？」另一方面，也明確地把那種不是在考慮婚姻前提下的男女幽會認作是「醜事」，是「走差了道兒」，這是再清楚不過表明他的戀愛婚姻觀的。

　　另外，對男女結婚後的貞女義夫問題，馮氏也有自己獨特的看法。

　　在《情史‧情貞類》卷末評語中，他寫道：「自來忠孝節烈之事，從道理上做者必勉強，從至情上出者必真切。夫婦其最近者也，無情之夫，必不能為義夫；無情之婦，必不能為節婦。世儒但知理為情之範，孰知情為理之維乎。」這裏，他所以能夠得出「情為理之維」這樣一種合情合理的見解，是跟他從廣義的角度把情視作生命的原動力量、視作一種近乎世界本體的看法分不開的。在《情史‧情貞類》「惠士玄妻」條下，他又敘述道：

> 昔有婦以貞節被旌，壽八十餘，臨歿，召其子媳前至前，屬曰：「吾今日知免矣。倘家門不幸，有少而寡者，必速嫁，毋守。節婦非容易事也。」因出左手示之，掌心有大疤，乃少時中夜心動，以手拍案自忍，誤觸燭紅，貫其掌，家人從未知之。然則趁情熱時，結此一般好局，不亦善乎！

　　總起來看，馮夢龍在男女戀情方面，就戀情的發生、發展至婚姻以及婚後關係的維持這一全過程的各個階段，都提了他自己的主張。與此同時，他也力求將他頗具新意的觀點與傳統的思想相貫通（比如戀愛與婚姻的一體化），使理想與現實的距離不致太遠，這樣也就易於為世人所接受。這正是他作為一個啟蒙主義作家所具備的清醒的理性意識。但是，不管怎麼說，他的觀點畢竟是近乎理想的。所以他在宣揚他的戀愛觀時，也對現實生活中人們的戀愛不能如願、理想不能化為現實而抱有無限的遺憾和惆悵，他在《情史》中特列「情憾」一類，在卷末總評中寫道：「缺陷世界，可憾實繁。……賦情彌深，畜憾彌廣，……空門謂人生為苦趣，誠然乎？誠然乎？」

三、馮夢龍對曹雪芹情本思想之影響

馮夢龍的情本思想對後世的影響是巨大的。單就曹雪芹的《紅樓夢》來說，其間也有著千絲萬縷的聯繫。

馮氏將「情」提到哲學的高度。原是為了與理學家的「理」抗衡。而在《紅樓夢》中，賈寶玉的「情」的觀念，也超越了男女之間乃至人與人之間的關係范疇，把「情」作為人與自然萬物對話的共同語言，這個觀念也許多少是受了馮夢龍的影響。《醒世恆言》卷四〈灌園叟晚逢仙女〉一篇，其主人公秋先對自然物的態度、他的大段議論、他的舉動，如葬花、浴花，與賈寶玉的一些言行有著驚人的相似處。

再就狹義地來看「情」，像馮夢龍那種把戀情必須與婚姻聯繫起來的觀點，我們在《紅樓夢》中也可看到。賈寶玉與林黛玉雖然天造地設地是一對情人，但在沒有確立婚姻的情況下，他們的互相戀慕只能算是一病，或者如作者所云：「一種下流癡病」（見《紅樓夢》第二十九回），男女主人公的看法與此也不是太遠，其在黛玉則尤甚。於是寶玉坦露情感的戲語被黛玉視作是對她的一種欺侮（見《紅樓夢》第二十三回），黛玉情感萌發之時，也就是她「發病」之機，《紅樓夢》第三十四回寫黛玉在寶玉投贈的羅帕上題寫情詩一段，最耐人尋味，發人深省：「林黛玉還要往下寫時，覺得渾身火熱，面上作燒，走至鏡臺，揭起錦袱一照，只見腮上通紅，自羨壓倒桃花，卻不知病由此萌。」

至於馮夢龍在自號「情癡」的同時，又提出「賦情彌深、畜憾彌廣」的看法，其感傷的情緒，在《紅樓夢》中得到了進一步的強化。

　　此外，據脂批透露的資訊，《紅樓夢》原稿結尾給賈寶玉及大觀園女性人物列出的一個情榜，其分類，也極有可能受了《情史》分類的啟發，這一點，周汝昌有專文論述[6]。

　　最後，像馮夢龍那樣把「情」視作是檢驗人的生命力的一個標誌，對曹雪芹的創作多少也有點啟迪作用，《紅樓夢》的愛情悲劇，許多都可作生命悲劇來看[7]。而在西方文學作品中，像萊蒙托夫的《當代英雄》、契訶夫的《薇羅琪卡》、岡察洛夫的《奧勃洛摩夫》以及現代派大師詹姆斯‧喬伊斯的作品集《都柏林人》中〈悲痛的往事〉、〈死者〉等諸篇，都曾把一個人喪失了愛的能力、不會深深地愛上一個魅力十足的異性，作為這個人的生命萎縮，心靈枯竭的標誌，這種看法與馮氏的觀點暗暗契合。

　　總之，馮夢龍的「情本意識」有著極為豐富的內容，對後世的影響也是相當廣泛、深入的，我們的剖析還只是初步的，更全面地論述尚有待於來日。

---

[6]　周汝昌，《紅樓夢與中華文化》，工人出版社，1989 年版。
[7]　參見孫遜先生，〈論《紅樓夢》的三重主題〉，文載《文學評論》，1990 年第 4 期。

第十七章　論紅學中的「真問題」與「假問題」

一、文學和史學中的真假問題

　　「真」與「假」作為一組對應的概念在《紅樓夢》本文中赫然存在。這種對應，因為其各自修飾的言和事而構成的所謂「真事」和「假語」的命題對應，使問題變得更為複雜。當然，從抽象的意義上看，語言文字作為一種符號的非本質屬性，其相對於真事而具有的「假」的屬性是不言而喻的。語言與事實的分離，語言與事實的無法絕然統一，使得古人把這種語言對客觀事實的窮形盡相的困難轉化為對主觀的探求，在中國傳統文化中，更經常地是以言與意的一組關係命題來進行替換式討論，包括詩學裏談及言與志、言與情、言與味等命題，也都在主觀領域裏打轉，所以，對言與事的一組關係，不免有所忽視，即便是在早期的小說如《世說新語》中，離形得似、遺貌取神，成了作者或者編者的有意識追求，而作為小說應該有的言與事的一組關係，主要是被放到了史學的範疇裡加以了討論。就小說而言，這組關係所應該具有的特殊性，沒有得到充分展開。

　　《紅樓夢》作為傳統文化的集大者，我們常說它承繼了史學和詩學的兩種淵源，至於《紅樓夢》中有關史學和詩學的具體內涵，已有諸多學者給與了較多筆墨討論，這裏不再贅言。我想說的是，從「真」與「假」這組概念看，作者是從類似的史與詩兩方面，把假語與之相關的真事或者真味揭示了出來。作為史學傳統的假語與真事的對應，是在賈雨村和甄士隱這樣隱喻式人物身上所潛伏著

的，而言與詩的關係，似乎在其自題小詩中的「荒唐言」和「其中味」得到了暗示。如果說，以往作述有關言與事的命題關係更多地是在史學範疇得到討論的，那麼，曹雪芹有意引入的這組命題，包括作為設定的作品敘述者——石頭與空空道人的一番討論，似乎表明了在文學領域裏來討論言與事的特殊性的一種自覺，也提示了我們把史學與詩學傳統打通的一種契機，這種打通，在某種意義說，是一部創作實踐上的「文史通義」。

　　然而問題也由此產生。一方面，在史學與詩學的各自範疇裏，真假關係問題成了學者探究的目標之一，而在探究中，受了各自視野的局限，使得言與事、言與味的真假關係問題轉化成了問題本身的真假，導致有些討論變得相當無謂；另一方面，在史學與詩學的打通中，研究者相應的觀念和方法並沒有得到確立，所以，因觀念錯位而產生的新的問題，也使這些問題中有一部分是在不相關的領域展開而導致的問題「失真」。不妨說，由於這裏提及到的一些問題帶有人為的假定性，而這種假定性又常常使得對其假定的澄清變得沒有太大的意義，甚至於是在一個虛假的問題或者說偽問題中來展開討論，所以本文特別標出其「真」「假」的特質，並希望在揭示出假問題特徵的同時，也能從中發現一條將「假」問題轉化為「真」問題的路徑。既然問題的「真」與「假」是由作者曹雪芹所引發，那麼我也將遵循他的思維邏輯，希望能夠讓這種「真假」獲得傳統哲學意義上的回歸，也就是說，不僅僅是空間上的一種對峙，也是時間上的一種發展與嬗變，一種消長與起伏[1]。

　　需要指出的是，本文所列舉的「假」問題包括對這些問題的似是而非的解決，也是經過了文章作者深思熟慮而得出的結果，至於

---

[1]　真」與「假」互相依存和轉化猶如、盛與衰、陰與陽之間的關係，參見《紅樓夢》中秦可卿對王熙鳳的托夢和史湘雲與翠縷討論陰陽問題的相關文字。

紅學界不時出現的有意作假、作偽問題與我們所要討論的「真」「假」問題無關。

二、考證與索隱

就我們所劃定的紅學的真假問題言，其所涉及到的方面相當廣泛，限於自身知識積累的不足，全面探討並無可能，也不是我撰寫此章的主要目點，在此，我也只拈出幾個較具代表性的要點，來做一簡單的評述，希望引發大家的進一步思考。

本著「執柯伐柯，取則不遠」的古訓，我想就從對「紅學」這一概念的討論開始論起。

所謂「紅學」一詞，簡單說來就是研究《紅樓夢》的學問，這一近似同義反覆的定義，並無進一步探討的餘地，但是，恰恰是在對這一定義的外延進行界定時，卻引發了一場大的爭論，也帶來了「紅學「本身所蘊含的真假問題。其實，當我們不經意地把「紅學」理所當然的視作是研究《紅樓夢》的學問時，這」學問」一詞，已經有了耐人尋味的意趣。因為學問需要積累，也非一朝一夕所能獲得，這樣，從學問的內涵中，再整理出它的四方面的外延，所謂曹學、脂學、版本學和探佚學就是再自然不過的事了[2]。而門類雖分為四，其目標卻是在一，就是要在假語的表面下，求得遮蔽著的真人、真事、真版本。平心而論，當初胡適之以自己寫就的《紅樓夢考證》來譏笑蔡元培的《石頭記索隱》為猜笨迷，似有五十步嘲笑一百步的味道，因為在他們要從語言的假來探求事實的真這一目標設定、或者說都要在小說外找到真事的依據來看，雙方並沒有多大的區

---

[2]　參見劉夢溪，《紅樓夢與百年中國》，河北：河北教育出版社。

別。之所以有新紅學與舊紅學之別，在我看來不是研究目標的差異，而是方法的差異。以假語而求真事，其根本的立足點在於史，在於對史學傳統的承繼，但是，如上所述，由於《紅樓夢》是對史與詩的兩個傳統的相容並蓄，這樣，舊紅學與新紅學在對待同一文本，尋求同一個真事的目標，卻採用了不同的研究思路和方法。對於舊紅學來說，他們在語言的隱喻中來探求本體的思路，基本是延續了詩學的傳統，也就是說，是以詩的方法來探求史的目標，這樣喻體遮蔽著的作為本體的真事並沒有浮出水面，而其生生舉出的事實，也無法得到確證，其與喻體的關係，即一種可能存在的本體與喻體關係，變成需要再解釋的喻體互相間的層層轉喻關係了。事實上，傳統詩歌中的隱喻式的方法，一直被蔡元培拿來自覺運用，我們看其開頭，從作品的多義性入手，來探求其本旨，所謂：最表面一層，談家政而斥風懷，尊婦德而薄文藝。再進一層，則純乎言情之作，再進一層，則言情之中善用曲筆云云，如此，似乎最近乎詩學的研究路數，只是由於他要把這詩學的路數與史學之路直接連接起來，中間不經過任何的轉接和過渡的必要步驟，在跨越中得出的結論，也就只有想像的新奇而缺乏事實的歸屬了[3]。從一種邏輯關係來看，考證派的登場是為了對索隱派帶來問題予以克服。那麼，我們不禁要問，解決索隱問題的癥結究竟何在？那就是，要在詩與史的斷裂中，找到一種融通的辦法。但是，考證派是怎麼來解決的呢？他們採取的似乎是一了百了的辦法，乾脆把詩學從紅學研究中剔除出去了。既然目標是在假語中求真事，他們就把求真的邏輯進行到底，

---

[3]　參見蔡元培、胡適，《石頭記索隱、紅樓夢考證》（合訂本），第6-7頁，北京，北大出版社，1989年10月。另外，孫玉明的新著中，也提出過此種見解，認為兩者的差異只是論證方法上的，雖然我不認為這種差異僅僅是「科學的考證」和「牽強的誤會」之別。《紅學：1954》，第234頁，北京：北京圖書出版社，2003年11月。

把史證的方法用到極致。於是乎，一個《紅樓夢》文本遮蔽著的真
故事顯山露水，文本成了求真事的言詮，當言詮還原成事實時，文
本的特殊性也就沒有提及乃至於存在的必要了。如果硬要把文本與
事實進行一一類比的話，就未免顯得有點可笑。我這樣說，絕不是
要否定考證派中的許多大家所取得的成果，事實上，我在對《紅樓
夢》進行些微的研究時，也一直受惠於考證派的成果，充分利用著
他們經過辛勞而得出的結論。但是，我始終認為他們的研究是史學
而非文學。或者說，是為了進一步的文學研究所做的基礎工作。所
以，就其把紅學分解出的四個分支看，材料缺乏的脂學不算外，純
然是史學意義上的曹學收穫就最大，也最有說服力，而與文本的闡
釋密切相關的探佚學包括對其八十回後的原稿情況以及整部作品的
成書過程的研究成果最薄弱，我所謂的薄弱不是說沒有一些大家認
同的結論，而是這樣的結論實在太抽象、太枯燥，與原書的有血有
肉的寫就部分實在無法放在一起來加以論述。我也同樣不同意陳維
昭的觀點，認為求真事的研究是「反文學「的，確切地說，不是反
文學，是非文學。正因為是非文學，以文學的價值標準來對之進行
判斷、反駁或者爭鳴，就變得沒有意義，而且頗為滑稽[4]。也正是出
於同樣的立場，我認為索隱派給《紅樓夢》作為一部偉大文學作品
的研究帶來了值得進一步探討的問題，也就是史學和詩學有待融合
的問題，索隱派們研究的結論所出現的這樣那樣的失誤，是「真」
問題，是值得我們深思值得我們反駁的，但是，考證派卻不是，雖
然從史學角度看，他們貢獻不少，但從文學角度看，他們構不成真
正的問題，如果確實有問題的話，那也只是些不應該由文學家們討

---

[4]　陳維昭，《河南教育學院學報》，鄭州，2005 年第 1 期。

論的「假」問題。需要放回到史學範疇裡加以驗證,既然不是文學
範疇裏的問題,又何來「反文學」這一說呢?

三、歷史的錯位

需要強調的是,我關於考證派的如此判斷,特別是對其始終如
一自覺運用的史學方法本身,並無任何貶低之意。正如一個在紙上
演算公式的數學工作者不會去詆毀一個實驗室裏做試驗的化學家一
樣的道理。不但不貶低,我覺得我們如果從文學角度來進行研究的
話,倒是不能缺少史學的眼光的,也是應該以這樣的眼光為基礎,
再來進一步實現由史向詩的轉化的。單純從文學角度看,有些假問
題、假判斷的出現,倒恰恰是沒有將詩學與史學融合起來的結果。
可以說,真問題與假問題的相混淆,既有來自於不同學術領域的錯
位,有時候,也是因為缺少歷史意識,出現了時代錯位的結果。

比如,《紅樓夢》第三回,林黛玉與賈寶玉初次相見,關於賈寶
玉,作品引述了兩首所謂後人的〈西江月〉詞,來評點寶玉的:

> 無故尋愁覓恨,有時似傻如狂。
> 縱然生得好皮囊,腹內原來草莽。
> 潦倒不通世務,愚頑怕讀文章。
> 行為偏僻性乖張,那管世人誹謗。
> 富貴不知樂業,貧窮難耐淒涼。
> 可憐辜負好韶光,於國於家無望。
> 天下無能第一,古今不肖無雙。
> 寄言紈絝與膏粱:莫效此兒形狀!

其意義，一般都是從詩學的角度，以為是似貶實褒，或者說是寓褒於貶的一種修辭手法的運用。這樣的分析，似乎忽視了這一評價與賈政、王夫人等眾人對他評價的一致性。且不說作品也明確指出了是「後人」的評價。作者有意要從這樣世俗的視角入手，不但對我們讀者來說，隨著閱讀的深入，可以不斷刷新我們的認識，引起理解上的衝突；而且，這一視角也讓我們看到了世俗之人理解寶玉的心理定勢，使賈寶玉最具反傳統的思想意識在現實生活中，在傳統的意識形態中找到了存身的位置（哪怕是處於被貶斥的位置）。關於對賈寶玉的這一評價，我們還可以聯繫「童心說」來加以討論。確實，我看到不止有一位學者撰寫了學術論文，來探討《紅樓夢》與「童心說」的淵源關係，但是，他們的立論，似乎都是把「童心說」作為一個褒義詞來使用的。這似乎是不爭的事實。卻沒有意識到，當我們以褒義來指指陳「童心」時，我們已經是用我們現在的理解來改寫了其原有的意思。根據日本學者溝口雄三的研究，「童心」在當時，主要是作為貶義詞來使用的，而李贄的「童心說」也是從反面入筆，所謂「龍洞山農敘《西廂》，末語云：『知者勿謂我尚有童心可也。』」來展開其論述的。早在漢朝，「童心」就被理解成「無成人之志，而有童子之心」，而在晚明，童心也經常是作為貶義來使用的，如呂坤《呻吟語》卷一〈存心〉中所謂的「童心最是作人一大病，只脫了童心，便是大人君子。」陳龍正《幾亭全書》卷十五〈學言詳記〉中也言：「嬉遊之在人也，曰童心。凡撾蒲博弈、喜豪飲、愛冶游、悅鄭聲，喜怒不常是也。」又徐如珂《徐念陽公集》卷五〈刻制義引〉中回憶自己幼有童心而不肯讀書，所謂「余自幼有童心，日與裏中兒遊戲相征逐，視詩書蔑如也」[5]。而李贄「童心

---

[5] （日）溝口雄三著、索介然譯，《中國前近代思想的演變》北京：中華書局，1997 年版。

說」的反面入筆，即從世俗觀念中切入而對「童心」闡發出新意，顯示了「童心說」從不同視角的觀照中所特具的兩方面含義。這樣一來，如果說，曹雪芹確實如一些學者指出的，其思想跟李贄的「童心說」有很深的淵源關係的話，那麼，作為世俗之人對「童心」的歷來就有的不解和誤解，也被曹雪芹有意識地借用過來，在塑造不為傳統思想所規範的賈寶玉等藝術形象時，有意從一個世俗眼光中的頑劣兒童入筆，既寫他的年幼，又突出了他的頑劣，似乎有意要授人以話柄，在賈寶玉開始登場的第三回，就藉著所謂後人所作的兩首〈西江月〉詞，對其作了定評。

現在的問題是，如果我們沒有立足於當時的語境，而一味把我們今天的理解加諸賈寶玉、加諸李卓吾的「童心說」，那麼，由此帶來的對〈西江月〉詞的解釋分歧，或者對「童心說」與《紅樓夢》的關係問題，很可能就構成又一種假問題，是在於「真味」無關的情況下的討論，雖然煞是熱鬧，卻無法切中作品自身的《紅樓夢》的腠理。也就是因為此，我覺得，我們研究《紅樓夢》，研究作品可能的問題，也應該像日本學者溝口雄三等所做的那樣，用去蔽的史學眼光，層層剝去我們自身加諸於作品包裹著作品的這樣那樣的理解，還原到作品本身，還原到具體的歷史語境中，然後再運用文學的觀念和方法，來發現其視角衝突，從而探究其真問題以及真味之所在。

四、理論的誤用

如果說，當我們向傳統追溯的時候，因為史學意識的缺席而使問題可能轉變成假問題的話，那麼，現代西方的新觀念、新方法的大量輸入，在《紅樓夢》中的自覺運用，都會有意無意使假問題得

以滋生。相對說來，在對西方原型批評、結構主義和敘事學等理論的移植時，我們的運用還是顯得比較謹慎，而對馬列的一些經典理論，我們的運用就有點漫無邊際，成了一種實際運用上的「放諸四海」，但，準不準呢？就以大家最為熟悉的「典型環境典型人物」這一被公認是馬克思理論中的經典法則來說，曾經被廣泛運用到我們古典名著的分析中去，然而近來，忽然有學者撰文提出了《紅樓夢》中的非典型問題，並也加以了比較充分的論證[6]。雖然他的論文向來是我特別愛看的，我有些文章，也是在讀了他的文章，受他的啟發而寫成的。但讀了他這篇文章，我不得不說，他是在提出了一個假問題的前提下再來予以解決的。這倒不是說，現在已經沒有多少學者會再把「典型環境的典型人物」作為自己的思想武器來對作品進行剖析。而是這一理論本身，與《紅樓夢》就對不上號。儘管確實有過學者撰文，對形成賈寶玉這一性格的環境影響因素有過種種分析。但大家都清楚，沒有這樣的環境，賈寶玉也會是這樣一種性格，作者交代得很清楚，這是他前世決定好了的，所以，他周歲抓周，似乎還很難見出一個社會環境對人的影響，他就把胭脂抓在手裏了。在古代許多小說中，當人物出場時，習慣於交代其幼年時的性格，也是為了強調這一性格的先天性，遺傳性以及其不變應萬變性。無視這樣的文化背景下的小說創作，忽視《紅樓夢》自身的交代，把馬恩對歐洲特定時期的現實主義創作總結出的理論套用到我們自己的古典作品中，自然會有諸多的不通之處。因為有感於這樣的不通，我們有些學者把這不適用的理論拿過來，先假定它的不言而喻性，然後將對不上號的清理出來，再提出一個非典型的問題，這樣

---

[6] 周思源，〈從環境與人物的非典型因素深入研究紅樓夢〉，文載《紀念曹雪芹逝世 240 週年：2004 揚州國際紅樓夢學術研討會論文集》，第 10 頁，北京：文化藝術出版社，2004 年 10 月。

的研究思路，或者說其所「非」的那個「是」，只能是一個假想敵，而由此提出的假問題到對這假問題的解決，多少有一點誤導的傾向。

其實，當我在反思他人的假問題時，我同時也在反思自己的以往研究，毋庸諱言，我的研究中，或許也存在著認假為真的現象。比如，在第五章，我分析到賈寶玉與周圍女伴的感情定位時，當我把林黛玉、薛寶釵、妙玉和史湘雲作為與賈寶玉有著狹義上的男女感情關係時，我因為要適應賈寶玉與這四位女子合成的五行關係圖，並據此來進行感情的定位，這樣，林黛玉的感情的濃烈，薛寶釵的含蓄，和妙玉的矯揉造作，都是可以得到證明的，也可以納入到戀情這一系統中去的，但是，史湘雲呢，我們在她與賈寶玉之間，難以發現戀情的跡象，雖然關係相當融洽，也不失為親熱。但在假定了戀情存在的前提下，我把這種感情傳遞的方式定位為自然。但是，為什麼就不直接是一種哥哥妹妹似的親情呢，這樣的解釋不是也有一定的合理性嗎？

五、假問題向真問題的轉化

也許，假問題的一再出現，甚至是頑固地出現，不能從對假問題的判斷中做出一勞永逸的清理，而是要以更廣闊的視野，把假問題放到一個新的層面上，使其完成向真問題的復歸。這也就是我在開頭提出的一種符合曹雪芹本意的傳統哲學意義上的轉化。這樣的轉化，從研究的思路上說，不妨以文學內部的框架和外部的框架這兩個視角切入。

應該說，從文學的內部框架入手，也不失為一種有所收穫的好方法，也能在一定程度上做到將史學與詩學的方法，或者說「學」與「論」的方法予以融會貫通。在這方面，有幾位研究者的研究思

路,是可以給我們以啟發的,其一是張愛玲的《紅樓夢魘》[7],她的十年辛苦,對《紅樓夢》的成書過程用力最勤,雖然結論也算不上有多少重大發現,但她在研究中或隱或顯的詩的想像力(比如關於改寫襲人性格的問題),為探佚學深入到作者的創作心態,提供了一個廣闊的空間。還有就是劉心武,他對秦可卿的研究,戲稱自己建立的秦學,雖然並沒有得到大部分紅學家的認同(我本人也不同意他的許多結論),但我們可能忽視了他提出的一個重要的看法,就是他說他的「秦學」,是對各學的一種融合,「不僅要探逸,也還要牽扯到曹學、版本學、文本學、乃至於創作心理學等各個方面」[8],這樣的牽扯,其實是考證與索隱的融合。而這種融合,雖然可以有不同的理解,但是,打通詩學方法與史學方法,也是其題中的應有之義。而他寫就的學術小說,也是啟發了我們如何將探佚學變得趣味盎然的一個實例。其實,詩學與史學的融合,在史學大師陳寅恪筆下,留下過諸多範例。雖然其最終的落腳點在史學而非詩學,但他在研究的過程中,始終沒有忽視詩學的特殊性,以及其自身延續下來的傳統,尤其是當文本的記錄與歷史事實不相一致的時候,他能夠從事實的想像中發現一種歷史的心理真實、一種普遍的文化心態,從而在明確了詩與史之間的各自邊界後,能加以有機融通,而並沒有像有些紅學研究者做的那樣,將作品與作品外的世界進行簡單類比[9]。至於著眼於文學的外部框架,我覺得首先需要做的工作就是對以往出現的種種假問題的產生背景進行一番歷史與社會學意義

---

[7] 張愛玲,《紅樓夢魘》,安徽:安徽文藝出版社,1994 年 3 月。

[8] 劉心武,《畫梁春盡落香塵——解讀紅樓夢》,第 49 頁,中國廣播電視出版社,2003 年 6 月。

[9] 參見蔡鴻生,〈從小說發現歷史——《讀鶯鶯傳》的眼界和思路〉,文載《中華文史論叢》,第 62 輯,第 243 頁 256 頁,上海:上海古籍出版社,2000 年 5 月。

的診斷。即便是固守著史學傳統的考證學，我們也要對其觀念與思維方法作為一種歷史現象來予以剖析，並探究其蘊含的意識形態。這樣做的話，假定我們一向取文學的立場在對《紅樓夢》進行著種種文本研究的話，也不能人為地把自己作為考證派對立的一方，兩軍對壘似地指責對方為非文學而予以抹殺。當然也不能被考證的思路所完全籠罩。要把對方也把自己的立場不斷外化為一種客觀現象，在充分考慮到其整體的複雜性時進行審視。這樣的審視和總結，應該是紅學史或者紅樓夢接受史的寫作構架吧？雖然類似的著作已經出版了好幾部，個別之作也突破了以往的寫作範式，如孫玉明的《紅學：1954》，無論是材料的翔實還是論點的新異都有頗多可圈可點之處，但從不少的問世之作看，其梳理和分析還缺乏一種廣闊的視野，尤其是缺乏一種對自身立場的反省意識，大部分還是停留在一般要點綜述的水準。其突破的基點，我想首先是不應該被筆下論及的觀點所左右，不應該被論述對象提出的觀點牽著走。例如，我們現在習慣上對索隱派和考證派的幾成定論式的評價，所謂」牽強的附會「和「科學的考證」，完全是站在考證派的立場，以純史學的觀念支配下而得出的結論，卻並沒有考慮到這其中可能的文學立場。並沒有意識到，史學意義上的附會，從詩學意義上來說，不就是一種轉喻嗎？特別是對研究者自身立場的轉喻。再來看考證派本身，其對紅學外延的定義，其所標舉出的四個分支，其所謂的紅學之學，無一例外是要有一定的學問積累為基礎的，這樣定義的結果，是把一大批紅學研究者排斥在外，其潛在的學術精英意識是顯而易見的。如果聯繫到五四年的「紅學」大討論，這裏的是非曲直，三言兩語難以道清，但是，在那樣一個政治氛圍頗濃的時代，毛澤東老人家拈出大人物、小人物這樣的關鍵字，也可說是慧眼別具，這裏的矛盾，時至今日，在以強調學術規範口號下，以下定義的規範

做法來清理出「紅學」隊伍中的有學問和沒學問，實在是很耐人尋味的了。也是以這樣的學問著眼，當初胡適之以史學的考證來代替蔡元培的詩學的轉喻，也為後來提高自身的學術地位埋下了一個好伏筆。

再如，提出非典型的問題來研究《紅樓夢》的人與環境，其最具價值的，或者說作為一個真問題存在的，倒不是這一論斷的本身，而是其提出的問題本身，暗示了我們在借用類似的理論時可能出現的不適應性，暗示了此路的不通或者其延伸的曲折性。

總之，不但是在作為文學框架內部的紅學，強調史學與詩學的融合，可以避免假問題的提出，就是在把紅學作為一個客觀剖析的對象過程中，詩學方法與史學方法的整合，也可以把文學內部提出的假問題外化為一個外部框架中的真問題，為紅學研究開出一片新天地。

後記

　　按學術著作的通常做法，應該在結尾列一個參考書目。還有一個傳聞，說有人看別人的著作，主要是先看文後所列的參考書目，以此來判斷該書的價值。這當然有一定道理。但由於本論著或者說講稿主要是論述而非考證，用的參考資料都是習見的而非稀見的，且閱讀面比較狹窄，實在不值得標舉出來給人以進一步研究作指南，所以一概略去了。只是在各章的文後，做了盡可能的詳細注釋，以示不敢掠人之美。如果讀者對紅樓夢研究的書目感興趣的話，可以參閱劉夢溪《紅樓夢與百年中國》一書附錄的書目。此書原題《紅學》，由文化藝術出版社出版，經增訂，易名為《紅樓夢與百年中國》，交河北教育出版社出版，新近該書由中央編譯出版社出了新版，其最後所列的紅學書目，還是比較全面的。當然，我不列參考書目，還有另一個用意，就是真正應該讀的，還是《紅樓夢》作品本身。如果不致讓人太驚訝的話，我會只列這一本作為參考書的。

2008 年 1 月 5 日

國家圖書館出版品預行編目

重讀紅樓夢 / 詹丹著. -- 一版. -- 臺北市
　秀威資訊科技, 2008.04
　　面 ； 　公分. -- (語言文學類 ; AG0086)

　ISBN 978-986-221-003-1 (平裝)

　1.紅樓夢　2.研究考訂

857.49　　　　　　　　　　　　97006621

語言文學類　AG0086

重讀紅樓夢

作　　者 / 詹丹
發 行 人 / 宋政坤
主　　編 / 蔡登山
執行編輯 / 詹靚秋
圖文排版 / 黃莉珊
封面設計 / 蔣緒慧
數位轉譯 / 徐真玉　沈裕閔
圖書銷售 / 林怡君
法律顧問 / 毛國樑　律師
出版印製 / 秀威資訊科技股份有限公司
　　　　　 台北市內湖區瑞光路 583 巷 25 號 1 樓
　　　　　 電話：02-2657-9211　　　 傳真：02-2657-9106
　　　　　 E-mail：service@showwe.com.tw
經 銷 商 / 紅螞蟻圖書有限公司
　　　　　 台北市內湖區舊宗路二段 121 巷 28、32 號 4 樓
　　　　　 電話：02-2795-3656　　　 傳真：02-2795-4100
　　　　　 http://www.e-redant.com

2008 年 4 月 BOD 一版
定價：360 元

讀　者　回　函　卡

感謝您購買本書，為提升服務品質，煩請填寫以下問卷，收到您的寶貴意見後，我們會仔細收藏記錄並回贈紀念品，謝謝！

1. 您購買的書名：_____

2. 您從何得知本書的消息？

　　□網路書店　　□部落格　　□資料庫搜尋　　□書訊　　□電子報　　□書店

　　□平面媒體　　□ 朋友推薦　　□網站推薦　□其他_____

3. 您對本書的評價：(請填代號　1.非常滿意 2.滿意 3.尚可 4.再改進)

　　封面設計____　　版面編排____　　內容____　　文/譯筆____　　價格____

4. 讀完書後您覺得：

　　□很有收獲　　□有收獲　　□收獲不多　　□沒收獲

5. 您會推薦本書給朋友嗎？

　　□會　　□不會，為什麼？_____

6. 其他寶貴的意見：_____

_____

_____

_____

讀者基本資料

姓名：_____　　年齡：_____　　性別：□女 □男

聯絡電話：_____　　E-mail：_____

地址：_____

學歷：□高中(含)以下　　□高中　　□專科學校　　□大學

　　　□研究所(含)以上 □其他_____

職業：□製造業 □金融業 □資訊業 □軍警 □傳播業 □自由業

　　　□服務業 □公務員 □教職　□學生 □其他_____

(請沿線對摺寄回,謝謝!)

秀威與 BOD

BOD（Books On Demand）是數位出版的大趨勢，秀威資訊率先運用 POD 數位印刷設備來生產書籍，並提供作者全程數位出版服務，致使書籍產銷零庫存，知識傳承不絕版，目前已開闢以下書系：

一、BOD 學術著作—專業論述的閱讀延伸
二、BOD 個人著作—分享生命的心路歷程
三、BOD 旅遊著作—個人深度旅遊文學創作
四、BOD 大陸學者—大陸專業學者學術出版
五、POD 獨家經銷—數位產製的代發行書籍

BOD 秀威網路書店：www.showwe.com.tw
政府出版品網路書店：www.govbooks.com.tw

　　永不絕版的故事・自己寫・永不休止的音符・自己唱